# MORD AUF DER STUNK SITZUNG

Ein Szene-Krimi von

Susanne Rauprich

marzellen
verlag köln

# Prolog

Für Mitte Dezember war es viel zu warm. Schön, aber komisch. Wäre doch der vergangene Sommer so schön gewesen! Das Wetter spielte auch nicht mehr so mit, wie man es gewohnt war. Jedenfalls konnte sich niemand in diesem Dezember der atemberaubenden, merkwürdigen Herbststimmung entziehen. Manch einer saß ohne Jacke draußen in einem Café, manch einer spazierte durch die immer noch herbstlich anmutenden Wälder, manch einer machte einfach die Augen zu und ließ sich die Sonne ins Gesicht scheinen.

An diesem Morgen lag der Stammheimer Schlosspark in einem dichten weißen Wolkenmeer. Schwer hängende Nebelschwaden begannen sich nur ganz langsam in der Atmosphäre aufzulösen. Die Luft war feucht und roch fast ein wenig modrig. Die Wege waren von einem dichten Blätterteppich abgedeckt. An den Bäumen hingen die letzten bunten Blätter. Auch sie würden in den nächsten Tagen dem Gesetz der Schwerkraft folgend auf den Boden fallen. Noch bewirkten die Unmengen an Herbstlaub, dass es in den Ästen, auf den Wiesen und Wegen überall gleichermaßen bunt und fleckig war.

Die vielen wunderbaren Kunstobjekte, die sich hier befanden, waren dem Schauspiel der Natur einverleibt. Eine Hängebrücke, die den Park über eine große Strecke überspannte, wirkte wie eine selbstständig gewachsene Querverbindung zweier Bäume, ein paar Klangskulpturen sahen so aus, als ob sie schon viele tausend Jahre dort stehen würden und ein paar bunte Stelen schienen eine bezaubernde Laune der Natur zu sein.

Ein einsamer Jogger drehte seine Runden im Park. Er fühlte sich privilegiert, an diesem wunderbaren Morgen die Zeit und die Gelegenheit zu haben, hier zu sein. Während des Laufens warf er seinen Blick mal nach rechts, mal nach links zu den teils wie zufällig vergessenen, teils merkwürdig auffallenden Skulpturen, die seinen Weg säumten. Da schwebten verzauberte Wesen geheimnisvoll im Baum, hier versank eine Stadt überraschend im Boden, dort bevölkerten Rieseninsekten die Grasflächen.

Eine Skulptur erschien dem Jogger äußerst realistisch: eine menschliche Figur, die im Gras unter einem Busch lag. Dieses Objekt hatte etwas Sonderbares. Es zog den Jogger magisch an. Er überquerte die Wiese. Als er vor der Figur stand, lief ihm ein kalter Schauer über den Rücken. Lebensecht lag dort ein zirka fünfundzwanzigjähriger, blonder Mann bewegungslos auf dem Bauch.

Nein, der war nicht lebensecht, der war tot. Das war keine Skulptur! Das war ein Mensch, ein toter Mensch!

„Das sieht nach einer Überdosis aus. Der fünfte Drogentote in diesem Park", stellte einer der beiden Polizisten, die zum Leichenfundort gerufen worden waren, kurz und knapp fest.

# 1

Dienstag, 21. Dezember.

Der Wecker klingelte. Das Bimmeln drang schwach zu Esthers Bewusstsein durch, die keine Energie und keinerlei Lust verspürte, sich aus dem Bett zu manövrieren. Der anstehende Tag ließ für sie keine aufregenden Dinge erwarten, und so versuchte sie, sich noch für ein paar Minuten in ihr Nirwana des warmen, geräuschlosen Bettinneren hinüberzuretten und zu dösen.

Sie hörte nichts, keinen Straßenlärm und keinen Menschenlärm. Seit sie in dieser neuen Wohnung am Dünnwalder Mauspfad direkt am Wald lebte, fiel ihr das Aufstehen schwerer als früher, denn hier war es morgens richtig still. In ihrem halbwachen Kopf kreisten die Gedanken und Erinnerungen an die letzten Tage und Wochen. Nachdem sie sich in den gut aussehenden Heinrich verliebt hatte, war sie ganz in seine Nähe gezogen. Sie dachte, der Tausch von Kneipen und Cafés gegen die Stille am Wald sei gut für sie. Stattdessen wollte sie jeden Abend mit ihrem Heinrich im angrenzenden Wald laufen gehen. Heinrich war einer von diesen enthusiastischen, fast schon fanatischen Marathonläufern, bei denen ohne Laufen gar nichts mehr ging. Dann war sie also vor knapp vier Wochen umgezogen und hatte sogar trotz ihrer knapp 50 Jahre an ein Kind gedacht.

Doch es kam anders: Die Beziehung ging exakt eine Woche, nachdem sie in ihrer neuen Wohnung saß, in die Brüche – wie in einem schlechten Film: Es wurde beiden zu eng – Panik – Stress! Der Traum war geplatzt, und das ewige Laufen ging Esther nur noch auf die Nerven. Heinrich bestand in ihren Augen aus Laufschuhen, Dehnübungen, isotonischen Getränken und Stoppuhren. Sie wunderte sich, warum sie das nicht früher bemerkt hatte. Jedenfalls war sie froh, den Schlussstrich gezogen zu haben. Es schauderte sie, wenn sie daran dachte, sie wäre womöglich selbst der Laufhysterie erlegen. Da saß sie doch lieber alleine in dieser ruhigen, gemütlichen Wohnung, auch wenn sie ihr ab und an eher trostlos und einsam als ruhig und gemütlich vorkam. Sie war kein Typ für

Depressionen, zumindest nicht für richtig schlimme, nur für die kleinen am Morgen, die einen vor dem eigenen Spiegelbild ereilen können. Diese Beziehung war dumm gelaufen, aber es ging weiter – und es gab ja schließlich noch andere nette und attraktive Männer, gab Esther die Hoffnung nicht auf. Außerdem gab es ihren Job. Sie war gerne Kommissarin, und sie liebte es, Morde aufzuklären. Das war ihre Leidenschaft.

Esther hörte ihren Wecker ein zweites Mal bimmeln. Nun musste sie aufstehen, auch wenn sie, solange sie überlegte, keinen zwingenden Grund dafür erkennen konnte. Zur Zeit gab es keine spannenden Fälle, an denen sie arbeitete – und keine netten Männer, die auf sie warteten. Wahrscheinlich würde sie irgendwelche langweiligen Schreibtischarbeiten machen und vermutlich abends alleine etwas kochen und essen, um dann – ebenfalls alleine – eine Flasche Rotwein zu trinken und mit dem schlechten Gefühl, wieder einmal zu viel getrunken zu haben und einem dementsprechend schweren Kopf irgendwann ins Bett zu gehen.

Der erste Blick in den Spiegel stimmte Esther nicht fröhlicher. Sie empfand sich als blass, faltig, strähnig und zu dick. Aber Esther wusste, dass mit ein wenig Schminken und Stylen das alles schon wieder viel besser aussähe. Halbwegs mit ihrem Spiegelbild versöhnt ging sie in die Küche und startete wie jeden Morgen als erstes ihre Kaffeemaschine. Geräuschvoll säuberte und erhitzte sich das Gerät. Kurze Zeit später leuchteten zwei rote Lämpchen. Kein Wasser mehr! Und der Behälter für das alte, weggekippte Kaffeepulver war ebenfalls voll. Esther hatte den Eindruck, dass immer, wenn sie einen Kaffee trinken wollte, diese beiden Lichter leuchteten. Nachdem sie die Maschine auf Vordermann gebracht hatte, schob sie sich einen Toast in den Toaster und holte den Stadt-Anzeiger aus dem Briefschlitz. Sie ließ sich Zeit mit dem Frühstück, las die ganze Zeitung durch, trank drei große Tassen Milchkaffee und aß dazu drei Marmeladentoasts.

Draußen war es immer noch still. Esther fragte sich, ob außer ihr andere Menschen in dieser Straße lebten. Um sicher zu gehen, schaute sie aus dem Fenster. Es war niemand zu sehen. Das war schon ziemlich einsam hier. ´Ob sie lieber wieder umziehen sollte?`, fragte sie sich ernsthaft.

Nachdenklich ging sie ins Bad, um sich für den anstehenden, wenn auch nicht gerade verheißungsvollen Tag fit zu machen. Nun schaute ihr aus dem Spiegel ein etwas frischeres Gesicht entgegen als vor dem Frühstück. Sie steckte ihre langen braunen Haare wie jeden Morgen zu einem irgendwie zufällig geratenen Knoten am Hinterkopf zusammen. Danach schminkte sie ihre Augen und deckte die dunklen Ringe darunter mit einem Abdeckstift ab. Bei den Klamotten war sie wenig kreativ und nahm einfach dieselben, bequemen Sachen vom Vortag.

Der Weg zum Kommissariat war für Esther nicht weit. Seit nun acht Jahren arbeitete sie im Kriminalkommissariat 11, zuständig für Tötungsdelikte. Seit einiger Zeit war das Kommissariat 11 im großen, neuen Polizeigebäude in Köln-Kalk zwischen Odysseum und Köln-Arkaden angesiedelt. Da aber in einigen Räumen Nachbesserungen erforderlich waren, hatte der Polizeipräsident die Mordkommission und einige andere Abteilungen zwischenzeitlich ausquartiert.

Esther war sich sicher, dass sie es nicht besser hätte treffen können. Das Kommissariat 11 war in einem alten, frisch restaurierten Fabrikgebäude in der Schanzenstraße untergebracht. Nun befanden sich ihre Büroräume inmitten einer faszinierenden, eigenwilligen, irgendwie abstrusen, teils modernen, teils nostalgischen Fabrikwelt. Es war dieses spannende Gemisch von alten, schön restaurierten roten Ziegelsteingebäuden mit grünen Fenstern einerseits und enorm großen Parkplätzen mit quer darüber verlaufenden riesigen Rohren und eintönigen Flachbauten der siebziger Jahre andererseits. Man konnte unvermutet Hinterhöfe entdecken, mit kleinen Gassen, hübschen Gebäuden, Kopfsteinpflaster und jeder Menge kleineren Kommunikations- und Eventfirmen. Vor manchen Türen standen rauchende Mitarbeiter und genossen ihre Hinterhofidylle. Gleichzeitig konnte man sich über die angestaubten, zum Teil verrotteten Reste der alten Industrieanlagen wundern. Hier nun hatte das Kommissariat 11 vorübergehend seine Heimat. Von einem dieser öden Parkplätze konnten die Kommissare ihre Büroräume über eine an der Ziegelsteinfassade außen angebrachte, im Zickzack nach oben führende Stahltreppe erreichen.

Esther hatte sich über den Umzug in dieses Büro gefreut. Sie liebte diese aufgepäppelte alte-neue Industriewelt. Das erinnerte sie an große Metropolen wie Berlin oder London, wo sich in solchen Umgebungen gerne die lokale und internationale Kunstszene versammelte. Auch wenn sie über das riesige Plakat mit der Aufschrift „Boomtown Schanzenviertel“, das am Anfang der Carlswerkstraße, Ecke Bergisch-Gladbacher Straße prangte, schmunzeln musste. Es schien ihr ein wenig übertrieben.

An diesem Dienstagmorgen schien die Sonne, die Luft war wunderbar klar, und Köln sah in seinem weißen Schneekleid richtig idyllisch aus. Ganz plötzlich war mit dem dritten Advent der Winter mit seinen arktischen, frostigen Temperaturen und Unmengen von Schnee in Köln angekommen. Esther fuhr mit dem Fahrrad zur Arbeit, obwohl das Fahrradfahren bei dem vielen Schnee nicht einfach war. Sie nahm sich Zeit für den Weg, viel Zeit. Manchmal rutschte sie weg, und streckenweise musste sie absteigen und ihr Fahrrad schieben. Aber das war ihr an diesem Morgen egal. Die frische Winterluft war genau das Richtige für sie.

Esther bog auf den Parkplatz vor ihrem Übergangsquartier ein, stellte ihr Fahrrad in einem Schneeberg ab und stieg die leicht vereiste Außentreppe zu ihrer Dienststelle vorsichtig hoch. Als sie kurz darauf in ihr Büro trat, war ihr Kollege Heinz schon da.

„Gut siehst du heute aus“, begrüßte er sie herzlich.

Heinz war zwar erst seit einiger Zeit ihr Kollege, aber sie hatten sich auf Anhieb gut verstanden. Die Chemie zwischen ihnen stimmte einfach. Und das, obwohl Heinz aus dem Sauerland kam. Als Esther hörte, dass ihr neuer Mitarbeiter aus Meschede komme, war sie zunächst nicht erfreut. Sie befürchtete, dass er ein langweiliger, einsilbiger, verknöcherter typischer sauerländischer Sturkopf sei. Ihre beiden Kollegen Klaus und Heiner, die einen Raum weiter saßen und zur Zeit eine Serie von Raubüberfällen mit tödlichem Ausgang aufklären sollten, hatten schon übertriebenes Mitleid mit Esther vorgeheuchelt und sie damit ziemlich genervt.

Heinz aber war ganz anders, als das allgemein gängige Sauerländerbild erwarten ließ. Er war einfühlsam, unterhaltsam, und vor allem wusste er genau, wann Esther etwas hören wollte und wie gut ihr von Zeit zu Zeit ein kleines morgendliches Kompliment tat. Esther wusste, dass Heinz das wusste, aber sie genoss es trotzdem und war ihm dafür dankbar. Sie drückte ihm einen kleinen Schmatzer auf die Wange.

„Nun, was steht an?“, fragte sie ihren Kollegen.

# 2

Kai Kehrmann saß entspannt an seinem zwei Quadratmeter großen Schreibtisch. Es war eine einfache Holzplatte, die auf vier metallenen runden Beinen lag. Auf der Platte herrschte Chaos. Unzählige Papierstapel, CDs, DVDs, Briefumschläge, Notizzettel, Stifte, mehrere Kaffeetassen, die zum Teil schon länger da standen und nicht gerade appetitlich aussahen, und jede Menge kleiner und großer gesammelter Plastik-Comic-Figürchen stapelten sich neben- und übereinander. Aber Kai Kehrmann schien dieses Chaos nicht zu stören. Auf dem letzten freien Plätzchen seines Schreibtischs legte er seine Füße ab, schob die Brille hoch auf die kurzen schwarzen Haare und trank mit geschlossenen Augen aus der geschätzten siebten Tasse, die nun bei ihm im Einsatz war, seinen Morgenkaffee. Es war sein Ritual. Jeden Morgen gönnte er sich diese freien ungestörten Minuten. In dieser Zeit durfte ihn niemand stören. Die Unordnung um ihn herum war egal. Da konnten die Stapel auf seinem Schreibtisch so hoch und die Tassen so dreckig sein, wie sie wollten. Er sah sehr entspannt aus. Sein weißes Hemd hing leger gerade so viel über den Hosenbund der Jeans heraus, dass es den Eindruck hinterließ, absichtlich drapiert worden zu sein.

Kai Kehrmann hatte heute Geburtstag. Er war mit sich und seinem Leben zufrieden. Gerade 34 Jahre alt, gehörte ihm die gut laufende Filmproduktionsfirma NeonFilm, die er während seines Studiums gegründet hatte. Die neuen Büros in der Schanzenstraße, die er mit seinem Team vor zwei Wochen bezogen hatte, lagen strategisch günstig und waren dank seiner extravaganten Einrichtungsideen ein echter Hingucker geworden. Er schaute an sich herunter und war mit dem, was er da sah, zufrieden. Schlank, sportlich, erfolgreich. ´Kai Kehrmann, ich gratuliere dir zu deinem Geburtstag`, sagte er zu sich selbst.

In diesem Moment öffnete sich die Tür seines Zimmers, und seine Mitarbeiterin riss ihn, für sein Empfinden viel zu früh, aus seinen selbstverliebten Gedanken.

„Kai, da draußen steht ein Viktor Lasse, der angeblich eine Verabredung mit dir hat", sagte sie leise, damit der Besucher es draußen nicht hören konnte.

„Ist schon gut, Karin, lass ihn rein", gab der Chef seiner Mitarbeiterin zur Antwort. Sein Unmut über die frühe Störung war allerdings nicht zu überhören.

Viktor Lasse war ein dickbäuchiger, mittelgroßer Typ mit einem Entengang. Seine etwas längeren, leicht fettigen Haare hatte er hinter die Ohren gestrichen. Die Haarfarbe war nicht genau zu bestimmen. War es ein dunkleres Blond oder nur ein fettiges Hellblond? Seine Nase zeigte nach oben, was zur Folge hatte, dass die Oberlippe ständig unter Spannung war und die Zähne selbst bei geschlossenem Mund nicht vollständig bedecken konnte. Der schlichte schwarze, für Leute aus der Filmszene so typische Rollkragenpullover, den er trug, wirkte fast wie eine Verkleidung.

Viktor brauchte dringend einen Job. Er war Autor, Drehbuchschreiber, einer, der für die Leute im Rampenlicht die Texte schreibt. Seit einigen Jahren schrieb er regelmäßig Nummern für die alternative Karnevalssitzung der Stunker. Das war immer ein guter Job. Jedes Jahr wurden einige seiner Nummern in die Produktion aufgenommen, und regelmäßig hatte er dadurch eine gute Einnahmequelle. Aber kürzlich fand er nach einer Probenbesprechung mit den Regisseuren der Stunksitzung eine Morddrohung in seiner Jackentasche. Die hätte ihm jeder zustecken können. Aber Viktor war sich ziemlich sicher, dass die Drohung aus dem Kreis der Stunksitzungsproduktion gekommen sein musste. Er hatte sich gerade in der letzten Zeit nicht nur Freunde bei den Stunkern gemacht.

Viktor war wütend und enttäuscht zugleich. So viele Nächte hatte er sich um die Ohren geschlagen und so oft irgendwelche Pillen geschluckt, nur um sich fit zu halten und sein Hirn anzuregen –auf der Suche nach dem tödlichen Witz. Er hatte die Mitglieder des Ensembles mit Pointen versorgt, und alle waren stets zufrieden. Er war sich sicher, dass er ein guter Autor war. Und dann kam diese Drohung, die ihm wirklich Angst machte. Er hatte sogar die Polizei informiert. Zwar war er sich nicht sicher, ob das etwas bringen würde, aber irgendetwas musste er tun. Weil er den Verdacht nicht los wurde, dass die Drohung etwas mit der Stunksitzung zu tun hatte, wollte er weg von der ganzen Truppe und weg von der ganzen Produktion, auch wenn die Vorbereitungen für die kommende Sitzung im vollen Gange waren. Er hatte einen Schlussstrich unter dieses Kapitel seines Autorenlebens gezogen. Nun brauchte er neue Aufträge, am besten einen sicheren Job.

Dann war Viktor durch Zufall etwas Nützliches in die Hände geraten – und damit hatte er sofort eine Idee. Ihm war bewusst, dass das, was er da vorhatte, nicht korrekt war, ´aber man musste sein Wissen und seine Informationen doch gezielt einsetzen dürfen`, sagte er sich. Über sein Gegenüber hatte er genau die Information, das kleine Detail, das ihm helfen würde, hier einen neuen Job zu bekommen, vielleicht sogar einen längerfristigen Vertrag. Selbstkritisch betrachtet empfand er sich als ein Schwein. Aber vielleicht würde genau dieses Schwein ihm helfen, in Zukunft – so hoffte er jedenfalls – für den strahlenden Youngster arbeiten zu können, der ihn von seinem Platz hinter dem großen Schreibtisch aus so unverschämt gutgelaunt anstrahlte.

„Hallo, ich bin Viktor Lasse. Wir haben telefoniert", fing Viktor an. Dabei versuchte er, gleichzeitig Selbstbewusstsein und angemessene Zurückhaltung in seine Stimme zu legen.

Kai Kehrmann schob die Brille vom Kopf auf die Nase und musterte den Mann, der gerade sein Büro betreten hatte, über die Brillengläser hinweg. ´Erst einmal Distanz schaffen`, hatte er von seinem Vater gelernt. ´Eins muss von vornehinein klar sein: Ich bin der Chef hier!`, war Kehrmann überzeugt.

„Worum geht es?", fragte er schließlich, ohne die Begrüßung zu erwidern.

Abfällig winkte Kehrmann auf den leeren Stuhl vor seinem Schreibtisch. Viktor Lasse setzte sich. Dabei schaute er dem Chef von NeonFilm direkt in die Augen. ´Jetzt oder nie`, dachte er.

Dann begann er: „Sicher kennen Sie mich. Ich arbeite seit langem als Autor in der Showbranche. Die letzten Jahre habe ich unter anderem sehr erfolgreich für die Stunksitzung geschrieben. Viele der politischen und provokativen Nummern stammten von mir." Ein gewisser stolzer Unterton war nicht zu überhören.

Viktor Lasse fuhr fort: „Nun ist es an der Zeit, dass ich mich verändern möchte. Ihre Filmproduktionsfirma hat einen sehr guten Ruf auf dem Markt, und da liegt es auf der Hand, dass eine erfolgreiche Firma und ein erfolgreicher Drehbuchautor gemeinsam richtig gut zusammenarbeiten müssten."

Viktor gab alles. Und er hatte noch ein Ass im Ärmel. Insgeheim hoffte er, es gar nicht spielen zu müssen.

Das selbstbewusste Auftreten des Autors überraschte Kai Kehrmann. So etwas hätte er dem äußerlich eher unattraktiven Lasse nicht zugetraut. Er mochte solche skurrilen Typen. Aber so einfach wollte er es dem Jobsuchenden nicht machen.

„Haben Sie irgendwelche Probetexte oder Referenzen?", fragte Kehrmann geschäftsmäßig, leicht arrogant.

„Selbstverständlich. In dieser Mappe habe ich einen Querschnitt meiner Werke zusammengestellt."

„Warum suchen Sie ausgerechnet jetzt einen Job? Werden Sie nicht bei der Stunksitzung gebraucht? Müssen Sie da nicht bleiben, bis die Sitzung steht? Soviel ich weiß, wird an dem Programm bis zum Schluss gefeilt. Sind Sie da als Autor nicht wichtig?"

Viktor ging durch den Kopf, dass es für Kehrmann ein Leichtes wäre, sich bei den Stunkern über ihn zu informieren. Und wenn er dann alle diese unerfreulichen Geschichten der letzten Zeit zu hören bekäme, wäre das sicher nicht vorteilhaft für ihn. Also beschloss er: ´Angriff ist die beste Verteidigung.`

„In der letzten Zeit gab es ein paar persönliche Differenzen zwischen mir und einigen Ensemblemitgliedern." Viktor lachte bei diesem Satz, um der ganzen Sache möglichst wenig Bedeutung zu geben. „Da tut ein Wechsel mal ganz gut."

Kehrmann trommelte mit den Fingern auf einer klitzekleinen freien Fläche seines Schreibtischs. Er musterte den Mann, der auf der anderen Seite seines Schreibtisches saß. Irgendetwas stimmte mit dem Typ nicht. Das spürte er. Bisher konnte er sich immer gut auf sein Gefühl verlassen. Das war ein Grund für seinen Erfolg. Er hatte immer genau im richtigen Moment den richtigen Riecher für die richtige Entscheidung. Andere nannten das vielleicht Glück. Er sah es als sein Verdienst und seine Fähigkeit an.

Auf der anderen Seite konnte ihm ein Autor mit Insiderwissen aus der Stunkszene vielleicht nützlich sein, ging es Kehrmann durch den Kopf. Diese Stunksitzung zählte seit zig Jahren zu den erfolgreichsten Karnevalsveranstaltungen in Köln. Wer in Köln etwas werden wollte, durfte sich dem Karneval gegenüber nicht verschließen. Das war dem Filmproduzenten klar. ´Ich werde diesen Viktor Lasse trotzdem ein wenig zappeln lassen`, überlegte Kehrmann seine Strategie.

„Also, eigentlich brauchen wir im Moment keinen neuen Autor. Wir haben ein gutes Team und einige sehr gute freie Autoren. Lassen Sie doch Ihre Daten hier, und bei Bedarf melden wir uns."

Kai Kehrmann schaute Viktor Lasse mit einem gönnerhaften Lächeln an, drückte dabei aber gleichzeitig mit seiner ganzen Mimik aus, dass er darüber jetzt nicht weiter reden wolle. Er saß am längeren Hebel, dachte Kehrmann.

„Wissen Sie", begann Viktor Lasse nun seinerseits mit leicht süffisantem Ton, „ich hatte das fast vergessen. Ich wollte Ihnen noch zu Ihrem großen Erfolg als Schauspieler gratulieren."

Dabei blickte Viktor Lasse auf seine Hände, die in seinem Schoß lagen. Ein Gefühl von Spannung und Überlegenheit mischte sich mit einem Anflug von schlechtem Gewissen. Er faltete seine Hände und knetete sie so, wie man es beim Händewaschen tut. Er wartete auf die Reaktion.

Sein Gegenüber stutzte und sah mit skeptischem Blick zu Viktor hinüber. Der hatte seinen Blick immer noch nach unten gerichtet. Kai Kehrmann hielt den Kopf schräg und versuchte Lasses Gedanken zu erraten. ´Was sollte diese Bemerkung? Der konnte doch nichts davon wissen. Das war unmöglich`, schoss es ihm durch den Kopf.

Kehrmann rückte seinen Stuhl nahe vor den Schreibtisch und stützte seine Ellenbogen auf. Sein Kinn lag nun auf den Händen. Mit vorsichtiger Stimme fragte er: „Was meinen Sie?"

Viktor Lasse fühlte sich großartig. Er hob seinen Kopf und sah Kehrmann direkt an.

„Ich meine Ihren sportlichen und leidenschaftlichen Auftritt in einem, nennen wir ihn freizügigen Film. Man könnte es, glaube ich, auch Porno nennen."

„Das war vor 15 Jahren. Was wollen Sie?"

Kai Kehrmann fühlte sich nun überhaupt nicht mehr wohl. Seine Selbstsicherheit war wie ausgeknipst.

Viktor Lasse genoss die sichtbare Veränderung des eben noch so erfolgreichen, dynamischen Jungunternehmers.

„Ich habe diese Aufnahmen zufällig in die Hände bekommen und schaue sie mir immer wieder gerne an."

Bei diesen Worten sackte Kai Kehrmann in sich zusammen. Ein paar Nacktszenen aus der Jugend wären ja nicht so schlimm. Aber vor kurzem hatte er eine Kampagne gegen Sexualisierung in der Werbung produziert. Sein Ruf und seine Firma standen auf dem Spiel.

Noch in seine Gedanken vertieft, drangen Viktor Lasses unverschämte Worte zu ihm durch: „Ich freue mich, dass wir uns so gut verstehen, und ich bin sicher, dass wir gut zusammenarbeiten werden. Ich denke da an eine Art fester freier Mitarbeiter mit Auftragsgarantie."

Viktor Lasse wusste, dass er jetzt erst einmal eine Pause machen musste, damit Kai Kehrmann das alles verdauen konnte.

„Ich melde mich nächste Woche bei Ihnen. Dann können wir über unsere neuen gemeinsamen Projekte reden", sagte er siegessicher und erhob sich leise. Er nickte Kai Kehrmann zu, der ihn gar nicht ansah, und verließ mit stolzgeschwellter Brust das Büro.

Als Viktor auf die Straße trat, fegte ihm ein scharfer Wind entgegen. Es war kalt, und es war laut. Ein schwerer Lastwagen fuhr an ihm vorbei. Er ging an der roten Mauer entlang, die von den früheren Industriezeiten dieser Gegend erzählte. Es mussten wirklich gute Zeiten gewesen sein. Selbst diese einfache Mauer war mit viel Finesse und dekorativen Elementen gestaltet. Gedankenverloren strich er beim Gehen mit der Hand über das Mauerwerk. ´Man muss ein Schwein sein auf dieser Welt`, ging Viktor die Textzeile der Prinzen durch den Kopf. Er hatte sich daran gewöhnt, gemein zu sein. Er war ein guter Autor, und seine Texte wurden geschätzt, aber als Freund hatte ihn selten jemand wahrgenommen, seine persönlichen Stärken wurden nie erkannt. Also waren die anderen schuld, wenn er so war, wie er war, dachte er.

Er hoffte, dass möglichst schnell diese dumme Morddrohungsgeschichte aus der Welt und für ihn erst einmal wieder alles ins Lot käme, so wie es in seinem Leben halt im Lot sein konnte. Seine Ansprüche waren nicht sonderlich hoch.

# 3

Die Fabriketage, in der sich das Übergangsbüro von Esther und Heinz befand, war mit hellgrauen Trennwänden in einzelne kleinere Räume unterteilt. Trotzdem war ihr Büro immer noch groß und geräumig. Sie hatten ihre Schreibtische so zusammengestellt, dass sie sich während ihrer Arbeit gegenübersaßen. Und da das Büro so groß war, hatten sie sich den Luxus gegönnt, eine Palme mit einer kleinen Kaffeebar aufzustellen. Heinz hatte eine alte Theke mit zwei Barhockern besorgt und dazu eine von einer Eisdiele aussortierte Espressomaschine günstig erstanden. Wie Heinz an die Sachen gekommen war, war für Esther ein Rätsel. Jedenfalls war dieses Büro zweifellos eines der gemütlichsten und schönsten Polizeibüros in ganz Köln.

Heinz schob Esther, die sich auf ihren Schreibtisch gesetzt und die Beine überschlagen hatte, einen Kaffee rüber.

„Viel Milch und keinen Zucker, wie immer?"

Esther nickte und nahm die heiße Tasse zwischen beide Hände. Die letzten Tage waren so eisig wie lange nicht mehr, und ihr war einfach nur kalt.

Sie blickte erwartungsvoll auf ihren Kollegen.

Heinz war ein langer, dünner, etwas schlaksiger Typ mit schulterlangen, blonden Haaren, die er manchmal zu einem Zopf zusammenfasste. Sonst hielt eine Sonnenbrille, die er wie einen Haarreif auf den Kopf schob, seine Haare aus dem Gesicht zurück. Sein Kinn, meistens nicht glatt rasiert, zeigte den üblichen Dreitagebart. Heinz, der fünf Jahre jünger war als Esther, schien immer entspannt zu sein. Immer! Esther hatte ihn nie wütend, nervös oder ungeduldig erlebt. Da sie in dieser Hinsicht so ganz anders war, war Heinz genau die richtige Ergänzung und der richtige Ausgleich für sie, mit anderen Worten: der ideale Partner.

„Nun sag schon! Heute Nacht wurde ein grausamer Mord verübt, vom Täter keine Spur, und wir müssen mit allen unseren kriminalistischen Fähigkeiten versuchen, den Mörder oder die Mörderin zu überführen.

So ist es doch? Das wolltest du gerade bestimmt sagen, oder?" Esther streckte ihren Kopf zu Heinz, wie eine Schildkröte ihren aus dem Panzer schiebt.

Heinz schüttelte nur den Kopf.

„Wie kann man nur so verbrechensgeil sein wie du?"

„Och Heinz, Mensch, mir ist einfach todlangweilig!"

Esther setzte sich auf ihren Schreibtischstuhl und lehnte sich, nun wieder ein wenig aufgewärmt, entspannt zurück.

„Seit Wochen haben wir blöden Papierkram zu erledigen. Es passiert nichts mehr in dieser Stadt. Den einzigen Mord der letzten Wochen haben sich Klaus und Heiner an Land gezogen. Das ist ungerecht. Ich bin doch nicht bei der Mordkommission, um Papiere zu schreiben und Formulare auszufüllen. Das kann es wohl nicht sein, oder?"

„Vielleicht habe ich etwas für dich."

Heinz schob Esther eine Notiz zu.

„Ich weiß aber nicht, ob da was dran ist."

Stirnrunzelnd, skeptisch und hoffnungsvoll zugleich, nahm Esther den Zettel. Sie las ihn zweimal durch, um ihn dann schwungvoll und sichtbar verärgert auf ihren Schreibtisch zu werfen.

„Vergiss es! Was soll da schon dran sein? Da will sich doch nur irgend so ein durchgeknallter Filmfritze wichtig machen. Womöglich ist das nur eine PR-Aktion. Und wir sollen es promoten. Nee danke, ohne uns!"

„Hey, das ist unser Job. Wir m ü s s e n der Sache nachgehen, ob wir wollen oder nicht!"

„Ist ja schon gut."

Esther nahm sich wieder den Zettel und schrieb sich die wichtigsten Dinge in ihre grasgrüne Kladde. Das machte sie immer so. Diese kleine Kladde nahm sie überallhin mit. Darin waren alle wichtigen Informationen, die sie in ihrem Job und bei ihren Fällen brauchte, mehr oder weniger ordentlich zusammengeschrieben.

„Also bestell den Typen mal hübsch hierhin, und dann soll er uns das Ganze noch einmal erzählen. Viktor Lasse! Wie kann man nur so heißen? Und bis dahin, lieber Heinz, werde ich `ne Runde Berichte schreiben."

Esther stöhnte bei den letzten Worten übertrieben und ließ ihren Oberkörper auf den Schreibtisch sacken. Nun lag sie da, mit Brust und Kopf auf den verschränkten Armen und schielte seitlich zur Tür. Sie schien auf irgendetwas zu warten, darauf, dass die Tür aufging und sie zu einem frischen Mord gerufen würden, oder dass vielleicht sogar ein Mörder direkt ins Kommissariat einbrechen und sie alle bedrohen würde. Aber es geschah nichts. Derweil hatte Heinz den Typen erreicht, er werde in einer Stunde da sein.

„Nun erzählen Sie mal", sprach Esther den Mann an, der ihr in ihrem Büro gegenübersaß. Sie hatte den Rücken zu ihrem Schreibtisch gedreht, und blickte ihn halb mitleidig, halb genervt an.

Viktor Lasse schwitzte. Dieser Termin bei der Polizei wühlte noch einmal die Angst in ihm auf, die er vorher ganz gut im Griff gehabt hatte. Vor der Tür hatte er sich noch schnell einen von den kleinen Wunderdrops eingeworfen, die ihn beruhigen sollten. Er hatte immer welche dabei, sowohl die, die ihn wachhielten und die Konzentration schärften, als auch die, die ihn wieder runterholten.

Der Schweiß lief über Viktors Schläfen. Esther war sich nicht sicher, ob es nicht doch das Fett aus den triefend fettigen Haaren war? Er war ihr sofort unsympathisch, schon in dem Moment, als er das Büro betrat. Im Grunde hatte er gar keine Chance mehr, auch nur einen einzigen Pluspunkt bei ihr zu gewinnen. Sie würde sich seine Sorgen anhören und die nötigen, unvermeidlichen Recherchen anstellen, die am Ende, davon war Esther überzeugt, sowieso nichts bringen.

Als Viktor anfing zu reden, zuckte Esther bei der weinerlichen, piepsigen Stimme innerlich geradezu zusammen. Diese Stimme, das Aussehen, die Ausstrahlung, das alles war nicht förderlich, in gutem Licht zu erscheinen.

„Ich habe wirklich große Angst", waren seine ersten Worte, „Angst, dass man mich umbringen will."

´Das kann ich verstehen`, dachte Esther. ´Wenn ich so wäre wie du, hätte ich auch Angst, dass mich meine Mitmenschen umbringen wollen.`

„Wie kommen Sie darauf?"

Esther versuchte trotz allem professionell und sachlich an die Sache heranzugehen.

Viktor zog umständlich aus der Innentasche seines Kordjackets einen zusammengefalteten Zettel. Er gab ihn Esther. Die las ihn durch und gab ihn an Heinz weiter, der auf der anderen Seite der Schreibtische saß. Das war eindeutig eine Morddrohung:

*„ich werde dich erwischen, du schwein,*
*und zwar dann, wenn du nicht damit rechnest,*
*und von nun an wirst du immer auf der hut sein müssen,*
*es kann immer und überall passieren"*

Die Frage war nur, ob dieser Viktor Lasse den Zettel selbst geschrieben oder ihn tatsächlich als Drohung erhalten hatte.

„Wie ist diese Nachricht zu Ihnen gekommen?", fragte Esther, indem sie das Wort Nachricht mit Luft-Gänsefüßchen markierte.

Viktor hatte seine Ruhe wiedergefunden. Die anfängliche Aufgeregtheit, das Schwitzen, das auch daher kam, dass er sich so beeilt hatte, hierhinzukommen, und es außerdem in dem Büro ziemlich warm war, all das war auf ein Normalmaß zurückgegangen. Seine Stimme war nun fester und klarer.

„Den Zettel fand ich nach einer Besprechung mit den Leuten von der Stunksitzung in meiner Jackentasche."

Heinz blickte fragend zu Esther. Von einer „Stunksitzung" hatte er noch nie gehört. Wenn ihn bitte mal jemand aufklären könnte.

Die Reaktion auf Esthers Gesicht sprach Bände.

Voller Mitleid mit dem armen Sauerländer, der hinter dem Mond lebte und die wichtigen Kulturereignisse in der großen Metropole am Rhein nicht kannte, erklärte sie ihrem Kollegen, was eine „Stunksitzung" ist: „Du kennst sicher die großen Prunksitzungen der traditionellen Kölner Karnevalsgesellschaften?"

Heinz nickte.

„Die Stunksitzung ist sozusagen eine Parodie auf diese Prunksitzungen, eine Karnevalssitzung, auf der gestänkert und gelästert wird, wo der traditionelle Karneval, die Kölner Politik und die Weltpolitik, die Kirche und die neuesten gesellschaftlichen Trends durch den Kakao gezogen werden."

„Also ist das eher Kabarett?", fragte Heinz nach.

„Ja, so könnte man das sagen. Allerdings geht es auch immer ein bisschen wie im Varieté zu, mit Akrobatik und Träumerei und so. Außerdem wird jede Sitzung zu einer großen Party. Dafür sorgt die Hausband der Stunksitzung ´Köbes Underground`."

„Also wird da gefeiert, wie das an Karneval in Köln so üblich ist", stellte Heinz fest, wobei er nicht genau den Unterschied zum normalen Karneval verstand.

Esther versuchte es noch einmal: „Der Protest der Stunksitzung richtet sich nicht gegen den Karneval an sich, sondern gegen den offiziellen Karneval in Köln. Obwohl ...", Esther dachte einen Moment nach, bevor sie weitersprach, „... obwohl, in letzter Zeit gab es eigentlich immer mehr Kontakte und Annäherungen zwischen den Traditionellen und den Alternativen."

Heinz musste grinsen. „Das ist wieder typisch für Köln: Jeder will mit jedem, und alle haben sich lieb."

Esther konnte ihrem Kollegen nicht wirklich widersprechen, und der ließ nicht locker: „Sind die denn nun rebellisch oder schon angepasst?"

„Ja ja, die Sitzung ist schon politisch und kabarettistisch, und es gibt immer wieder mal Stress mit Strafanzeigen wegen angeblicher Beleidigungen und Verunglimpfungen", beantwortete Esther die Frage ihres Kollegen.

Nach einem kleinen Schluck Kaffee fügte sie hinzu: „Die Stunksitzung ist allerdings auch fest im Kölner Karneval etabliert. Es gibt Bücher und Ausstellungen darüber, und die Sitzungen werden im Fernsehen übertragen, auch wenn die böse Zensur manchmal zuschlägt."

„Na dann gibt es demnächst wohl auch noch einen Stunkkrimi, was?"

„Nun werde nicht albern", entgegnete Esther mit einem Lachen. „Was für eine absurde Idee!"

Den beiden Kommissaren wurde in diesem Augenblick schlagartig klar, dass da neben ihnen ein potentielles Mordopfer saß und diese Alberei doch recht unpassend war.

Esther wechselte schnell das Thema. „Übrigens, ganz hier in der Nähe findet die Sitzung jedes Jahr statt, aber nicht nur eine, sondern fast 50 pro Session."

Heinz war beeindruckt und wunderte sich selbst, dass er davon bisher nichts gehört hatte. „Warst du selbst mal auf so einer Sitzung?", wollte er von Esther wissen.

„Ja, aber das ist lange her. Ich bin nicht der Typ fürs Schunkeln. Mir ist das alles viel zu karnevalistisch. Karneval und ich – das sind zwei Welten." Esther hob kurz ihre Schultern an, um zu zeigen, dass man da nichts machen konnte.

Heinz warf einen Blick zu Viktor Lasse, um sich zu vergewissern, dass er noch da war. Der sagte kein Wort und war fast unsichtbar. Nur zwischendurch bestätigte er gelegentlich die Erklärungen von Esther mit einem kleinen Nicken.

´Wie konnte ein Mensch so wenig präsent sein`, fragte sich Heinz im Stillen.

Dann wandte er sich wieder an Esther. „Wie lange gibt es die Stunksitzung denn schon?"

„Die erste Sitzung fand in den Achtzigern statt, damals nicht im E-Werk, sondern in der alten Mensa der Uni", erzählte Esther geduldig weiter.

„Dann ist die Stunksitzung jetzt also eine richtige Tradition."

„Ja, klar. Die meisten Schauspieler aus dem Ensemble stammen von damals und sind mit der Sitzung gealtert, genauso wie die Zuschauer und Fans. Es wird nicht mehr lange dauern, dann müssen sie die Schauspieler mit `nem Rollator über die Bühne schieben."

Heinz strich seine Haare zurück und platzierte die Brille genau so, dass sie nicht nach vorne oder hinten rutschen konnte, und sagte mit entschiedener Stimme: „Ich denke, dass ich mir so eine Sitzung unbedingt mal anschauen muss."

Esther lachte herzlich. „Du meinst aber nicht diese Session, oder?"

„Warum denn nicht?" Heinz verstand die Reaktion von Esther nicht. „Der Karneval hat doch noch gar nicht angefangen."

„Typisch Sauerländer! Was denkst du denn?", versuchte Esther ihrem Kollegen klarzumachen. „Du bekommst keine Karten mehr. Die sind längst ausverkauft."

Esther schüttelte angesichts von so viel Unwissenheit über die Kölner Kulturgepflogenheiten den Kopf.

Dann widmete sich die Kommissarin wieder ihrem Besucher.

„Und was haben Sie nun mit der Stunksitzung zu tun?", nahm Esther das Gespräch mit Viktor Lasse erneut auf.

„Ich habe bis letzte Woche bei der neuen Produktion der Stunksitzung mitgearbeitet."

„Als was denn?" Ein gewisser abfälliger Ton war da leider nicht zu überhören.

„Ich bin, äh, ich war einer der Autoren."

„Und was macht ein Autor bei der Stunksitzung?"

„Es gibt mehrere Schreiber, so um die sechs bis sieben, die für eine Sitzung arbeiten. Wir reichen übers Jahr unsere Ideen ein. Von mir waren immer ein paar schöne Nummern dabei. Die Stunker bezahlen die Texte recht ordentlich, und ich konnte dort gut verdienen. Tja, und die Autoren sind meistens bei den Vorbereitungen und Proben dabei, bis die Nummern stehen."

„Wieso haben Sie eben gesagt, dass Sie bis letzte Woche mitgearbeitet haben. Warum sind Sie jetzt nicht mehr dabei?"

Langsam wurde die Sache für Esther etwas spannender.

„Aus persönlichen Gründen."

„Wenn es um Mord geht, dann ist nichts mehr persönlich! Entweder Sie erzählen uns alles – und wenn ich alles sage, meine ich auch alles – oder Sie gehen, und wir vergessen die ganze Geschichte."

Esther blickte ihrem Gegenüber hart und provozierend in die Augen. „Ist das klar?"

In Viktor Lasses Kopf fuhren die Gedanken Achterbahn. Dabei versuchte er, nach außen hin ruhig zu wirken. Aber Esther war nicht entgangen, dass sie mit ihrer Frage ein inneres Chaos bei ihm ausgelöst hatte.

„Es ist nur", er versuchte ein wenig verlegen zu wirken, um seiner Aussage Überzeugungskraft zu verleihen, „weil ich mich in die falsche Frau verliebt hatte."

Er betrachtete Esther genau, um zu erkennen, wie sie reagieren würde. Aber Esther war Profi genug, um keine Reaktion zu zeigen. Sie hatte Viktor Lasse in dieser kurzen Zeit schon gut durchschaut. Dass er ihr gerade, wenn überhaupt, nur die halbe Wahrheit auftischte, war ihr klar.

„Weiter!", forderte sie ihn auf.

„Wir waren kurze Zeit ein Paar. Es war eine Schneiderin aus der Truppe. Dann hat sie mich verlassen – wegen eines anderen. Deswegen bin ich da weg. Es war zu schmerzhaft für mich."

Esther überlegte. Das konnte ja wohl nicht der Grund für die Morddrohung sein. Da musste, wenn dieser Zettel echt war, deutlich mehr dahinterstecken.

„Aber, wenn Sie da weg sind", fragte Esther nach, „dann gibt es keinen Grund mehr für eine Morddrohung."

„Ich habe ja nicht gesagt, dass die Drohung etwas mit dieser Beziehungsgeschichte zu tun hat. Das war nur der Grund, warum ich nicht länger für die Stunker arbeiten wollte."

Viktor sprach die Worte langsam und bedächtig. Dann atmete er tief ein und ließ die eingeatmete Luft hörbar aus seinem Mund herauszischen. Er spitzte seine Lippen und fuhr fort: „Ich weiß echt nicht, wer mir mit Mord droht – und warum!"

Nun schaltete Heinz sich in das Gespräch ein. Er hatte die ganze Zeit ruhig zugehört und Viktor Lasse beobachtet. Dabei war ihm nicht entgangen, dass der Autor nervös war – um nicht zu sagen, dass er offensichtlich Angst hatte. Dem schien es nicht um Aufmerksamkeit oder womöglich Medienrummel zu gehen.

„Was sollen wir Ihrer Meinung nach tun?", fragte Heinz ihn.

Viktor Lasse antwortete direkt und fordernd: „Finden Sie denjenigen, der mich umbringen will!"

Esther fand nun immer mehr Gefallen an dem Fall. Wenn sie Glück hatten, würde an der ganzen Sache etwas dran sein. Endlich wieder ermitteln und kriminalistisch arbeiten. Esther fühlte ein wohliges Gefühl von Zufriedenheit in sich aufsteigen. Dieser Tag würde doch noch ein schöner werden.

Sie schob Viktor Lasse einen Block und einen Stift zu.

„Schreiben Sie uns bitte die Namen Ihrer früheren Freundin und ihres jetzigen Freundes auf."

Während Viktor die Namen auf das Papier schrieb, blickte Heinz ihn schräg von der Seite an und fragte: „Ach, übrigens, was machen Sie denn jetzt beruflich?"

Viktor Lasse antwortete ihm ganz entspannt, mit dem guten Gefühl, dass ihm heute Vormittag ein wirklicher Coup geglückt war: „Ich werde künftig für NeonFilm arbeiten. Die konnten einen guten Autor gerade gut gebrauchen."

Esther stutzte und guckte verwundert zu Heinz. Na, den neuen Job hatte dieser Lasse aber sehr schnell gefunden. Sie würden sich NeonFilm auf jeden Fall genauer anschauen.

Heinz sagte abschließend zu Lasse: „Wir kümmern uns um die Angelegenheit. Wo können wir Sie erreichen?"

Viktor legte seine Visitenkarte auf den Tisch. „Sie können Tag und Nacht auf meinem Handy anrufen."

Esther steckte die Karte in ihre Kladde und erklärte dem Autor: „Sie wissen, dass wir Ihnen ohne konkrete Beweise keinen Polizeischutz geben können." Nach einer kurzen Pause fuhr sie fort: „Okay, wir melden uns, wenn wir etwas wissen. Passen Sie auf sich auf!"

Zum Abschied reichte die Kommissarin Viktor Lasse die Hand. Dabei schaffte sie es sogar, ein kleines Lächeln auf ihr Gesicht zu legen, obwohl ihr der fleischige, feuchte Händedruck von Viktor Lasse zuwider war.

„Ich sehe schon die Schlagzeile ´Stunk bei den Stunkern`", amüsierte sich Esther.

Als Viktor aus dem das Büro ging, ließ er die Ereignisse Revue passieren: zuerst dieses Gespräch mit dem arroganten Kai Kehrmann. Der strahlte so viel Selbstgefälligkeit aus, dass er, Viktor, sich in seiner Nähe ganz klein fühlte. Aber diese klitzekleine Erpressung hatte ihm den gewünschten Erfolg gebracht. Plötzlich war er der Große und Erfolgreiche und der andere war ganz klein. Mit einer Mischung aus Hochgefühl und Gewissensbissen hatte er NeonFilm verlassen und war zum Kriminalkommissariat gegangen. Auch wenn er deutlich gespürt hatte, dass diese

Kommissarin ihn nicht mochte, hoffte er doch, dass sie etwas tun und ihm helfen würde.

Viktor bog auf der Schanzenstraße rechts ab. Er wollte den Opernbus nehmen, der zumindest vorübergehend das Schanzenviertel mit dem Wiener Platz verband. Hinter den nächsten zwei Biegungen musste die Haltestelle vor dem Palladium sein. Und direkt gegenüber lag wie eine Kirche das E-Werk. Mit den großen Seitenfenstern, der prächtigen Fassade und dem achteckigen Turm thronte das alte Elektrizitätswerk inmitten der ebenso alten Industriearchitektur, so als ob es allen anderen Gebäuden sagen wollte: „Ohne mich läuft hier gar nichts!" Nun ja, schließlich war das ja früher auch so. Da wunderte es nicht, dass das E-Werk das erste Gebäude in diesem Industrieviertel war, das restauriert und als Veranstaltungshalle genutzt wurde. So hatte es Viktor einmal gelesen. Er liebte dieses ehemalige, alte Elektrizitätswerk. Wie oft war er hier zu Proben und Besprechungen der Stunker gewesen. Wehmütig dachte er an die Zeit zurück, die gar nicht so lange vorbei war. Es war eine schöne Zeit gewesen, als er irgendwie dazugehörte, zur großen Stunkfamilie. Auch wenn ihn keiner wirklich gemocht hatte, er war respektiert worden. Man hatte zusammen über seine Nummern gelacht und diskutiert. Wenn die Sitzung auf der Bühne war, war er jedes Jahr stolz gewesen. Es waren ja auch seine Babys, die die Sitzung zu dem machten, was sie dann war. So eine Arbeit würde er nicht mehr finden, das war ihm klar. Nostalgie kam in ihm hoch. Die Erinnerungen taten weh. Er überlegte, wie es so weit kommen konnte. Was war passiert? Manchmal drehten sich die Dinge so unerwartet. Schließlich hatte er jede Kontrolle über die Ereignisse verloren, und es hatte keine Alternative mehr zu seinem Weggang gegeben. Er machte sich Mut: `Steckte nicht in jedem Abschied auch ein Anfang?´ Eigentlich hätte er gerne etwas ganz anderes geschrieben, einen dicken fetten Roman, einen Bestseller. Aber dazu fehlte ihm das finanzielle Polster.

# 4

Nachdem Viktor Lasse das Büro verlassen hatte, nahm Esther ihre Kladde zur Hand und ging noch einmal ihre Notizen zu dem Gespräch durch.

„Wo fangen wir an?", murmelte sie vor sich hin. Viel hatten sie nicht.

Sie blickte auf und schaute zu Heinz. „Am besten nehmen wir das Umfeld unter die Lupe. Es muss ja schließlich ein Motiv für den geplanten Mord geben, wenn es überhaupt jemals einen Mord geben sollte."

Esther klappte die Kladde zu und lehnte sich gemütlich zurück. Dann stellte sie erste Überlegungen zu dem Fall an: „Eifersucht als Motiv scheidet aus, denn die Sache ist klar: Der Bedrohte ist der Ex, und der Ex ist eben ein Ex und hat für den Neuen den Platz geräumt. Wenn hier einer ein Motiv hätte, dann wäre es Viktor Lasse, aber nicht der neue Lover der Schneiderin. Schade eigentlich, wo Eifersucht zu den häufigsten Mordmotiven zählt."

Heinz stimmte ihr zu. „Dieser Lasse hat uns nicht alles erzählt. Ich vermute, dass der Grund für seinen Weggang von den Stunkern rein gar nichts mit dieser Beziehungskiste zu tun hat. Außerdem passiert so was am laufenden Band in solchen Ensembles."

„Meinst du nicht, dass du gerade ein kleines Vorurteil pflegst?", entgegnete Esther mit süffisantem Ton.

Mit einer Mischung aus Trotz und Bestimmtheit blieb Heinz bei seiner Theorie: „Ist doch wahr! Wegen so `ner Sache bringt man keinen um!"

Mit einem zustimmenden Nicken setzte sich Esther auf die Tischkante, schlug die Beine übereinander und zog die Stirn in Falten. Dann sagte sie mit übertrieben deutlicher Aussprache: „Also bleibt die große Frage: Was ist das Motiv?"

Nach einer kurzen Pause fuhr sie fort: „Heinz, versuch mal rauszubekommen, wann wir diese Leute von der Stunksitzung möglichst alle gemeinsam antreffen können, um sie zu befragen. Ich gehe derweil zu der Produktionsfirma NeonFilm, bei der Viktor Lasse heute Morgen war. Vielleicht wissen die etwas, was uns weiterhilft. Wir müssen mehr über diesen Viktor erfahren."

Heinz machte sich an die Arbeit, recherchierte, telefonierte und mailte, sortierte Akten in die entsprechenden Ordner, korrigierte geschriebene Berichte, schrieb Protokolle, die bisher nur in Stichworten vorhanden waren, alles in allem: Heinz erledigte Bürokram. Er machte das an diesem kalten, eisigen Dezembertag sogar gerne, denn die Vorstellung, jetzt wieder raus in die verdammte Kälte zu müssen, ließ ihn für einen kurzen Augenblick erzittern. Esther dagegen freute sich, ´auf die Straße` zu kommen, wie sie es nannte, wenn sie draußen Ermittlungen anstellte. Sie schnappte sich ihre Jacke, ihre Kladde und verließ das Büro.

´Das ist ja praktisch!`, ging es Esther durch den Kopf, als sie die Eisentreppe, die außen an ihrem Übergangsquartier nach unten führte, hinunterstieg. NeonFilm war fußläufig gut zu erreichen. Sie musste nur die Schanzenstraße Richtung Keupstraße gehen, einmal der Biegung nach links folgen, und dann sah sie schon das herrschaftliche Gebäude, in dem NeonFilm neben vielen anderen Unternehmen seine Räume hatte.

Die Fassade hätte von einem Schloss sein können, so kam es ihr vor. Zwischen schmalen, aufstrebenden Backsteinbändern befanden sich hell verputzte Mauerflächen und hohe rechteckige Fenster. Das Ganze wirkte sehr durchdacht, irgendwie austariert und systematisch. Esther überlegte kurz, ob diese Merkmale wohl auch auf die Firmen, die sich hinter dieser Fassade befanden, zu übertragen wären.

Mitten im leicht zurückspringenden Mittelteil war der Eingang in das Gebäude. Aber nicht irgendein Eingang! Die Leute, die in dieses klassizistische, repräsentative Gebäude hineinwollten, mussten durch ein steinernes, protziges Mittelportal gehen, über dem auf einer Platte „Felten & Guilleaume“ und „Carlswerke“ geschrieben stand.

´Das war bestimmt das Hauptgebäude der alten Carlswerke `, dachte sich Esther. ´Wow, keine schlechte Adresse.`

Mit ein wenig Ehrfurcht betrat sie den ehemaligen F&G-Firmenpalast. Im Eingangsbereich fand sie schnell eine Tafel mit der Aufschrift „NeonFilm, 6. Etage". Glücklicherweise gab es einen Aufzug.

Vom Fahrstuhl aus trat sie direkt in das großzügige Foyer von NeonFilm. Viel Glas, viel Edelstahl und ein wenig Neongrün. Drei Türen gingen vom Foyer aus ab. Vor der mittleren Tür stand ein gläserner Schreibtisch, an dem eine mittelalte, rothaarige Frau saß. Esther ging auf sie zu, nannte ihren Namen und ihren Beruf.

„Karin Schulte", stellte sich ihrerseits die Rothaarige vor und streckte Esther ihre Hand zur Begrüßung entgegen.

„Was kann ich für Sie tun?"

„Wenn ich richtig informiert bin, hatten Sie heute Morgen Besuch von einem Viktor Lasse." Esther brauchte nicht lange auf eine Reaktion von Karin Schulte zu warten.

„Ja, das stimmt."

Die Frau hinter dem gläsernen Schreibtisch rümpfte ihre Nase.

„Den konnte man nicht leicht übersehen, etwas eigenartig, der Typ, um es vorsichtig auszudrücken."

Esther antwortete nur : „Ich hatte ebenfalls bereits das Vergnügen."

Die zwei Frauen mussten lachen. Ohne weitere Worte hatten sie sich verstanden.

Wieder ernster fragte Esther weiter: „Können Sie mir sagen, was der hier wollte?"

„Das müssen Sie den Chef fragen, das weiß ich nicht."

„Ist er denn da, der Chef?"

„Ja, Momentchen bitte."

Karin Schulte stand auf und klopfte an die Tür hinter ihrem Schreibtisch. Kurz darauf trat sie in den Raum. Es dauerte keine Minute, da kam sie wieder heraus, schüttelte den Kopf und sagte: „Einen kleinen Moment müssen Sie bitte warten. Er telefoniert gerade."

Esther war nicht wirklich böse, noch ein bisschen bei der sympathischen Rothaarigen bleiben zu können, die ihr einen Kaffee und einen Platz angeboten hatte.

„Sie haben hier wirklich schöne Räume", begann Esther ein kleines Schwätzchen.

Karin Schulte nahm sich auch einen Kaffee und griff das Stichwort zu den Räumlichkeiten gerne auf. „Das kann man wohl sagen. Wenn der gute alte Guilleaume gewusst hätte, dass aus seinem 1874 gebauten Carlswerk mal ein moderner Medien- und Gewerbecampus wird, der hätte nicht schlecht gestaunt."

„Sie kennen sich aber gut aus", sagte Esther mit aufrichtiger Bewunderung.

„Ach wissen Sie ...", erklärte Karin Schulte, „... Geschichte und alte Gebäude waren schon immer mein Hobby. Wenn man an so einem historischen Ort täglich zur Arbeit gehen darf, dann macht das Spaß, und es versteht sich von selbst, etwas mehr über diesen Ort und seine Geschichte in Erfahrung zu bringen."

Sie schaute Esther prüfend an, um festzustellen, ob sie noch mehr erzählen sollte. Als sie den neugierigen Blick der Kommissarin sah, fuhr sie fort: „Wussten Sie, dass die Familie Felten im Mittelalter in der Zunft der Seilermeister eingetragen war?"

Nein, das wusste Esther natürlich nicht.

„Anfang des 19. Jahrhunderts haben sich die Guilleaumes und die Feltens zusammengetan, und schon gab es Felten & Guilleaume. Mit ihren Drahtseilen, Strom- und Telefonkabeln haben die sich zu einer echten Weltfirma gemausert. Die Tragseile für die Mülheimer Brücke sind auch von denen."

Esther war von der kleinen Geschichtslektion begeistert.

„Ich könnte Ihnen stundenlang zuhören. Das ist alles sehr spannend."

Sie trank ihren Kaffee aus.

„Ich könnte ihnen viele spannende Geschichten aus der Zeit erzählen, als Köln eine wichtige Industriestadt wurde. Vom Otto-Motor und der Stollwerckfabrik ... Aber dafür ist jetzt wohl nicht der passende Augenblick."

Als ob Karin Schulte es geahnt hätte, öffnete sich die Tür vom Büro des Chefs, und ein gutaussehender Mittdreißiger stand im Türrahmen. Esther staunte nicht schlecht, als sie den Typen sah, der hier offensichtlich der Chef war. Kein Vergleich zu dem merkwürdigen Autor, wegen dessen sie hier war. Kehrmann zeigte in sein Büro und lud Esther formvollendet auf einzutreten.

Nachdem er die Tür hinter sich geschlossen hatte, sagte er: „Eine echte Kommissarin, und dazu eine so charmante."

Esther fühlte sich sehr geschmeichelt. Was so ein kleines Kompliment für eine große Wirkung haben konnte. Auch wenn sie es inhaltlich nicht so ernst nahm, war direkt eine freundliche Atmosphäre im Raum.

„Und ein echter Film-Chef, und dazu so ein symphatischer", gab Esther zurück, auch um das Kompliment mit ein wenig Ironie zu entschärfen.

„Was verschafft mir die Ehre?"

„Es geht um Viktor Lasse."

Esther konnte beobachten, wie das Gesicht von Kai Kehrmann in Sekundenschnelle versteinerte.

Der NeonFilm-Chef war blass geworden. Unterschiedliche Gedankenfetzen schossen durch Kehrmanns Hirn: ´Was wollte die Polizei von ihm und was hatte das mit diesem komischen Autor zu tun? Der wollte doch nur diesen Job. Und den hatte er bekommen.`

Esther wartete ein bisschen, bis sie ihre nächste Frage stellte. Sie ließ Kehrmann keinen Moment aus den Augen. Ihr wurde klar, dass sie etwas ausgelöst hatte. Etwas, das in Kehrmann einen inneren Sturm entfachte.

„Können Sie mir berichten, was Viktor Lasse von Ihnen wollte?"

Kehrmann fasste sich, schluckte einmal kurz und antwortete dann so entspannt, wie es ihm in der Situation eben möglich war: „Lasse hat sich bei mir als freier Autor für einen Job vorgestellt. Warum fragen Sie?"

„Dieser Viktor Lasse hat eine Morddrohung erhalten, der wir nachgehen", stellte Esther nüchtern fest. Dabei achtete sie genau auf Kehrmanns Reaktion. Der schien ihr irgendwie erleichtert zu sein.

Das war er auch. Die Kommissarin war nicht wegen seiner früheren Sexfilme da. Als er darüber nachdachte, wurde ihm klar, dass das auch definitiv kein Fall für ein Kommissariat gewesen wäre. Der Gedanke, dass dieser Lasse eine Morddrohung erhalten hatte, war allerdings für Kehrmann höchst interessant. Er vermutete, dass das der eigentliche Gund für Lasses Bruch mit den Stunkern war. Von wegen ´sich mal ein wenig verändern` und ´ein paar persönliche Differenzen`. Da schien mehr dahinterzustecken, war sich der Filmchef sicher. Offenbar hatte Lasse ein paar Leichen im Keller und ein paar Feinde mehr als nur ihn. So, wie der bei ihm aufgetreten war, konnte sich Kai Kehrmann lebhaft vorstellen, dass Viktor Lasse auch andere Leute in seinem Umfeld erpressen würde.

„Morddrohung?", fragte Kehrmann unschuldig. „Wer macht denn so was?"

Der auffallende Wechsel der Stimmungslage des Filmchefs war Esther nicht entgangen.

„Genau das wollen wir herausfinden", antwortete sie. „Hat er Ihnen davon was erzählt?"

„Nein, überhaupt nichts. Ich hatte keine Ahnung."

Und das stimmte sogar.

„Es ging also nur um einen Job? Ist das richtig?"

„Ja, und ich denke, ich werde in Zukunft öfter mit ihm zusammenarbeiten. Er ist ein guter Autor."

Das war allerdings nur die halbe Wahrheit.

Kehrmann schmunzelte ein wenig und sagte mit einem Augenzwinkern: „Vorausgesetzt die Drohung ist nur eine Farce und wird nicht wahrgemacht."

Esther überlegte, ob das lustig sein sollte. Die Beziehung zwischen Kehrmann und Lasse kam ihr irgendwie komisch vor. Sie würde den Filmmann auf jeden Fall im Auge behalten.

„Wenn Ihnen etwas einfällt, was uns weiterhelfen kann, melden Sie sich bitte." Esther legte ihm eine Visitenkarte auf einen der vielen Stapel auf seinem Schreibtisch. Sie hatte für heute genug gehört. Und sie wusste, dass sie jetzt nichts mehr erfahren würde. Also beendete sie das Gespräch. Sie verabschiedete sich und verließ den NeonFilm-Chef und die schicke Büroetage.

Als die Kommissarin die Bürotür von außen geschlossen hatte, fiel Kehrmann erschöpft und angespannt zugleich in seinen Schreibtischsessel zurück. Diese Morddrohung bot ihm ungeahnte Möglichkeiten.

Draußen auf der Straße rief Esther Heinz an, der den restlichen Vormittag im Büro verbracht hatte. Sie verabredeten sich zum Mittagessen bei *Nadia*, um dort gemeinsam eine leckere Pasta zu verspeisen und über den Fall zu reden. Mit Wasser im Mund und Vorfreude auf das Essen machte sich Esther auf den Weg zum italienischen Supermarkt *Nadia*, der nur ein paar Schritte vom ehemaligen Hauptgebäude der Carlswerke entfernt lag und wo man glücklicherweise die italienischen Köstlichkeiten nicht nur kaufen konnte, sondern das eine oder andere auch direkt vor Ort serviert bekam.

Auf dem Weg kamen ihr die Worte von Karin Schulte in den Sinn: Medien- und Gewerbecampus! Klar das Schanzenviertel war reizvoll und sicher ein Anziehungspunkt für die moderne Medienwelt, aber eins war hinterwäldlerisch: die Anbindung an das öffentliche Verkehrsnetz. Es gab sie gar nicht. Eigentlich war das echt komisch, dass sich das Schanzenviertel trotzdem so gut entwickelt hatte. Erst seit kurzem fuhr hier ein öffentlicher Bus entlang. Das war allerdings nicht irgendein Bus, sondern ein spezieller: der Opernbus. Der fuhr erst hier entlang, seitdem die Oper in ihre Notunterkunft verlegt worden war. Ob der hier noch fährt, wenn die Oper einmal wieder in ihr Opernhaus zurückzieht – das war ungewiss.

Als Esther bei *Nadia* ankam, war Heinz noch nicht da. Also nutzte sie ihren Vorsprung, um im Laden ein paar leckere Antipasti und eine Flasche Rotwein für den Abend einzukaufen. Als sie an der Kasse stand, winkte ihr Heinz um die Ecke zu.

Sie bestellten sich zwei Lasagne und tranken dazu ein Glas Wein. Esther berichtete Heinz von NeonFilm und Kai Kehrmann. Sie waren sich beide sicher, dass sie diesen Filmmenschen nicht zum letzten Mal gesehen hatten. Irgendetwas hatte der mit der Sache zu tun.

Für den nächsten Tag hatte Heinz einen Termin bei den Stunkern vereinbart. Obwohl, ein richtiger Termin war das nicht. Sie könnten bei einer Probe vorbeikommen, hatte man ihm gesagt.

Heinz und Esther gingen nach ihrer gemeinsamen Mittagspause zurück ins Büro. Schließlich wartete einige Arbeit auf sie, vor der sich nun auch Esther nicht mehr drücken konnte.

Die kalte Luft, die ihnen auf der Straße entgegenkam, tat gut. Nach dem Gläschen Wein und der wohligen Atmosphäre beim Italiener konnten sie diesen Spaziergang gut gebrauchen.

In ihrer Fabriketage angekommen machte Heinz quasi zum Nachtisch zwei Espressi. Die Kommissare hatten ihre Bürotür offen gelassen. Da ihr Raum genau am Kopfende des langen Flurs lag, hatten sie eine wunderbare freie Sicht auf den Gang und alle Eingänge zu den angrenzenden Räumen der Kollegen. Sie machten sich jedes Mal, wenn sie an ihrer Kaffeetheke saßen und durch die geöffnete Tür auf den Flur sahen, einen großen Spaß daraus, beim Öffnen einer Tür zu erraten, wer wohl warum und in welcher Verfassung da herauskäme. Vorne links befand sich das Büro der beiden anderen Mordkommissare Klaus und Heiner, daneben das der Sitte. Gegenüber saßen die Kollegen der Drogenfahndung und Mitarbeiter der Autobahnpolizei.

Während Esther und Heinz den letzten Schluck ihres Espressos nahmen, öffnete sich die Tür am anderen Kopfende des Flurs, die zum zentralen großen Treppenhaus des Gebäudes führte. Die beiden Kommissare staunten nicht schlecht, als sie sahen, wer da auf sie zukam: Es war der Staatsanwalt höchstpersönlich. Friedhelm Fassbinder war ein kleiner untersetzter Mittfünfziger mit einem ausgeprägten fröhlichen Wesen. Er winkte den beiden zu, verschwand dann aber im Büro der Kollegen. Kurze Zeit später trat er bei Esther und Heinz ein.

„Ich wollte mal sehen, wo meine Mord-Spezialisten untergebracht sind und ob es ihnen gut geht", sagte er zur Begrüßung. Er sah sich um, hob die Augenbrauen und fuhr fort: „Na, wenn ich das hier so sehe, dann ist das ein klarer Fall: Ich brauche mir um euch keine Sorgen zu machen. Wenn ich mir überlege, wie karg und stillos sich eure Kollegen eingerichtet haben, dann ..."

Er brach den Satz ab und schüttelte mit dem Kopf, als ob er sagen wollte: ´Das sind zwei unterschiedliche Welten, die keinem Vergleich standhalten.`

Heinz bot dem Staatsanwalt einen Stuhl und einen Espresso an. Beides nahm dieser dankbar an.

„Ich habe hier was für euch", sagte Fassbinder und legte eine dünne Akte auf den Tisch. „Vor ein paar Tagen wurde im Stammheimer Schlosspark ein Toter gefunden."

„Warum erfahren wir das erst jetzt, und war das etwa ein richtiger Mord?", freute sich Esther und warf einen Blick in die Akte. Darin befanden sich ein Blatt mit Namen und den üblichen Infos zur Identifikation einer Person, Fotos eines Toten und ein knapper Bericht von zwei Polizisten, die zum Tatort gerufen worden waren.

„Nun ja, vermutlich ist der Tote aus dem Schlosspark kein Mordopfer. Die Kollegen gehen von einer Überdosis Heroin aus. Jetzt ist die Leiche bei der Rechtsmedizin. Die Drogenfahnder sind informiert. Wir müssen die Autopsie abwarten. Die Angehörigen sind bereits informiert."

Esther war enttäuscht, dass diese Geschichte wahrscheinlich nicht viel mehr hergab als eintönige Aktenarbeit. Sie erzählte dem Staatsanwalt von der Morddrohung, mit der sie am Vormittag konfrontiert worden waren, und bekam, wie zu erwarten war, den Auftrag, der Sache nachzugehen.

„Das ist jetzt der zweite Beinahe-Mord an einem Tag", stöhnte Esther. „Erst die Drohung und jetzt der Junkie. Das ist echt gemein."

Heinz verdrehte seine Augen und antwortete übertrieben verzweifelt: „Bei der Frau kann man nichts mehr machen. Die ist total mordsüchtig."

Der Staatsanwalt zwinkerte vergnügt, verabschiedete sich und ließ die beiden Kommissare mit zwei halbgaren Fällen zurück.

Esther und Heinz machten sich an den zumindest aus Esthers Sicht vollkommen überflüssigen Schreib- und Bürokram, den der Kriminalistenjob mit sich brachte. Der Nachmittag verging langsam. Draußen war es schon dunkel, obwohl es erst halb vier war. Esther überlegte, wie es wohl in Schweden sei. Es schauderte sie bei dem Gedanken, dass es dort zu dieser Jahreszeit überhaupt nicht hell wurde. Sie war schon mit dem Dunkelwerden in diesen Breitengraden bedient.

Als Esther abends nach Hause kam, schaltete sie als erstes den Computer an – so wie jeden Abend. Esther war noch nicht richtig angekommen, den Schlüsselbund in der Hand, die Tür fast noch offen, da brummte schon die Kiste. Während sie sich Schuhe und Jacke auszog, konnte der Rechner hochfahren. Sie ging in die Küche und goss sich ein Glas von dem Rotwein ein, den sie mittags bei *Nadia* gekauft hatte. Die Heizung war den ganzen Tag gelaufen, so dass es in ihrer Wohnung jetzt schön warm war. Die sie umgebende Wärme und der Rotwein ließen schnell ein entspanntes, wohliges Gefühl in ihrem Körper hochsteigen. Die Füße angezogen hockte sie auf ihrem Schreibtischstuhl. Es war eigentlich kein klassischer Schreibtischstuhl, sondern ein Erbstück. Der zerkratzte und verschlissene Holzstuhl hatte bei ihrer Großmutter immer in der Küche gestanden. Jetzt lag ein rotes Samtkissen auf der Sitzfläche, und der Stuhl stand vor dem Computertisch.

Sie war neugierig zu erfahren, von wem sie Mails erhalten hatte und was es Neues bei facebook gab. Unter den Mails waren wieder einige dieser nervigen Spams, wie beispielsweise ´mal wieder richtig Sex?`. Nun wenn sie ehrlich gewesen wäre, wäre tatsächlich ... ´Ach, so ein Quatsch! Das ist doch wirklich zu doof, dass mich diese dummen Mails da anmachen`, ärgerte sie sich. Außerdem lag es ja nicht an irgendwelchen Techniken oder Hilfsmitteln, sondern an dem fehlenden Mann. Das war hoffentlich nur von kurzer Dauer.

Aber da gab es noch eine andere Mail, über die sich Esther richtig freute. Sie kam von ihrer Schwester. In letzter Zeit hatten sie nicht viel Kontakt. Nicht etwa, weil sie sich nicht mochten, aber sie hatten einfach so unterschiedliche Lebensweisen, dass es oft nicht zusammenpasste. Erika war eine perfekte Mutter. Als Lehrerin machte sie einen guten Job, und gleichzeitig hatte sie Zeit für ihre beiden Kinder. Die spielten natürlich beide ein Instrument und trieben Sport. Außerdem waren die Kinder auch noch nett und lieb. Das war für Esther zu perfekt. Sie mochte die Kleinen, aber sie lebte nun einmal ganz anders. Sie hielt diese Harmonie und die Es-geht-mir-ja-so-gut-was-hab-ich-bloß-für-ein-Glück-Romantik nie lange aus. Deshalb war es, wie es war. Das war zwar schade, aber es war eben so.

Esther öffnete die Mail.

*Hi Esther, du wirst es nicht glauben, aber ein paar Freundinnen von mir und ich haben heute unerwartet die Zusage bekommen, bei der Stunksitzung im Elferrat sitzen zu können. Da ist wohl ein anderer Elferrat ausgefallen. Wir sind bei der Premiere dran. Eine von uns kann nicht, weil sie einen anderen Termin hat. Tja, und jetzt fehlt uns eine Frau. Da habe ich an dich gedacht. Wie wär's, hättest du Lust? Das wird bestimmt ein total netter Weiberelferrat. LG Erika*

Im ersten Moment wusste Esther nicht, was sie von dieser Mail halten sollte. Der Elferrat bei der Stunksitzung war eine ganz spezielle Sache. Da saßen jeden Abend andere Leute, und zwar nicht elf, sondern zehn. Die Elfte war die Präsidentin. Und diese zehn Leute, die jeden Abend hoch über der Bühne saßen, tanzten und Stimmung machten, konnten sich im Vorfeld der Sitzung bewerben. Die hatten nichts direkt mit der Stunksitzung zu tun, sondern waren einfach nur Fans und Freunde. Die Plätze dort oben waren jedenfalls sehr begehrt. Es gab jedes Jahr viel mehr Bewerbungen als Zusagen – und das, obwohl jeden Abend ein anderer Elferrat auf dem Podest Platz nehmen durfte.

Esther war hin- und hergerissen. Da hatte man sie, weil jemand anderes nicht konnte, gefragt, ob sie die Zehnte in einem Elferrat sein wollte. Das war nicht gerade eine tolle Einladung. Sie fühlte sich als Lückenfüllerin. Auf der anderen Seite war es schön, dass Erika an sie gedacht hatte. Das war eine gute Gelegenheit, mal wieder etwas zusammen zu unternehmen.

Nach einem Glas Wein und kurzem Überlegen entschied sie sich dazu, die Anfrage als positiv zu bewerten. Dabei fragte sie sich, ob die Sache mit dem Elferrat und der Stunksitzung für sie wohl das Richtige wäre. Bis heute Morgen hatte sie mit dieser ganzen Stunksitzungskiste nicht allzu viel zu tun, bis auf die wenigen Male, als sie sich die Sitzung angeguckt hatte. Klatschen, Schunkeln, Singen und das enge Zusammensitzen waren eigentlich nichts für sie. 'Ob sie nicht doch absagen sollte`, zweifelte sie.

Jedenfalls war es ein komischer Zufall, dass ausgerechnet an dem Tag, an dem sie beruflich auf die Leute der Stunksitzung stieß, sie nun auch privat damit zu tun haben sollte. Vielleicht würde ihr dieser Elferrat sogar bei ihrem Fall weiterhelfen. Oder aber der Fall würde ihr den Elferrat vermiesen. Ihre Schwester hatte geschrieben, dass der Termin schon bald wäre. Also musste Esther sich an diesem Abend entscheiden.

Nach einem weiteren Glas Wein war ihr Entschluss getroffen. Sie würde mitmachen. Und sie beschloss, die Elferratsidee als eine ausgesprochen lustige und schöne Sache anzusehen, und antwortete ihrer Schwester, dass sie gerne dabei sei.

Kurze Zeit später kam Erikas Antwort.

*Klasse, dass du mitmachst. Ich freue mich. Kannst du nächste Woche am Dienstag nach Weihnachten zu mir kommen? Wir treffen uns mit dem Elferrat, um über unsere Kostüme zu sprechen und ein paar Choreografien einzuüben. Dann kannst du die anderen Mädels kennenlernen. Die sind wirklich alle sehr nett. LG Erika*

Esther lief ein Schauer über den Rücken. Choreografien! Kostüme! Hilfe! Womöglich auch noch in aller Öffentlichkeit da oben schunkeln! Auf was hatte sie sich bloß eingelassen?

Egal! Jetzt hatte sie „Ja" gesagt, und dabei blieb sie.

# 5

Mittwoch, 22. Dezember.

Heinz und Esther sollten gegen 10 Uhr in den Proberäumen der Stunker vorbeikommen. Die befanden sich in der Nähe des E-Werks in einem der vielen wunderbaren alten Industrie-Hinterhöfe. Es sei einer der letzten Probentage, bevor sie mit der ganzen Produktion ins E-Werk umzögen, hieß es. Es würde ein chaotischer Tag, aber zumindest seien alle Männer und Frauen der Stunksitzung dort. Heinz würde ein wenig später nachkommen. Er wollte nach dem ereignisreichen, gestrigen Tag zunächst ins Büro und Kontakt mit der Rechtsmedizin aufnehmen.

Esther hatte beschlossen, direkt von zu Hause aus zu den Stunkern zu fahren. In der letzten Nacht hatte es wieder mächtig geschneit. Esther steuerte ihren Cinquecento gefühlvoll über den weißen Straßenbelag, die Cottbuser Straße entlang. Als sie unter der Bahn durchgefahren, die Kurve nach links genommen und dann rechts in die Schanzenstraße eingebogen war, brauchte sie nur noch die Einfahrt in den Hinterhof zu nehmen, wo sich die Proberäume der Stunksitzungsmannschaft befanden. Beim Anblick der merkwürdigen Ansammlung von Getränkevertrieben und Im- und Exportgeschäften fühlte sie sich in den Hinterhof eines Krimis der sechziger Jahre versetzt. Der Schnee war hier nicht so schön weiß wie auf der Straße, sondern grau und dreckig. Dieser Ort gehörte eindeutig nicht zu den schmucken, schön restaurierten Hinterhofidyllen, in denen sich die aufstrebenden Medienfirmen tummelten. Außerdem war der Himmel verhangen, die Stimmung war düster und trist. Esther blickte sich um und suchte das Gebäude, in dem sie die Stunker treffen sollte.

Als sie es gefunden hatte, öffnete sie die Tür und trat in einen schmalen Flur. Zur linken Seite öffnete sich hinter einer Wand ein gemütlicher Küchenraum. An einem großen Esstisch saßen ein paar Leute, die ihr freundlich zunickten. Einen erkannte Esther. Es war ein Musiker von Köbes Underground. Es kam ihr ein wenig befremdlich vor, ihn ganz normal an einem Küchentisch sitzen zu sehen. Die Leute am Tisch unterhielten sich weiter, nahmen kaum Notiz von ihr, tranken Kaffee; einer aß ein halbes Käsebrötchen. Aus einem hinteren Raum drangen die tiefen Bassschläge eines Schlagzeuges.

Am Herd stand eine Frau mit erhitztem Gesicht und rührte emsig in zwei riesigen Töpfen. Es roch lecker nach asiatischen Gewürzen.

„Kann ich dir helfen?", fragte sie Esther mit einem offenen herzlichen Lächeln.

Jemand kam die Treppe herunter, um in einem anderen hinteren Raum zu verschwinden.

Nur ein kurzes „Mmm, riecht das gut!" war zu hören. Schon war dieser Jemand außer Sichtweite.

Esther schaute die Köchin dankend an, dass wenigstens sie ihr Dasein bemerkt hatte.

„Esther Schneider, Kripo Köln. Hallo."

Esther kannte das. Beim Wort Kripo entstand sofort eine knisternde, angespannte Stimmung im Raum, egal, wo sie war. Die Leute am Tisch verstummten und drehten sich zu ihr um. Alle Blicke waren magnetisch auf sie gerichtet.

„Kripo? Was will die Kripo von uns?", fragte der Typ, den sie als Musiker glaubte erkannt zu haben.

Die Köchin rührte weiter in ihren Töpfen und sagte beiläufig: „Das ist bestimmt wieder eine Verfügung wegen befürchteter Beleidigung oder so. Das passt aber echt schlecht. Heute Nachmittag steigt das Vorspiel, und jetzt werden die letzten Dinge besprochen."

Bevor Esther nachfragen konnte, um was für ein „Vorspiel" es sich handelte, hörte sie die Stimme des Käsebrötchenessers: „Mensch, die ist von der Kripo! Die haben mit Gewaltverbrechen zu tun." Er schaute Esther prüfend an. „Stimmt doch, oder?"

„Ja, Sie haben Recht", bestätigte Esther. „Aber es ist noch kein Verbrechen geschehen."

„Höre ich da das Wörtchen *noch*?", fragte der Käsebrötchenesser zurück, der jetzt den letzten Rest des Essens in den Mund geschoben hatte.

Esther überlegte, wie sie anfangen sollte. Wenn sie zu viel sagen würde, wäre der potentielle Mörder gewarnt und sie würde vielleicht nichts mehr erfahren. Andererseits musste sie gezielte Fragen stellen, um nicht nur in trüber Suppe zu fischen.

„Wir ermitteln in einem Fall, der im weitesten Sinn mit der Stunksitzung zu tun haben könnte. Mein Kollege hatte gestern mit einem von Ihnen telefoniert, und ihm wurde gesagt, dass wir hier ein paar Fragen stellen könnten."

Eine Frau am Tisch drehte sich suchend um. „Wir? Sind Sie nicht allein? Ich sehe sonst niemanden."

„Mein Kollege kommt etwas später."

„Sie werden wohl kaum alle Leute in diesem Gebäude gleichzeitig sprechen können. Am besten arbeiten sie sich von Raum zu Raum durch." Der Musiker am Tisch sagte das ziemlich ruppig. Er war offensichtlich nicht erbaut über Gespräche mit der Polizei und die Aussicht auf lästige Fragen.

„Ja, das ist eine gute Idee", gab Esther als Antwort zurück, nicht weil sie davon überzeugt war, sondern eher, weil sie damit freundlich reagieren wollte.

Esther spürte ein leichtes Tippen auf ihrer Schulter.

„Nimm dem das nicht übel", flüsterte die Köchin ihr zu, um die unfreundliche Art des Typen zu entschuldigen. „Das ist Mattes, einer der Musiker. Der hat gerade eine ziemlich blöde Erfahrung mit der Polizei gemacht. Die haben ihn einfach mitten auf der Straße vom Fahrrad heruntergerissen und verhaftet. Er wusste gar nicht, was los war. Später hat er erfahren, dass in der Nähe eine Spielhalle überfallen worden war und die Täterbeschreibung auf ihn gepasst hat. Da haben zwei übereifrige Polizisten ihn einfach schnell mal einkassiert. War aber nur ein Irrtum."

Die Köchin verzog ihren Mund zu einer Grimasse, als ob sie sagen wollte: „Dumm gelaufen."

Dann lächelte sie wieder freundlich zu Esther. „Übrigens, ich heiße Marlene."

Diese Köchin gefiel Esther. Die war geradeaus und freundlich. Und sie hatte die Kommissarin einfach geduzt. Das war zwar ungewöhnlich für Esther, die sonst immer mit dem respektvollen „Sie" angesprochen wurde, aber diese Marlene durfte sie duzen.

„Das da ist Paul, der Regisseur", erklärte Marlene und zeigte auf den Mann, der gerade aus dem Raum mit der dunklen Tür kam.

Marlene überlegte kurz und schlug Esther vor: „Am besten gehst du da mal rein. Das ist der Proberaum. Da sind ein paar Schauspieler, Regisseure und Requisiteure und besprechen eine Nummer. Warte mit dem Fragen aber bitte, bis die eine Pause machen."

Esther bedankte sich für den Tipp und öffnete vorsichtig die dunkle Tür. Sie stand in einem großen Raum, der eher eine Halle war. Damit hatte sie nicht gerechnet. Hier war tatsächlich eine kleine Bühne. Die Fenster waren mit schweren schwarzen Vorhängen abgehangen. Sie war in ein richtiges kleines Theater geraten. Als ihr Blick aber auf die gegenüberliegende Wand fiel und sie die mit Unmengen von Requisiten und Kostümen beladenen Regale sah, wurde ihr der Probencharakter dieses Ambientes deutlich vor Augen geführt.

Am anderen Ende des Raumes befand sich ein großer runder Tisch. Da saßen acht Leute, die munter und fröhlich Karnevalslieder sangen. *„Wir sind die Eingeborenen von Transsilvanien heideschibelaschibelabum."*

´So, so! Das ist also eine Probe für die Stunksitzung. Interessant!`, dachte Esther.

Auf jeden Fall würde sie das, was die da machten, nicht stören. Das hätte sie auch ohne die Aufforderung von Marlene nicht getan. Solange konnte sie warten. Sie setzte sich still in eine Ecke und beobachtete neugierig die Szene an dem runden Tisch.

Der Gesang mündete nahtlos in einem intensiven Gespräch, in dem es offensichtlich um eine Nummer der neuen Sitzung ging. Ein Wort gab das andere, in Pingpongmanier wurden Pointen und Abläufe entwickelt. Alles schien ganz einfach zu sein, ging wie von selbst. Diese Leute da, an diesem runden Tisch waren unglaublich kreativ und hatten viel Routine. Das merkte Esther schnell. Die Gedanken und Ideen zu dieser Nummer entwickelten sich wie in einer Spirale, die stetig nach oben strebte.

Während Esther noch tief beeindruckt von diesem Gesprächskreis war, öffnete sich die Tür und Heinz kam herein. Er ging auf Esther zu und signalisierte ihr mit einer ausgefeilten Gebärdensprache, indem er seine Hand ans Ohr hielt, als ob er telefonierte, dann den Kopf schüttelte und sich daraufhin seine Hände um den Hals legte und seine Augen schmerzhaft verdrehte, dass der Rechtsmediziner nicht zu erreichen und offensichtlich krank war.

Esther musste ob dieser Berichterstattung schmunzeln. Dann flüsterte sie Heinz kurz ins Ohr, dass sie mit ihrer Befragung warten sollten, bis die Besprechung am runden Tisch beendet war. Wenn bisher keiner Esther wahrgenommen hatte, dann jetzt. Dieses leise Flüstern hatte die Gruppe gestört. Einige drehten sich um, und einer machte sogar: „Pssst." Das war Esther extrem peinlich.

Also blieben die beiden Kommissare nun still sitzen und hörten zu. Und es war durchaus interessant, wie da vor ihren Augen eine Szene konzipiert wurde.

Die Schauspieler überlegten gemeinsam, wie sie spannende Kontraste und Überraschungsmomente in die Szene einbauen und wie sie die Dialoge gleichzeitig witzig und scharfsinnig gestalten könnten, und dass Kostüme, Technik und Musik, alles auf die Szene abgestimmt sein müssten. Die ironischen Anspielungen auf die aktuelle Vampirfaszination vor allem bei den Teenies mussten Hand und Fuß haben, die Recherchen zu den Büchern und Filmen, die diese Sehnsüchte bedienten, mussten stimmen. Am Text wurde solange gefeilt, bis der letzte Vokal stimmte. Hier ein bisschen Nebel, da ein Quietschen aus dem Off, dort vielleicht ein Kreischen aus dem Publikum. Aber Achtung! Es durfte nicht zu kitschig oder flach wirken.

Esther hätte nie gedacht, wie viele Details für eine am Ende so kurze Szene besprochen würden und wie viele Möglichkeiten diskutiert werden könnten oder wie und wo man sich Vampirzähne anheften könnte. Und bei all dem war die Stimmung hochkonzentriert. Dann sprachen alle einen Text gemeinsam. Unisonosprechen war für diese Stunker nach der jahrelangen Zusammenarbeit offensichtlich kein Problem mehr, das ging ganz automatisch. Schließlich war die Besprechung beendet, alle waren sich einig, die Aufgaben verteilt.

Esther und Heinz saßen noch immer in der Ecke des großen Proberaums, von dem, was sie gerade miterlebt hatten, ziemlich beeindruckt.

Da formierte sich eine neue Runde, die über eine Nummer debattierte. Es ging wohl um eine Talibansatire, wie Esther und Heinz der engagierten Diskussion entnahmen. Die Frage war offensichtlich, ob die Nummer zu provokant und damit zu heiß sei. Man konnte sich nicht einigen und vertagte die Entscheidung.

Der Regisseur namens Paul kam herein und ging freundlich auf Esther und Heinz zu. Er wusste von Marlene, wer sie waren.

Er lachte Esther an: „Hallo, Frau Kommissarin, wie können wir Ihnen helfen?"

„Hallo und Entschuldigung, dass wir Sie stören. Wir haben nur ein paar kurze Fragen. Kennen Sie einen Viktor Lasse?" Esther wollte zuerst etwas über Viktor und das, was diese Stunker über ihn dachten, erfahren, bevor sie mit der Morddrohung herausrückte.

„Na klar, das ist einer unserer besten Autoren. Ich muss wohl eher sagen: das war einer unserer besten Autoren."

Der Regisseur wirkte bei den Worten ein bisschen nachdenklich.

„Wieso war?", hakte Esther nach.

„Nun ja, er hat uns letzte Woche schriftlich mitgeteilt, dass er nicht mehr für uns schreiben wolle und nicht mehr an den Proben teilnehmen werde. Das war schon komisch, dass er das schriftlich gemacht hat."

„Haben Sie eine Idee, warum er das getan hat?"

„Nee."

Eine Schauspielerin sprach den Regisseur von der Seite an und schon war der mit seinen Gedanken weit weg von Viktor, Esther und dem eben stattgefundenen Gespräch. Ohne Esther und Heinz noch einmal anzuschauen, widmete er sich dem Gespräch mit der Schauspielerin. Die beiden gingen zu dem Regal mit den Requisiten und vertieften sich in ein Kostümproblem.

Heinz schaute auf seine Uhr. In einer Stunde begann die außerordentliche Mitgliederversammlung des 1. FC Köln, zu der er unbedingt hin wollte. Trotz seiner sauerländischen Abstammung war er ein glühender FC-Fan und Vereinsmitglied. Es würde um eine wichtige Personalentscheidung gehen, hatte man im Vorfeld gehört. Die Details sollten auf der Versammlung erläutert werden. Heinz hatte sich extra für den Nachmittag frei genommen, um dabei zu sein. Er fand es zwar spannend, den Leuten bei ihren Proben zuzuschauen, aber er wollte pünktlich zum FC kommen. Deshalb sagte er nun laut zu allen, die sich im Raum befanden: „Entschuldigen Sie bitte, wir sind von der Polizei."

Esther fragte sich, warum Heinz sich dafür entschuldigte, dass sie von der Polizei waren.

Aber Heinz war noch nicht fertig: „Könnten Sie bitte alle mal zu uns kommen. Wir haben ein paar Fragen an Sie."

Heinz' Ansprache blieb nicht ohne Wirkung. Die Leute im Proberaum drehten sich um und bewegten sich zu Esther und Heinz. Neugierig blieben sie im Halbkreis um die beiden Polizisten stehen.

´Heinz hat angefangen, dann soll er jetzt auch weitermachen`, dachte Esther. Das sah Heinz genauso.

„Wir möchten gerne von Ihnen wissen, ob Sie sich vorstellen können, dass es in Ihrem Kreis ein Motiv für einen Mord geben könnte."

´Diese allgemeine Frage war gar nicht so schlecht. Gut gemacht!`, dachte Esther.

Einer der Schauspieler lachte laut. „Ob es hier Mordmotive gibt? Na klar! Jede Menge! Wie wäre es zum Beispiel mit Rache, Frust, Enttäuschung oder Konkurrenz?"

Esther überlegte, wie viel Wahrheit in dieser ironischen Bemerkung lag.

In dem Moment kam ein Schauspieler hinter dem großen schwarzen Vorhang hervor, der die Bühne nach hinten abschloss. „Ich kann das nur unterstreichen: Potentielle Mörder und Opfer und die dazugehörigen Mordwaffen gibt es hier überall und in jedem Winkel. Wenn ich nur an den Streit zwischen den Holz- und den Blechbläsern denke. Oh, oh!" Grinsend verschwand er wieder hinter dem Vorhang.

Heinz merkte, dass er mit dieser Frage nicht weiterkam. Also musste er konkreter werden. „Fragen wir anders: Können Sie sich vorstellen, dass jemand von Ihnen einen Grund hätte, Viktor Lasse umzubringen?"

Ein Raunen ging durch den Raum. Die Luft war wie elektrisiert. Die entspannte Atmosphäre war augenblicklich einer düsteren Vorahnung von Tod und Mord gewichen.

Eine Schauspielerin wurde blass und setzte sich auf einen der Stühle. „Ist der tot?", fragte sie mit zittriger Stimme.

„Nein, Viktor Lasse ist nicht tot", beschwichtigte Esther. „Allerdings hat er eine Morddrohung erhalten, und zwar aus diesem Kreis, wie er vermutet."

So, jetzt war es raus. Sie würden gleich sehen, ob das ein Fehler war oder ob der Überraschungsmoment ihnen ein paar interessante Informationen zuspielen würde.

Sie konnten beobachten, wie einige Schultern heruntersackten und ein paar tiefe Ausatmer zu hören waren. Erleichterung machte sich breit.

„Typisch Viktor!", stöhnte die Schauspielerin, die gerade blass zusammengesackt war.

„Da hatte er gerade ja mal wieder einen großen Auftritt, unser Viktor. Mann, der will sich mit der Morddrohung doch nur wichtig machen."

„Das sieht ihm ähnlich", stimmte ihr ein anderer zu.

„Von Ihnen hat also niemand einen Verdacht?", fragte Heinz nach.

Ein allgemeines Kopfschütteln war die Antwort.

Heinz und Esther verließen den Raum mit der Bühne und gingen zurück in die Küche.

Esther war klar, dass sie mehr über diese Stunkwelt erfahren mussten. Die Leute würden ihnen immer nur sehr fragmentarische Dinge erzählen. Sie mussten die Zusammenhänge, die Beziehungen besser verstehen.

Sicher würde ihnen Marlene, die Köchin einiges mitteilen können. Die stand immer mittendrin, bekam viel mit und wusste bestimmt viele interessante Dinge.

Esther ging auf sie zu und lächelte sie freundlich an.

„Du bist hier wohl die gute Seele!"

„Ach was, ich koche nur und schmiere Brötchen."

Die Leute, die um den Esstisch herumsaßen, hörten offensichtlich dem Gespräch zwischen Esther und der Köchin zu. Und prompt kam die Bestätigung.

„Das stimmt, was Sie sagen: Sie ist die gute Seele und dazu die beste Köchin der Welt", sagte einer der Stunker.

Esther wandte sich wieder der Köchin zu.

„Wie viele Leute bekochst du denn hier so am Tag?"

„Da muss ich erst einmal überlegen. Das sind die zehn Schauspieler und die zwölf Musiker."

Um ihre Präsenz zu unterstreichen, trommelten einige Musiker, die auch in der Runde saßen, einen kurzen Tusch auf den Tisch.

„Außerdem gibt es die Requisiteure, die Garderobiere, die Techniker, die Kulissenbauer." Die Köchin machte eine Pause, um zu überlegen, ob sie jemanden vergessen hatte.

Die anderen hatten aufgepasst und ergänzten: „Unseren Regisseur nicht zu vergessen."

„Und was ist mit den Autoren", fragte Esther so harmlos wie möglich.

Heinz setzte sich zu den Stunkern an den Tisch. Er nahm dankend einen Kaffee an und war dabei, sich damit abzufinden, wenn überhaupt, dann erst später zur FC-Versammlung zu kommen.

„Ach die, die gehören doch nicht zum Ensemble", kam es vom Musikertisch sofort als Antwort.

Esther wollte gerade nachhaken, da ergriff Heinz das Wort.

„Warum?"

Der Musiker, den Marlene als Mattes vorgestellt hatte, saß Heinz gegenüber und beantwortete die Frage: „Die Autoren schreiben in ihrem Kämmerlein die Texte und sind dann mit ihrer Sache fertig. Aber wir, wir verbringen unser halbes Leben zusammen, bis die Nummern stehen."

„Jetzt übertreibst du aber ein bisschen", entgegnete der Käsebrötchenesser von vorhin.

Mattes legte seine Stirn in Falten, zog die Lippen zusammen und massierte nachdenklich mit der linken Hand sein Kinn. Dann rechtfertigte er seine Äußerung.

„Hast du mal ausgerechnet, wie viel Zeit wir miteinander verbringen?" Mattes wartete einen kurzen Moment und fuhr dann fort: „Wir proben seit zwei Monaten, immer von dienstags bis samstags, jeweils zirka acht

Stunden, das macht zusammen locker knapp vierhundert Stunden Probezeit. Wenn wir das mit allen Beteiligten multiplizieren, kommen wir auf zirka vierzehntausend Probestunden."

Während Esther über den Sinn und Unsinn dieser Rechnung nachdachte, zeigte sich der Käsebrötchenesser tief beeindruckt. „So habe ich das noch nicht gesehen."

Mattes freute sich, dass seine Zahlenspielerei auf Zuspruch stieß. „Und da sind die Auftritte nicht mitgerechnet", gab er zu bedenken.

„Nun meldete sich ein anderer Musiker zu Wort: „Ihr habt die Zusammenkünfte vor der Probezeit vergessen, wenn wir zum Beispiel die eingereichten Nummern besprechen oder wenn die Rollen verteilt werden."

„Apropos eingereichte Nummern – lassen Sie uns mal über Viktor Lasse sprechen", mischte sich Esther wieder in das Gespräch ein.

„Ach, der Viktor und seine unglückliche Figur als Liebhaber", stöhnte Marlene mit mitleidvoller Stimme.

Esther fragte sofort nach: „Wieso?"

Die Köchin sah zu der Tischgruppe hinüber, um sich zu vergewissern, dass sie weitererzählen durfte. Ein allgemeines Nicken ermunterte sie fortzufahren.

„Viktor war kurze Zeit mit unserer Schneiderin liiert. Aber diese Beziehung war von vorneherein zum Scheitern verurteilt."

„Warum?" Esther wollte die Geschichte, die Viktor ihr gegenüber nur angedeutet hatte, gerne aus anderer Perspektive erfahren.

„Weil er fürchterlich eifersüchtig war, fast schon besitzergreifend. Da hat sich die Gute lieber einen anderen Lover gesucht. Und den hat sie auch gefunden. Einen unserer Requisiteure. Das hat mächtig gefunkt. Die sind ein richtiges Traumpaar."

„Und Viktor?"

„Der konnte das nicht verknausern. Der ist voll ausgerastet, hat sie beschimpft und so. Ich glaube, der hat sie anfangs mit dem Handy richtig tyrannisiert."

„Und wie ist das jetzt?"

Nun übernahm Mattes die Rolle des Erzählers: „Gregor, der Requisiteur, hat ihm kurz und knapp klargemacht, was Sache ist und dass er die Finger von ihr und die Anrufe und die SMSses sein lassen soll."

„Wie hat er das gemacht?"

„Einmal draufgehauen, `ne gezielte Rechte mitten ins Gesicht, und wenn Viktor nicht aufhören würde, seine Liebste zu belästigen, hat er ihm gedroht, dann gnade ihm Gott, hat er gesagt."

„Und dann?"

„Keine Ahnung."

Ein anderer bestätigte das. „Wir haben hier zumindest nichts mehr mitbekommen."

Eine Schauspielerin, die zu der Tischgruppe dazugekommen war und sich als Daniela vorstellte, setzte sich neben Heinz und sagte nachdenklich: „Ein komischer Typ, dieser Viktor. Was er schreibt, ist eigentlich immer gut. Er ist irgendwie witzig und humorvoll, nur wirklich sympathisch ist er nicht."

Ein anderer ergänzte: „Viktor ist ein zuverlässiger Typ. Aber eben auch sehr eigen und verschroben."

„Naja, früher war er ja ganz gut, aber seine Pointen wurden in letzter Zeit immer schlechter. Wer weiß, wie lange wir von ihm noch taugliche Nummern bekommen hätten", widersprach Mattes.

„Was heißt ´hätten`. Wo ist der denn jetzt eigentlich? Ich habe ihn schon eine Weile nicht mehr gesehen?", wollte Daniela wissen.

„Weißt du das denn nicht? Paul hat uns doch gesagt, dass er seine Zelte hier abgebrochen hat", gab Mattes ihr zur Antwort.

„Heißt das, dass der mitten in der Produktion weg ist?" Daniela konnte es nicht fassen. „Aber warum?"

Plötzlich richteten sich alle Blicke auf Heinz und Esther. Erst jetzt wurde manchen von ihnen klar, dass da zwei Kripobeamte saßen und sie die ganze Zeit über Viktor gesprochen hatten.

„Ist was mit Viktor passiert?" Daniela war sichtlich erschrocken.

Heinz schüttelte den Kopf und sagte beruhigend: „Nein, Viktor hat lediglich eine Morddrohung erhalten. Wir versuchen herauszubekommen, was da dran ist und wer ihm nach dem Leben trachtet."

Die Runde war still geworden. Alle die, die eben schlecht über Viktor gesprochen hatten, fühlten sich fast schuldig.

Mattes, der die Geschichte von der kleinen Schlägerei erzählt hatte, drängte darauf, dass der besagte Requisiteur mit dem Namen Gregor auf keinen Fall etwas damit zu tun habe. Der sei viel zu gradlinig für so etwas.

Esther und Heinz nutzten die Verlegenheit der Anwesenden, um ihre Gesichter zu studieren.

Marlene, die längst nicht mehr am Herd stand, sondern zum Tisch gekommen war, fand als erste die Sprache wieder. „Vielleicht hat das ja etwas mit den geklauten Witzen zu tun."

Esther schaute fragend in die Runde. Davon wussten offenbar nicht alle Stunker etwas. Nur zwei nickten zustimmend.

Esthers Vermutung, dass diese Köchin viel wusste und viel mitbekam, war also richtig.

Marlene erzählte mit wenigen Worten die Zusammenhänge: „Viktor hat mal vor einiger Zeit ein paar Pointen geklaut. Die stammten eigentlich von einem Ensemblemitglied. Viktor hat sie an anderer Stelle verkauft. Das war meiner Meinung nach ein handfester Witzeklau. Nur irgendwie konnte man ihm das nicht nachweisen. Da stand ein Wort gegen das andere."

„Wer war denn der Beklaute und warum haben sich die Stunker nicht direkt von Viktor getrennt?", fragte Heinz nach.

„Wer das war, weiß ich nicht. Ich weiß nur, dass Paul, der Regisseur, die Sache geschlichtet hat. Da waren die Texte von Viktor noch zu wichtig für die Sitzung."

Mit diesen Worten drehte sich die Köchin um und ging zurück an den Herd.

Die Stunker am Tisch hatten offensichtlich keine Lust mehr auf eine weitere Unterhaltung mit Esther und Heinz und redeten nun leise untereinander weiter.

Nur Daniela, die Schauspielerin, war von der ganzen Sache berührt. Hin und wieder hatte sie versucht, mit Viktor ein wenig persönlicher zu sprechen. Aber Viktor war ein Außenseitertyp. Sie hoffte, dass diese Morddrohung nur ein Witz sein möge, wenn auch ein ziemlich schlechter, wie sie fand.

So langsam breitete sich der leckere Geruch der asiatischen Hühnersuppe im Gebäude aus. Und dieser Geruch lockte nun einen nach dem anderen aus den unterschiedlichen Räumen. Die Küche, nein, eigentlich das Treppenhaus oder eher der Speiseflur füllte sich zunehmend. Überall standen und saßen Stunker mit einem Teller in der Hand, der mit der köstlich duftenden Suppe gefüllt war.

Esther und Heinz verabschiedeten sich. Sie hatten eine Menge erfahren. Aber jetzt gingen hier in diesen Proberäumen die Vorbereitungen für die kommende Sitzung weiter, und da wollten sie nicht länger stören. Irgendwie fühlten sie sich wie Eindringlinge in einer ihnen fremden, in sich abgeschlossenen, besonderen Welt.

Als sie fast an der Tür waren, rief der Regisseur Esther zu, ob sie nicht am Nachmittag zum Vorspiel kommen wollten, einer Vorführung für einen engen Kreis von Bekannten. Das würden sie jedes Jahr machen, um ihre Nummern vor diesem Probepublikum zu testen. Das sei für sie eine wichtige Hilfe, um zu entscheiden, welche Nummern es tatsächlich bis auf die Bühne schaffen würden. Die Meinung einer Kommissarin hätten sie noch nie gehabt.

Esther überlegte nicht lange, sondern sagte spontan ihr Kommen zu, während Heinz mit dem Kopf schüttelte und nur kurz bemerkte, dass er leider keine Zeit habe. Dann verließen die beiden Kommissare endgültig das Haus.

Draußen auf der verschneiten Straße versuchten Heinz und Esther das eben Erfahrene zu sortieren.

Sie hatten zwei mögliche Motive für die Morddrohung. Einen vermeintlich jähzornigen Nachfolger, dem die Eifersucht von Viktor mächtig gegen den Strich ging und der Viktor gedroht hatte, und einen um seinen Lohn und seine Ehre gebrachten Stunker, dem Viktor Pointen geklaut haben sollte, von dem sie aber nicht wussten, wer es war. Viel war das nicht.

Heinz schaute auf seine Uhr, zuckte entschuldigend mit den Schultern und sagte nur kurz: „Sorry, aber ich muss jetzt wirklich los." Esther nickte ihm zu, und schon war Heinz weg.

Für sie lohnte es sich nicht mehr, nach Hause zu fahren, und so beschloss sie, einen kleinen Spaziergang durch das Schanzenviertel zu machen, bevor sie wieder hierher zu den Proberäumen der Stunker zurückkommen würde.

# 6

Da saß Esther nun auf einem der 50 Stühle vor der Bühne im Proberaum und wartete gespannt auf das so genannte „Vorspiel". In demselben Raum hatte sie ein paar Stunden zuvor der Konzeption von der schrägen Vampirnummer beigewohnt. Mit einem heißen Kaffee in den Händen wärmte sie sich auf, denn der kurze Spaziergang durch den Schnee hatte ihre Schuhe total durchnässt, und sie fror am ganzen Körper. Immer mehr Leute strömten in den Raum, bis alle Stühle besetzt waren. Das „Vorspiel" würde gleich beginnen.

Paul, der Regisseur, begrüßte die Leute im Zuschauerraum und erklärte den Zweck der heutigen Übung. Die Anwesenden würden alle Nummern sehen, die von den Stunkern eingeübt und ausgearbeitet worden sind. Das seien aber zu viele, und ein paar von denen müssten aussortiert werden. Deswegen sollten die Zuschauer zu den Nummern ihre Meinung und einen Kommentar aufschreiben. Die Begrüßung war nett, die Atmosphäre entspannt und gelöst.

Dann fing es an, und zwar mit dem Intro, mit dem Köbes Underground jede Stunksitzung eröffnete. Die Musiker saßen eng zusammen rechts vor der Bühne. Esther kam es irreal vor, hier in diesem Umfeld plötzlich eine Stunksitzung zu erleben. Die Stunker waren einem ganz nah, es gab kaum Distanz. Sie war in diese Szenerie eher zufällig reingerutscht und wusste nicht genau, wie sie das finden sollte.

Sie saß unmittelbar neben der Technik und beobachtete, wie Schalter umgeklappt, Stecker umgesteckt und Knöpfchen gedrückt wurden. Die Leute um sie herum hatten die Kommentarmappen auf dem Schoß, guckten und hörten interessiert zu, lachten mal herzlich, waren aufmerksam, mal nachdenklich und schrieben zwischendurch ein paar Notizen. Die Stimmung war ganz anders als auf einer Sitzung. Bei einer echten Sitzung wurde gefeiert und natürlich Kölsch getrunken. Da war Partystimmung. Hier waren alle konzentriert und nüchtern entspannt. Man hörte zu, nahm viel mehr wahr und achtete genau auf die Pointen und das Timing. Esther ließ sich in die angenehme Leichtigkeit dieses vorweihnachtlichen Nachmittags fallen und wurde ein Teil dieser besonderen Veranstaltung.

„Hast du Viktor schon gesehen?", drang eine männliche Bassstimme zu Esther.

Sofort war ihre Konzentration auf die Stimme gerichtet, die von den Plätzen hinter ihr kam.

„Nein, aber der müsste eigentlich heute hier sein", antwortete eine leicht verschnupfte zweite Stimme.

„Vielleicht ist ja was an der Geschichte dran, dass es Knatsch zwischen Viktor und den Stunkern gab", überlegte die erste Stimme.

„Welchen Knatsch?", fragte die zweite Stimme nach.

„Ich weiß nichts Genaues. Aber irgendetwas muss passiert sein. Sonst wäre er heute hier. Schließlich laufen da ein paar Nummern aus seiner Feder. Und wir Autoren sind immer beim Vorspiel dabei."

„Komisch!"

Leider hatte Esther nichts Neues erfahren. Sie schwenkte ihre Aufmerksamkeit wieder auf das Bühnengeschehen.

Währenddessen saß der Regisseur in der ersten Reihe gegenüber der Bühne und beobachtete die Reaktionen des Publikums. Ihm gingen die letzten Wochen und Monate durch den Kopf. Er dachte darüber nach, wie viel Energie und Zeit sie bis heute in die kommende Stunksitzung gesteckt hatten. Es hatte unendliche Diskussionen und Umstellungen gegeben. Nun rückte der Termin der Premiere langsam, aber unerbittlich näher. Die Spannung stieg. Heute würden Nichtstunker das erste Mal die Ergebnisse ihrer Arbeit sehen und bewerten. Heute kam es darauf an.

Paul registrierte genau, wann es im Raum eher still und der Applaus nur höflich war. Das waren die Nummern, die es schwer haben würden weiterzukommen. Bei anderen wurde viel gelacht, das waren die klaren Favoriten. Die Stimmung im Raum war der Erfolgsmesser. Sie selbst, die Stunker, hatten es nach der langen Probezeit schwer, sich einen klaren Blick zu bewahren, was gut oder schlecht, was lustig oder eher fad war. Jedes Jahr war es ein spannender Moment, wenn dieses Vorspiel anstand. Dann sahen sie, was ihre Arbeit der letzten Monate wert war. Für ihn, den Regisseur, war es überdies wichtig, zu sehen, wie die Stunker untereinander auf die Nummern reagierten, an denen sie selbst nicht mitwirkten und die sie nun das erste Mal von ihren Kollegen vorgeführt bekamen. Wenn sie herzlich über ihre eigenen Kollegen lachten und sich köstlich amüsierten, war das ein gutes Zeichen. Natürlich gab es noch Lücken und Versprecher, es wurde viel improvisiert und die Kulissen waren nur angedeutet. Aber die Luft im Raum war energiegeladen und die Begeisterung für die neue Sitzung war förmlich zu spüren.

In der Pause gab es Marlenes sagenhafte Thaisuppe. Daniela, die besorgte Schauspielerin, half beim Austeilen. Als Esther an der Reihe war und ihren Teller der Köchin entgegenhielt, sprach Daniela sie mit einem verschwörerischen Ton leise an: „Glauben Sie, dass der Viktor wirklich in Gefahr ist?"

Esther zuckte kurz mit ihren Schultern und erwiderte mit ebenfalls leiser Stimme: „Das kann ich nicht sagen. Wir nehmen die Morddrohung jedenfalls ernst."

Daniela war mit der Antwort nicht zufrieden und schüttelte unwirsch den Kopf. Marlene beugte sich zu den beiden Frauen vor und flüsterte: „Aber wenn hier ein Mörder herumläuft…."

„Das ist nie und nimmer einer von uns!", entgegnete Daniela bestimmt.

In dem Moment mischte sich von hinten eine Männerstimme in das Gespräch ein. Mattes, der Musiker, hatte es trotz der Flüsterei mitbekommen. Er unterstrich Danielas Meinung: „Das kann ich mir auch nicht vorstellen."

„Obwohl …", ließ sich ein Mann neben Mattes nun hören, „obwohl das eine pikante Situation wäre. Meint ihr nicht?"

Die Köchin und die Schauspielerin schüttelten sich bei dieser Vorstellung. Dann sagte Marlene zu Esther: „Darf ich vorstellen: Das ist Sebastian, einer unserer Schauspieler. Der hat immer so makabre Ideen."

Die beiden Männer drehten sich um und suchten einen Platz, um ihre Suppe zu verzehren.

Esther ergriff die Gelegenheit, sich ebenfalls zu entfernen und sich nun endlich ihrer eigenen Suppe zu widmen.

„Mmh, tut das gut", war überall zu hören.

Die Leute machten sich über das Essen und die Getränke her und diskutierten engagiert über die eine oder andere Nummer.

Im zweiten Teil des Vorspiels wurden alle gelöster und lockerer, die Schauspieler, die Musiker und die Zuschauer. Dieses Vorspiel machte Spaß – vor allem dann, wenn die Musik im Spiel war. Die Akteure wirkten glücklich bei dem, was sie da taten, spielten oder sangen. Eine Nummer folgte auf die andere. Mittlerweile war es Abend geworden.

Esthers Gedanken glitten ab. Sie dachte an Viktor, der normalerweise bei dieser Veranstaltung gewesen wäre wie alle Autoren. Sie hatte immer noch keine Idee davon, warum Viktor sich Hals über Kopf von den Stunkern getrennt hatte. Gut, sehr beliebt war er wohl nicht, aber bisher hatte die Zusammenarbeit trotzdem gut geklappt. Und wenn sie das richtig verstanden hatte, dann waren heute zumindest zwei richtig tolle Nummern auch von Viktor. Viktor musste große Angst haben. Aber warum diese Morddrohung? Es musste etwas geben, von dem sie keine Ahnung hatte. Bisher machte das alles keinen Sinn.

Ihre Augen blieben auf den Saiten der Gitarren hängen. Die Finger der Musiker sprangen so kunstvoll, schnell und akrobatisch darüber, dass sie ihnen mit ihrem Blick kaum folgen konnte. Die Ankündigung der „Grünen Sitzung mit Niveau" riss Esther aus ihren Gedanken. Während Schauspieler und Musiker in die unterschiedlichsten Rollen schlüpften, eine als Claudia Roth moderierte, andere Wolfgang Niedecken, Franz Josef Degenhardt, Bettina Wegner oder Marius Müller-Westernhagen mimten und imitierten, stieg die Stimmung im Publikum spürbar und hörbar. Die Kommentarmappen wurden zur Seite gelegt und es wurde laut mitgesungen. Nach einem beeindruckenden „Freibier" im Chor, ging eine Kiste Kölsch durch die Reihen. Das hatten sich alle verdient, nach fast sieben Stunden Vorspiel.

Während die zukünftige Stunksitzung gerade ihren Testlauf absolvierte, saß Viktor in seiner Wohnung und war deprimiert. Schon lange war der heutige Tag in seinem Kalender markiert gewesen. All die letzten Jahre war er beim Vorspiel der Stunker mit von der Partie. Und es war immer ein absoluter Höhepunkt für ihn. Da konnte er sehen, was die Schauspieler, Musiker und Regisseure aus seinen Nummern gemacht hatten. Seine Texte bekamen ein Aussehen und eine Gestalt.

Außerdem traf man die Kollegen, die anderen Autoren. Sie fachsimpelten miteinander und diskutierten. Wenn man dann von den Kollegen Lob und Anerkennung bekam, war es das Größte. Die Stunksitzung würde ihm fehlen, da war sich Viktor sicher. Ob er nicht vielleicht ein wenig übertrieb mit seiner Angst? Die ganzen Probleme und Streitereien der letzten Zeit waren doch keine Dramen. Warum sollte ihn jemand umbringen, fragte er sich bestimmt zum hundertsten Mal. Auf der anderen Seite hatte er nun einmal diese Morddrohung erhalten. Und damit machte man keine Scherze, oder? Viktor Lasse war zutiefst verunsichert. Gehörte das vielleicht sogar zum Plan des potentiellen Mörders?

Ganz andere Probleme hatte Kai Kehrmann an diesem Abend. Ihn beschäftigten diese alten verdammten Filme und die Frage, wie dieser Viktor Lasse davon Wind bekommen konnte. Er selbst hatte sie längst vergessen, oder besser gesagt: verdrängt. Nicht nur, dass diese Filme sein Image als Filmproduzent, der gegen den Sexismus in der medialen Welt eintrat, beschädigten, nein, sie waren auch privat eine Katastrophe. Erst vor ein paar Jahren hatte Kai Kehrmann sich geoutet. Es war ein langer Prozess für ihn. Wenn jetzt, wo ihn seine Umgebung und seine Freunde endlich als Schwulen akzeptiert hatten, diese pornografischen Filme bekannt würden, in denen er als geiler Frauenvernascher zu sehen war, war das sein persönliches Waterloo.

Kehrmann gingen die Worte der Kommissarin durch den Kopf: Viktor Lasse wurde bedroht. ´Was war an der Morddrohung gegen Viktor dran?`, fragte er sich. Wenn tatsächlich jemand diesem fiesen Typen nach dem Leben trachtete, dann wäre das für ihn von Vorteil. Der Mörder würde ihm einen Gefallen tun. Kehrmann war über seine Überlegungen erschrocken. Aber vielleicht würde ja auch jemand auf diese Morddrohung aufspringen und dann selbst ... nein, nein, nein! Diese Gedanken durfte er nicht denken, ermahnte Kehrmann sich selbst.

# 7

Donnerstag, 23. Dezember.

Mittlerweile glich der Kölner Nordosten einem weißen Fleck auf Kölns Stadtplan. Nach den gewaltigen Schneefällen der letzten Tage waren die Straßen in Höhenhaus und Dünnwald nicht geräumt worden. Schneeberge türmten sich auf und die Schneedecken auf den Straßen waren an manchen Stellen locker zwanzig Zentimeter hoch. Autofahren wurde zu einer Rutschpartie, wenn man nicht im Schneckentempo fuhr. Aber Schneckentempo war nicht Esthers Sache. Sie liebte Autofahren im Schnee, vor allem die Kurven, durch die man mehr rutschen als steuern konnte. Da der Schnee schon eine ganze Weile auf den Straßen lag, hatte Esther darin Übung. Und es machte ihr Spaß. Vor jeder Kurve bremste sie hart und ließ die Hinterreifen in die gewünschte neue Position rutschen. Nach einer gelungenen Rutschrallye bis auf den Parkplatz vor ihrem Büro, betrat Esther zufrieden und fröhlich das Kommissariat 11, wo sie von Heinz mit dem obligatorischen Kaffee empfangen wurde.

Da saßen sie beide in ihrem Büro, relaxed zurückgelehnt, den heißen Kaffee in der Hand und besprachen, was an diesem Tag zu tun sei.

„Ich gehe heute noch einmal zu den Stunkern. Die sind jetzt mit dem Tross ins E-Werk umgezogen, damit sie direkt nach Weihnachten dort mit ihren Proben beginnen können", kündigte Esther ihren Plan für den Tag an.

„Du wirst über diesen Fall noch eine Stunkexpertin", erwiderte Heinz nicht ohne Anerkennung.

„Wenn es wenigstens ein Fall wäre", stöhnte Esther. „Wir fischen doch nur im Trüben. Das ist total unbefriedigend. Im Grunde können wir gar nicht viel machen, solange nichts passiert."

„Nun, genau das sollen wir ja: verhindern, dass etwas passiert", erinnerte Heinz seine Kollegin an ihre Aufgabe und rückte mit einer energischen Bewegung seine haarehaltende Brille zurecht. Dann fügte er hinzu: „Übrigens, wir haben da noch zwei andere Fälle."

„Wieso zwei andere Fälle?", fragte Esther überrascht.

„Den Toten im Schlosspark wirst du doch nicht vergessen haben, oder? Und dann gibt's einen neuen. Kurz bevor du gekommen bist, kam die Meldung rein, dass heute am frühen Morgen zwei Straßenreiniger unter der Mülheimer Brücke einen zirka Zwanzigjährigen gefunden haben."

„Noch ein Drogentoter? Das wäre der zweite innerhalb kurzer Zeit", gab Esther zu bedenken.

„Nun pass auf", hob Heinz bedeutungsvoll an, „es ist nämlich so: Die ersten Untersuchungen der Gerichtsmedizin weisen auf eine komische Substanz hin. Es ist jedenfalls kein Heroin. Da ist ja so viel im Umlauf. Genaueres wissen die noch nicht." Heinz schüttelte kurz seinen Kopf, bevor er weiterfuhr: „Bis die Ergebnisse haben, kann es noch dauern. Du weißt ja, die haben Probleme mit einer kleinen Grippe-Epidemie in ihren Reihen."

„Diese Drogenszene wird immer komplizierter", bemerkte Esther eher beiläufig und widmete sich, weil ihr zumindest im Moment keine Ausrede einfiel, ihrem Schreibtisch und den unterschiedlichen Papieren, die darauf warteten, wenigstens zum Teil gesichtet und sortiert zu werden. Anträge, Protokolle, Abrechnungen, Dienstvorschriften! Esther legte die Papiere, ohne sie zu lesen oder geschweige denn zu bearbeiten, in den dafür vorgesehenen Fächern ab und fegte mit ihrer Hand über den freien Schreibtisch.

„So, jetzt kann ich mich zu den Recherchen ins E-Werk auf den Weg machen", sagte sie zufrieden.

Heinz musste über die spezielle Einstellung seiner Kollegin zum alltäglichen, notwendigen Papierkram lächeln und beugte sich seinerseits über die Akten, die sich auf seinem Schreibtisch türmten, damit wenigstens einer in diesem Büro die lästige Arbeit ordentlich verrichten würde.

Währenddessen verließ Esther das Büro. Die Sonne schien und ließ den dicken Schnee hell erstrahlen und märchenhaft glitzern. Es war wunderschön anzusehen. Esther genoss die paar Schritte durch die klare kalte Winterluft. Von der Sonne seelisch und körperlich aufgewärmt kam sie zum E-Werk. Der freundliche Produktionsleiter, den sie vom Vorspiel her kannte, winkte sie herein, und sie betrat die große Halle.

Die Hauptkulisse war schon auf der Bühne aufgebaut und die beiden großen, schwarz-roten Stunksterne mit ihren goldenen Krönchen hingen an der Seitenwand. Aber es standen keine einzige Bank und kein einziger Stuhl im Saal. Dadurch wirkte dieser viel kleiner als sonst. In dem stuhlleeren Raum dominierte die Technik. Was man während der Sitzungen gar nicht wahrnahm, stand jetzt im Mittelpunkt. Riesige Mischpulte, unzählige Monitore und Laptops und gefühlte 1000 Scheinwerfer beherrschten die Szene.

Esther spürte eine eigenartige, etwas kühle Atmosphäre. Sie trat ein paar Schritte hinein und lehnte sich an eine Säule. Es war wie die Ruhe vor dem Sturm: still, dunkel, schattenreich und ein wenig geheimnisvoll. Über ihr huschte ein Schatten. Sie hatte das Gefühl, da oben etwas gehört zu haben. Aber sie verwarf den Gedanken wieder. An der Decke des Saals war nur ein Meer von Scheinwerfern. Sie musste sich getäuscht haben.

Kräftige, kurze, dröhnende Schlagzeugtakte rissen Esther aus ihren Gedanken. Der Hall in der leeren Halle war enorm. Die Schläge gingen durch den ganzen Körper. Die Leute an den Mischpulten drehten Knöpfe und sahen sich bunte Kurven auf ihren Monitoren an. Der Schlagzeuger spielte unterschiedliche Rhythmen, variierte die Schlagtechnik, versuchte einen neuen Groove und ließ die Stöcke akrobatisch auf den Toms und Becken herumwirbeln. Der Klang des puren Schlagzeugs war gigantisch. Esther spürte in sich selbst den Rhythmus und war ganz Teil von diesen Schlägen.

Dann war Ruhe. Der Schlagzeuger war mit seinem Spiel erst einmal fertig und die Techniker zufrieden.

Langsam trudelten die anderen Musiker ein. Die Gitarristen sortierten ihre vielen Instrumente, und die Keyboarder stellten die richtigen Höhen ihrer Sitzhocker ein.

Esther hörte von ferne Trompeten. Die probten irgendwo im Off. Einer der Gitarristen fing an, sein Instrument mit den Technikern abzustimmen. Wieder war die Halle von den Klängen erfüllt. ´Was so eine leere Halle für einen wahnsinnigen akustischen Effekt hat`, dachte Esther.

Sie lehnte an ihrer Säule und schloss die Augen. Jeder Ton drang in ihren Körper, sie fühlte sich angenehm der Musik ausgeliefert. Aber sie hörte nicht nur die Melodien und Klänge der Instrumente, sondern auch die Stimmen der Musiker und Techniker, die über ihre Mikrophone miteinander die nötigen Veränderungen und richtigen oder falschen Einstellungen besprachen. Es war ein buntes Gemisch aus Gitarrenklängen und kurzen Ansagen zu den einzelnen Instrumenten und deren Verkabelungen. Irgendwo klingelte ein Handy. Als Esther ihre Augen öffnete, konnte sie beobachten, wie gleichzeitig mindestens drei Leute auf ihre Handys schauten, um zu sehen, ob es ihres war, das klingelte. Esther musste über diese merkwürdige Soundcheckatmosphäre lächeln.

Jemand tippte Esther von hinten auf die Schulter. Sie zuckte zusammen und drehte sich um. Vor ihr stand ein attraktiver, dunkelhaariger Mann im schwarzen Overall. Er musste um die vierzig sein, sein Körper war durchtrainiert, und sein Gesicht lächelte ihr freundlich zu. Esther kannte diesen Mann nicht. Sie hatte ihn bei den Stunkern bisher noch nicht gesehen. Er hatte etwas Besonderes. Sie spürte eine eigenartige Faszination, die von ihm ausging.

„Hallo, Sie sind bestimmt die Kommissarin?", sprach der Fremde sie an. „Da sind Sie wohl mitten in den Soundcheck geraten. Das ist kein günstiger Augenblick, um Fragen zu stellen. Sie sehen ja, wie laut es hier ist."

Während Esther überlegte, wer der Fremde war und warum er wusste, dass sie eine Kommissarin war, fuhr der Mann im schwarzen Overall unaufgefordert fort, auf sie einzureden.

„Heute wird die Feinabstimmung für jedes Instrument gemacht. Da werden alle Gitarren ausprobiert, und jede bekommt ihren perfekten speziellen Sound."

Esther fragte sich gerade, wohin die Mixer und ihr Mischpult eigentlich während der Aufführungen verschwinden, da bekam sie auch schon die Antwort.

„Während der Sitzungen verschwindet die Technik dann größtenteils auf einer Empore, die unter die Decke gezogen wird."

Erstaunt blickte Esther zu dem Fremden. Nicht, weil sie die Sache mit der Technik überrascht hätte, vielmehr, weil dieser Mann offensichtlich ihre Gedanken lesen konnte. Er bemerkte Esthers kritischen Blick.

„Ach übrigens, ich heiße Tobias. Ich bin der Ersatzrigger."

Der Mann, der sich als ´Ersatzrigger` vorgestellt hatte, steckte seine Hände in die Hosentaschen, drückte die Arme durch und stand nun breitbeinig, lächelnd und strotzend voller Selbstbewusstsein vor der Kommissarin. Dann fuhr er fort: „Der Rigger, der sonst bei den Stunkern alles macht, hat sich bei seiner Herbstklettertour verletzt und fällt für dieses Jahr aus. Da bin ich kurzfristig eingesprungen."

„Rigger? Was ist das denn?", fragte Esther verwundert nach.

Die Antwort kam prompt: „Das sind die Leute, die im Metallgebälk hängen und Lampen und Requisiten montieren."

Bevor Esther weitere Fragen zu diesem exotischen Beruf stellen konnte, hatte sie das Vergnügen, den Rigger in Aktion zu erleben. Denn der Produktionsleiter kam auf ihn zu, um mit ihm zu besprechen, dass da irgendwo etwas geändert werden müsste. Mit einem Klettergurt, Karabinerhaken, Kabeln und Schraubenziehern ausgestattet, machte sich der Rigger an die Arbeit.

Esther konnte sehen, wie er eine Leiter, die von der seitlichen Empore nach oben führte, hochkletterte, um dann auf den schmalen Gitterstegen herumzugehen, die unter der Decke verliefen. Die hatten noch richtige Geländer. Aber dann kletterte er auf einen der Stahlträger, an denen die Lampen hingen. Das war kein Kinderkram. Jetzt verstand Esther, warum er mit Klettergurt und Seilen ausgestattet war. Auf ein Signal hin, dass er durch ein Mikro an einen Techniker gegeben hatte, gingen die Lampen an. Der Rigger war nicht mehr zu sehen. Er war durch das blendende Licht in einer unheimlichen Zwischenwelt verschwunden. Dort hantierte er wie ein Geist. Manchmal sah man die Taschenlampe aufblitzen oder einen Schatten vorbeihuschen oder es rieselte einfach etwas Staub aus der Geisterwelt da oben herunter. Das war alles.

Plötzlich stand der Typ wieder neben Esther. Sie hatte überhaupt nicht mitbekommen, wie und wo er da heruntergekommen war. Es war unheimlich.

„Wow, das ist ja mal ein spannender Job", entfuhr es Esther, die wirklich beeindruckt war.

„Wie wird man denn Rigger?", wollte sie wissen.

„Tja, ich bin begeisterter Bergsteiger und Elektrotechniker. Früher habe ich mal ein paar Semester Chemie studiert, aber das war nichts für mich. Viel zu theoretisch! Da ist das doch deutlich handfester."

„Wenn ich das richtig verstanden habe, montieren Sie alle die Requisiten unter der Decke, die irgendwann während der Show herabgelassen werden. Stimmt das?"

Der Rigger nickte ihr zu und lächelte sie dabei so unverschämt freundlich an, dass sie fast weiche Knie bekam.

Er legte seinen Klettergurt ab und sagte beiläufig ohne Esther anzuschauen: „Nennen Sie mich ruhig Tobias. Das machen hier alle."

Esther schluckte. Sie konnte unmöglich ihrerseits das Du anbieten, zumindest so lange nicht, wie sie ermittelte. Daher war ihr dieser Vorschlag etwas peinlich. Sie sagte nichts und beobachtete nur, wie Tobias eine schwere Kiste öffnete, die auf dem Boden stand. Darin lag eine

Unmenge von Seilen, Schnüren und Karabinerhaken. Der Rigger legte seinen Klettergurt dazu. Als er fertig war, ließ Tobias versonnen seinen Kopf in den Nacken sacken, verschränkte seine Arme und atmete tief und ganz offensichtlich sehr zufrieden ein. „Da oben ist unser Reich. Der Raum zwischen den Scheinwerfern und der Hallendecke gehört uns Riggern. Von da können wir alles sehen und hören, werden aber selbst nicht gesehen."

Tobias zwinkerte Esther bei dem letzten Satz zu.

„Ich könnte Ihnen etwas über Viktor erzählen, was ich von da oben zufällig mitbekommen habe, wenn es Sie interessiert."

Warum sie bei den Stunkern ermittelte, hatte sich also längst herumgesprochen.

„Natürlich interessiert mich das. Erzählen Sie mal!", forderte Esther Tobias auf. Sie war gespannt, ob sie die ihr bekannten Storys erzählt bekäme oder etwas Neues erfahren würde.

Tobias strich sich mit der Hand über den Mund und anschließend über den Sechstagebart.

„Es ist nicht lange her, da waren wir mit ein paar Leuten hier im E-Werk, um die technischen Möglichkeiten einer Nummer durchzusprechen. Ich war gerade da oben unterwegs", dabei zeigte Tobias auf die Gitterstege, die quer über der Bühne verliefen, „als Viktor mit einem Schauspieler auf der Bühne einen Streit anfing. Ich hörte, wie er dem anderen vorwarf, er würde die Versicherung betrügen. Der Schauspieler habe seiner Unfallversicherung gemeldet, dass er sich während der Proben den Fuß verknackst hätte und deshalb nicht spielen könnte. Und bei den Proben hätte er überzeugend gehumpelt. Viktor sagte dann aber, dass er ihn bei einer Party gesehen habe, wo er getanzt und keineswegs den Eindruck hinterlassen habe, dass er einen verletzten Fuß habe. Viktor wollte von dem Schauspieler etwas haben – als Gegenleistung dafür, dass er nichts verrät."

Tobias überlegte, ob er ein wichtiges Detail vergessen hatte. Aber mehr fiel ihm nicht ein. Er wartete auf eine Reaktion der Kommissarin. Die hatte ihm interessiert zugehört. Diese Geschichte war neu – und sie war ein weiteres Puzzlestück in diesem Fall.

„Können Sie mir den Namen des angeblich verletzten Schauspielers sagen?", fragte Esther.

„Nee, da muss ich passen. Das war einer meiner ersten Tage, und da habe ich nicht so genau hingeguckt, und überhaupt habe ich Probleme, die Leute hier auseinanderzuhalten."

„Aber Viktor Lasse haben Sie erkannt?"
„Ja klar! Der war nun wirklich nicht zu übersehen. Das ist ein spezieller Typ, den man sofort im Kopf hat und überall wiedererkennen würde."
Esther bedankte sich für die interessanten Informationen und verabschiedete sich von Tobias.
Während sie sich mit dem Rigger beschäftigt hatte, waren die Abstimmungen mit den Musikern und ihren Instrumenten längst erfolgreich beendet. Mattes grüßte die Kommissarin von der Bühne. Ein kurzes Winken und schon war er wieder mit seinen Instrumenten beschäftigt. Esther hatte für heute genug erfahren. Sie verließ das E-Werk, um noch einmal im Büro bei Heinz vorbeizuschauen.

Der Duft von frisch gemahlenen Espressobohnen begrüßte Esther, als sie gegen 14 Uhr an diesem Tag vor Weihnachten nach ihrem Besuch im E-Werk die Tür zum Büro öffnete. Heinz hatte zwei Tassen auf die Bar gestellt und auf einem der beiden Hocker Platz genommen. Wäre hinter diesem blonden Mann neben der Palme eine Südseefototapete gewesen, hätte man sich trotz der Eiseskälte, die Köln zur Zeit fest im Griff hielt, sofort im Sommerurlaub gewähnt. Aber auch so hatte dieser Anblick etwas Entspannendes.
Esther nahm sich den zweiten Hocker und ließ ihren Po mit einem kleinen Seufzer auf das Sitzpolster plumpsen. Die Begegnung mit dem Rigger hatte sie tief beeindruckt. Er hatte etwas, was ihr gut gefiel, ziemlich gut! Heinz bemerkte, dass seine Chefin leicht abwesend war. Er wartete einen Moment. Sicher würde er gleich erfahren, was oder wer sie in diesen Zustand versetzte. Beide tranken ihren Espresso, sie noch immer in Gedanken verloren, er langsam unruhig und neugierig werdend.
Heinz räusperte sich.
Esther blickte auf und sah ihm direkt in die Augen. „Entschuldige bitte! Ich war gerade ganz woanders."
„Das habe ich gemerkt."
Esther sortierte ihre braunen Haare zu einem neuen Knoten.
„Darf ich erfahren, wo du gerade warst", wollte Heinz nun genauer wissen.
„Ich habe über einen sehr interessanten Beruf nachgedacht."
Heinz wurde ungeduldig.
„Und?"
„Hast du schon mal was von Riggern gehört?"

Als Heinz den Kopf schüttelte, erklärte Esther: „Das ist echt irre. Das sind Typen, die mit Kletterausrüstung und allem Drum und Dran an den Decken der Veranstaltungshallen herumklettern, um Requisiten und Lampen zu befestigen. Wahnsinn."

Heinz spürte, dass es Esther nicht nur um den Beruf ging. Es war wohl auch noch einer im Spiel, der diesen Beruf ausübte. Er brauchte diesmal nicht so lange zu warten, bis er die Antwort auf seine Vermutung bekam.

„Da war eben im E-Werk so ein Rigger, Tobias heißt der, glaube ich." Esther wusste ganz genau, wie der Rigger hieß.

Und Heinz wusste auch, dass sie das wusste.

„Na, jedenfalls habe ich von ihm etwas Neues zu unserem Fall erfahren."

„Was hat er denn gesagt?"

Esther berichtete von dem Streit zwischen Viktor und einem Ensemblemitglied wegen dessen angeblichen Versicherungsbetrugs.

Heinz zog die Augenbrauen hoch und schob seine Sonnenbrille zurecht.

„Schon wieder ein neues Motiv. Ich bin gespannt, wie viele Motive wir noch finden. Eins ist jedenfalls sicher: Dieser Viktor hat ein Talent dazu, sich Feinde zu machen."

„Wir werden auch diesem Motiv nachgehen", entschied Esther nüchtern.

Heinz war hingegen skeptisch und sagte: „Ich kann nicht glauben, dass ein Versicherungsbetrug ein Mordmotiv sein kann."

„Gibt es eigentlich etwas Neues zu den Drogentoten?", wechselte Esther unvermittelt das Thema.

Heinz schüttelte den Kopf.

Als ob sie das Stichwort gehört hätten, kamen in diesem Moment die Kollegen von der Drogenfahndung ins Zimmer, bewaffnet mit Plätzchen, Kerzen und sogar einem Tannenzweig. Silvia, Werner und Hubert riefen wie aus einem Mund: „Überraschung: Weihnachtsfeier!" und begannen wie selbstverständlich damit, die Kaffeebar in eine weihnachtliche Kaffeetafel zu verwandeln. Die zwei Männer und ihre Kollegin waren Heinz und Esther sympathisch, und so ließen sich die beiden Kommissare gerne auf die Spontanfeier ein. Esther setzte sich auf einen der Barhocker. Heinz stellte derweil fünf Kaffeetassen auf die Theke und servierte wie ein italienischer Barbesitzer einen Espresso nach dem anderen. Die fünf aßen Plätzchen, natürlich nicht ohne den obligatorischen Kalauer, ob diese nicht etwa beschlagnahmte Drogen enthalten würden, bestätigten sich gegenseitig darin, wie gut sie es mit ihrem Ausweichquartier getroffen hatten und fühlten sich einfach wohl. Über die beiden möglichen Drogenopfer tauschten sie sich nur insofern aus, dass sie übereinstimmend feststellten, dass es immer noch keine Neuigkeiten gab und man abwarten müsse, bis die Jungs von der Rechtsmedizin wieder alle gesund und wieder normal arbeiten würden. Heute gab es andere Gesprächsthemen – wie die Frage, ob zwischen dem Chef der Sitte und der Neuen von der Autobahnpolizei was liefe. Nach zirka einer Stunde packten die drei Drogenfahnder ihre Sachen wieder zusammen, auch den Tannenzweig, wünschten frohe Weihnachten und verließen das Büro.

Als Esther und Heinz wieder allein im Büro saßen, lehnte sich Heinz gemütlich auf seinem Stuhl zurück.

„Weißt du, was wir jetzt machen?", fragte er äußerst relaxed.

Auf Esthers fragenden Gesichtsausdruck hin antwortete er: „Wir machen Schluss für heute und für dieses Jahr. Morgen ist schließlich Weihnachten."

Esther war sich nicht schlüssig darüber, ob sie ihren Fall zwischen den Jahren ruhen lassen sollten. Es gab keinen Mord, den sie aufzuklären hätten. Und ob sie einen Mord zu verhindern hatten, war ebenfalls nicht klar. Konkrete Anhaltspunkte hatten sie jedenfalls keine. Letztlich mussten sie vermutlich sowieso warten, bis etwas passierte.

„Du hast Recht. Jetzt geht es erst einmal in den verdienten Weihnachtsurlaub. Die freien Tage zwischen Weihnachten und Silvester werden wir genießen."

Die Kommissare gönnten sich noch einen Espresso. Die Aussicht auf die Urlaubstage hatte eine entspannte Gelassenheit mit sich gebracht. Wenn es nicht schon vorher so gewesen wäre, dann war spätestens jetzt die Atmosphäre in diesem Büro wie in einem Feriendorf.

„Was machst du an Weihnachten und Silvester?", wollte Esther von Heinz wissen.

„Das weißt du doch! Ich fahre wie jedes Jahr zu meinem Bruder ins Sauerland."

„Das hatte ich wohl verdrängt. Heimat hin oder her – meinst du nicht, dass es spannendere Orte auf dieser Welt gibt als das Sauerland?"

Heinz hob nur die Schultern. Über dieses Thema mit Esther zu diskutieren, hatte keinen Sinn. Da er sich seine Sauerlandferien nicht vermiesen lassen wollte, unterließ er es, auf die provokante Frage zu antworten. Stattdessen fragte er Esther nach ihren Plänen.

Die stützte ihre Ellenbogen auf die Bar, legte das Kinn auf die Hände, neigte ihren Kopf ein wenig nach links und sah Heinz mit einem schelmischen Lächeln an: „Das Neueste weißt du noch gar nicht. Meine Schwester Erika hat gefragt, ob ich mit ihr und ihren Freundinnen in den Elferrat der Stunksitzung gehen möchte?"

„Dann kannst du ja mittendrin wunderbar unsere Ermittlungen vorantreiben."

„Von wegen!"

Esther schüttelte energisch den Kopf. Dann fuhr sie fort: „Jedenfalls habe ich mich gefreut, von meiner Schwester mal wieder was zu hören. Heute Abend fahre ich zu ihr, zu so einer Art Vortreffen des Elferrats. Außerdem hat sie mich eingeladen, Weihnachten mit ihr und ihrer Familie zu feiern."

Heinz reagierte skeptisch. „Hast du nicht erzählt, dass du und deine Schwester nicht zusammenpassen von wegen der unterschiedlichen Lebensstile und dass ihr immer, wenn ihr länger zusammen seid, Zoff und Stress bekommt?"

„Tja, mal sehen, wie das wird. Ich kann ja jederzeit gehen", gab Esther zur Antwort.

„Ich wünsche dir auf jeden Fall einen richtig schönen Weihnachtsabend und dass es mit euch beiden gut klappt."

Bei diesen Worten blickte Heinz seine Kollegin mit einem warmen Blick an. Das war so ein Blick, wie es ihn nur manchmal und nur zwischen sehr vertrauten Leuten gibt. Esther war glücklich, dass sie diesen einfühlsamen, unaufgeregten Mann an ihrer beruflichen Seite hatte.

Heinz ging zu seinem Schreibtisch, um die letzten dort liegenden Papiere zu sortieren und für seine Abwesenheit einen ordentlichen Arbeitsplatz zu hinterlassen. Nachdem Esther die Urlaubscafészenerie aufgeräumt hatte, bewegte auch sie sich zu ihrem Schreibtisch.

„Weißt du eigentlich, was unsere Verdächtigen in der Zeit machen?", fragte sie Heinz.

Der hob den Kopf und antwortete: „Der Kehrmann hat angerufen und gesagt, dass er über Weihnachten in die Alpen zum Skifahren unterwegs sei. Und dann hat er gefragt, ob das okay sei."

„Oh, wie vorbildlich."

„Find' ich auch. Jedenfalls habe ich ihm gesagt, dass das klar geht."

„Weißt du, was die Stunker so treiben?", fragte Heinz nun Esther, die das wissen musste.

„Die proben, soviel ich weiß."
„Und Viktor?"
„Keine Ahnung."
„Hoffentlich bleibt der zu Hause, damit wir unseren Urlaub nicht abbrechen müssen, wenn etwas passiert."
Esther nickte ihrem Kollegen zustimmend zu. Sie konnten nur hoffen, dass nicht gerade jetzt in den Ferien ....
„Meinst du wirklich, dass der ermordet werden soll?", fragte sie nachdenklich
„Ich weiß es nicht!"
Mit dieser erschöpfenden Einsicht, dass sie nicht wissen konnten, was sie im Fall Viktor Lasse in der nächsten Zeit erwarten würde, beschlossen die beiden Kommissare, diesen letzten Arbeitstag vor Weihnachten zu beenden. Sie verließen das Büro, verabschiedeten sich voneinander mit einer herzlichen Umarmung und gingen, beziehungsweise fuhren in entgegengesetzte Richtungen auseinander, der eine in Richtung Keupstraße, die andere in Richtung Cottbuser Straße.

Nach einer kurzen Pause zu Hause machte sich Esther auf den Weg zu ihrer Schwester. Als Erika die Tür öffnete, hörte Esther aus dem Wohnzimmer laute Karnevalsmusik und schrilles Kichern. Die Schwestern umarmten sich.
„Schön, dass du da bist."
„Schön, dich zu sehen."
Viel mehr brauchten sie im Moment nicht zu reden. Sie genossen die augenblickliche Nähe und das Wiedersehen nach längerer Zeit.
„Na, dann komm mal rein. Ich stelle dich den anderen vor."
Die „anderen" waren auf den ersten Blick ein sympathischer Haufen. Esther wurde freundlich und herzlich empfangen. Dieses erste Zusammentreffen des zukünftigen Elferrats diente dem gegenseitigen Kennenlernen, und natürlich wurde heftig und viel darauf angestoßen, dass sie so überraschend ausgewählt wurden, bei der kommenden Stunksitzung den Elferrat stellen zu dürfen. Sie empfanden das als große Ehre und feierten sich selbst.

Bis auf eine waren die Frauen sehr nett. Diese eine hieß Ute und war Grundschullehrerin. Die war nervig und anstrengend und, wie Esther dachte, für das Elferratsevent vollkommen überflüssig. Aber Erika hatte ihr in der Küche kurz erklärt, dass Ute die Schwester einer anderen sei, und dass es da irgendwie irgendwelche Verpflichtungen gab. Esther hielt zwar nichts von solchen Verpflichtungen, aber beschloss, sich keine weiteren Gedanken zu machen und diese Ute einfach, soweit es ging, zu ignorieren.

Und so wurde es ein schöner Abend. Die zehn Frauen vereinbarten schließlich, gemeinsam Silvester zu feiern und ihren Auftritt in der Stunksitzung im Detail vorzubereiten. Esther fühlte sich wohl, sie vergaß ihre Arbeit und den Rigger und ließ sich mitreißen.

# 8

Samstag, 25. Dezember.

Esther wachte mit dem guten Gefühl auf, Urlaub zu haben. Der Weihnachtsabend bei ihrer Schwester war angenehm entspannt verlaufen. Die Stimmung war lustig gewesen und Esther hatte es sogar genossen, mit ihren Nichten zu spielen. Alles in allem war es für sie okay.

Sie war aber auch froh darüber, wieder alleine in ihrer Wohnung zu sein. Sie wollte die freien Tage nutzen, um aufzuräumen. Immer noch standen von ihrem Umzug ein paar Kisten herum, immer noch waren ihre Klamotten nur notdürftig in den Kleiderschrank gestopft. Sie wollte ihre Wohnung endlich richtig einrichten und es sich darin gemütlich machen. Das ursprünglich geplante Kartonausräumen entwickelte sich mit einer starken Eigendynamik zu einem großen Rundumausmisten. Esther füllte Müllbeutel um Müllbeutel und spürte mit jedem Stück, von dem sie sich trennte, Erleichterung. Fast fühlte sie sich so, als ob sie eine Diät machen würde und die eigenen Körperpfunde der Reihe nach verschwinden würden. Das tat einfach gut.

Natürlich musste sie irgendwann auch ihre große Umhängetasche entrümpeln, die sie Tag für Tag mit sich trug. Darin sammelten sich im Laufe der Zeit die merkwürdigsten Dinge an. Als sie den Inhalt der Tasche auf den Tisch ausleerte, fiel ihr sofort auf, dass etwas Entscheidendes fehlte: ihre grüne Kladde. Das war ihre heilige Informationssammlung. Die wollte sie immer bei sich haben. Sie musste sie im Büro vergessen haben. Also beschloss sie, den sonnigen Schneetag zu nutzen und einen Spaziergang in die Schanzenstraße zu unternehmen. In einer Stunde musste das zu bewältigen sein.

Als sie am E-Werk vorbeikam, sah sie jemanden, mit dem sie nicht gerechnet hatte. Bei seinem Anblick erschrak sie, wusste jedoch nicht warum. Sie spürte ein kleines Kribbeln im Bauch und gleichzeitig ein Unbehagen. Als sie noch überlegte, ob sie die Flucht ergreifen sollte, war es schon zu spät. Tobias, der Rigger, drehte sich um, erkannte sie auf den ersten Blick und kam auf sie zu. Freundlich winkend und mit einem bezaubernden Lächeln auf den Lippen näherte er sich Schritt für Schritt.

´Fassung bewahren!`, schoss es Esther durch den Kopf.

„Wenn das keine Überraschung ist", sprach er sie ohne Umschweife an. „Schön, Sie hier zu sehen. Ich soll Sie doch siezen, richtig?"

Während sie überlegte, was sie antworten sollte, redete er direkt weiter: „Sie haben wohl keine familiären Verpflichtungen an Weihnachten. Da geht es Ihnen wie mir."

Esther war mit ihren Gedanken noch beim Siezen, da hakte sich Tobias einfach bei ihr ein und schlug ihr vor, gemeinsam etwas trinken zu gehen.

„Der Türke an der Ecke Keupstraße soll große Klasse sein. Wir könnten was essen. Ich habe einen Mordshunger."

Esther war es nicht gewohnt, so überrollt zu werden. Aber irgendwie fand sie das auch gut. Sie musste keinerlei Initiative ergreifen, sie musste es nur geschehen lassen.

„Okay", ging sie auf seinen Vorschlag ein. „Wenn ich es mir richtig überlege, habe ich heute auch noch nichts Richtiges gegessen."

Beim Türken gab es leckere kleine Köstlichkeiten. Sie unterhielten sich über das Essen, die Gewürze und die arabische Küche im Allgemeinen, über Weihnachten und Familientraditionen, in einer sehr lockeren, amüsanten Stimmung, aber nicht zu persönlich.

Dann, plötzlich wurde der Fall Thema. Unvermittelt merkte Tobias an: „Ich habe Sie letztens aus der NeonFilm rauskommen sehen."

´Woher wusste er denn das jetzt schon wieder?` Esther war irritiert und sauer zugleich. Das ging den doch gar nichts an.

„Kennen sie Kai Kehrmann?", fragte Tobias.

Esther rang mit ihrer Fassung. Hätte sie sich nicht zurückgehalten, hätte sie den Rigger wohl ziemlich unsanft zur Schnecke gemacht. Über den Fall würde sie definitiv nicht mit ihm reden, und überhaupt: Wenn jemand die Fragen stellte, dann sie, fasste sie sich wieder.

„Woher kennen Sie denn Kai Kehrmann?", erwiderte sie die Frage mit einer Gegenfrage.

„Ach wissen Sie, in dem Geschäft kennt jeder jeden. Ich arbeite ja nicht nur für die Stunksitzung. Rigger sind gesuchte Leute. Ich dachte ..."

Tobias machte eine Pause, was ungewöhnlich für ihn war. Er überlegte offensichtlich, ob er das sagen sollte, was ihm gerade durch den Kopf ging.

Esther wartete ab und aß eines der gefüllten Weinblätter.

Sie brauchte nicht allzu lange warten.

„Ich dachte nur, dass es Sie vielleicht interessieren könnte, dass Lasse auch bei Kehrmann war."

Erwartungsvoll guckte Tobias Esther in die Augen.

Die tat unbeeindruckt, nahm sich ein Stück Fladenbrot und sagte beiläufig: „Ach nee, das weiß ich schon längst."

„Wissen Sie auch, dass Lasse nun für Kehrmann arbeiten soll, wie man so hört? Warum und wieso kann ich Ihnen aber leider nicht sagen."

„Das kann ich mir bei Ihnen gar nicht vorstellen. Sie wissen doch sonst alles." Eine gewisse Ironie war nicht zu überhören.

Tobias nahm beide Hände hoch und antwortete in dieser Verteidigungshaltung: „Ehrenwort! Ich weiß es nicht."

Dabei setzte er wieder sein umwerfendes Lächeln auf.

Das waren keine Neuigkeiten für Esther. Aber dieser Rigger spielte sich auf und baggerte sie an. Das ärgerte sie. Es würde ihm nicht gelingen, sie um den Finger zu wickeln. Esther wollte gehen – und zwar schnell. Sie blickte auf ihre Uhr und sagte den unbeschreiblich abgenutzten Satz: „Wie die Zeit vergeht."

Tobias machte es ihr leicht. „Sie haben Recht. Ich muss auch dringend los."

Für sein Feingefühl war sie ihm dankbar.

Dann ging es schnell. „Es war sehr schön" und „Bis bald", und schon hatten sie sich förmlich verabschiedet.

Schritt für Schritt, den Esther sich von Tobias entfernte, spürte sie, dass etwas passieren könnte, was nicht passieren durfte: dass sie sich verlieben könnte. Der Rigger schwebte in ihrem Kopf herum, auch wenn sie sich über ihn ärgerte. ´Er hat aber auch etwas Umwerfendes an sich und sieht verdammt gut aus`, entschuldigte sie sich selbst vor ihren diffusen Gefühlen. Esther wusste, dass es keine weiteren Verabredungen geben durfte, ob zufällige oder geplante, zumindest so lange nicht, wie dieser Fall anhängig war.

Um ihre Gefühle zu ordnen, zog Esther sich, als sie zu Hause angekommen war, ihre Laufklamotten an. Laufen an sich war ja gar nicht so schlecht, dachte sie, wenn es nicht so maßlos übertrieben würde wie von ihrem Ex. Es war noch zirka eine Stunde lang hell. Diese Zeit wollte sie ausnutzen. Als sie vor die Tür trat, wehte ihr die kalte, aber zugleich wunderbar klare Luft entgegen, die jetzt für ihr Hirn genau richtig war. Sie konnte auch alleine laufen. Dafür brauchte sie keinen Mann, weder ihren Ex noch irgendeinen anderen.

Sie dachte an den Köln Krimi, den sie gerade las, in dem Frangenbergs Protagonisten den Marathon ihres Lebens liefen. Sie würde nie eine Marathonläuferin werden. Dazu fehlte ihr der Biss. Und wenn sie ehrlich war, sah sie darin auch keine Notwendigkeit. Mal ein paar Runden drehen – das empfand sie als entspannend und wohltuend. Aber sich über zigkilometerlange Strecken abzuquälen, war in ihren Augen Energie- und Zeitverschwendung.

Sie trabte gemütlich über die verschneiten Waldwege und versuchte ihren Kopf frei zu bekommen. Plötzlich hörte sie ein Knacken dicht hinter sich. Erschrocken drehte sie sich um. Es war nichts zu sehen. Als sie weiterlief, hatte sie ein dummes Gefühl. Immer wieder hörte sie Geräusche. Aber wenn sie sich umdrehte, war da nichts. Sie fühlte sich verfolgt. Fest packte sie ihren Hausschlüsssel, den sie in der Jackentasche hatte, in ihre Faust. Sie rechnete mit allem. Den Schlüssel würde sie ihrem Angreifer ins Gesicht schlagen und ihm die Visage zerkratzen. Sie machte sich Mut. Mittlerweile hatte sie ihr Tempo deutlich erhöht. Abwechselnd drehte sie sich nach allen Seiten um, überprüfte den festen Griff ihrer Hand um den Schlüssel und versuchte noch ein paar Schritte schneller zu sein. Endlich sah sie den Schlagbaum am Ende des Waldweges. Jetzt drehte sie sich nicht mehr um. Sie rannte, so schnell sie konnte, aus dem Wald bis zu dem Haus, in dem sie wohnte. Völlig außer Atem und vollkommen erschöpft stand sie im Hausflur und holte erst einmal tief Luft. Als ihr Puls langsam wieder Normalgeschwindigkeit erreicht hatte, wurde sie wütend.

„Verdammt, wer oder was war das!", schimpfte sie laut im Treppenhaus. „Kann man nicht mal in Ruhe alleine laufen gehen?"

Esther ärgerte sich über sich selbst, dass sie sich so in Angst hatte versetzen lassen. Na, zumindest war sie abgelenkt worden. Nur hatte sie sich das so nicht vorgestellt.

Nach einer ausgiebigen warmen Dusche nahm sie sich eine Flasche Rotwein mit zum Sofa und kuschelte sich in eine warme Decke. ´In ein paar Tagen ist Silvester`, dachte sie. Natürlich glitten ihre Gedanken genau dahin ab, wo sie nicht sein dürften. Sie malte sich aus, wie sie um Mitternacht mit einem Glas Sekt Tobias gegenüberstünde, das Feuerwerk hinter ihnen den Himmel erleuchten ließe, um sie herum die Menschen ausgelassen und fröhlich das neue Jahr begrüßten und sie sich innig und heißverliebt küssten. Da riss sie die Tatorteröffnungsmusik aus dem Fernseher, der die ganze Zeit leise im Hintergrund lief, aus ihren albernen, kitschigen Träumen. Mit einem großen Schluck Rotwein lehnte Esther sich auf dem Sofa zurück und schenkte ihre ganze Konzentration den Tatortermittlern aus Münster, die sich mit merkwürdig aufgehängten Leichenteilen beschäftigen mussten. Mensch, das waren Fälle. ´Die waren anders als ihre banalen Alltagsfälle und so komische Morddrohungen wie diese von Viktor Lasse`, dachte Esther neidisch. Sie stellte sich vor, dass sie selbst zu gefundenen Leichenteilen gerufen würde, die so hoch hingen, dass – na wer? – natürlich der Rigger kommen müsste, um sie herunterzuholen. Schon wieder geisterte der durch ihre Gedanken. Jedenfalls wünschte sie sich auch einmal so einen Fall wie in diesem Tatort. Der Gedanke war ihr fast peinlich. Heinz hatte vermutlich Recht, wenn er sie als „mordgeil" bezeichnete.

Esther goss sich den letzten Schluck aus der Flasche in ihr Glas und gab sich ihrem leicht vernebeltem Zustand hin.

Dann kam das echte Silvester. Kai Kehrmann feierte mit hundert Jungs eine gigantische Schwulenparty, Viktor Lasse saß alleine und frustriert zu Hause und steigerte sich langsam aber sicher immer mehr in seine Todesangst hinein, Tobias riggerte sich durch irgendeinen Veranstaltungssaal, Heinz saß mit seinem Bruder in einer Sauerländer Almhütte, und Esther ließ es mit den Frauen vom Elferrat richtig krachen.

Diese Frauen waren eine bunt zusammengewürfelte, lustige Gruppe. Sie hatten die unterschiedlichsten Berufe und Lebensentwürfe, waren aber in dieser Konstellation alle einfach nur ein Zehntel von dem, was da demnächst oberhalb der Bühne bei der Stunksitzung sitzen würde.

Von wegen sitzen! Die Silvesterparty diente vor allem dazu, schon einmal ein paar Choreografien für den Elferrat einzuüben. Und nach einigen Gläschen Sekt und kurz vor zwölf klappte das bereits ganz gut. Vor allem hatten sie dabei viel Spaß, auch als es um die Wahl der Kostüme ging. Sie waren sich einig, dass sie alle in einer Farbe auftreten wollten. Nur die Farbe stand noch nicht fest. Die Diskussion hatte teils absurde

Züge, war herrlich abstrus und kam schließlich und endlich zu dem Schluss: Es musste Lila sein! Warum, das konnte zu dieser fortgeschrittenen Zeit und bei dem genossenen Alkohol keine mehr so richtig sagen. Aber egal, es war entschieden: Alle würden in Lila kommen.

Esther genoss den Abend. Die Stimmung war großartig, es wurde gelacht und ungeniert geblödelt. Esther konnte beobachten, wie auch Erika ausgelassen feierte. So gut drauf hatte sie sie schon lange nicht mehr gesehen. Sie schien diesen Abend ohne Kinder und Mann sichtlich zu genießen. Die Aussicht auf den gemeinsamen Abend mit dem Elferrat machte allen zunehmend Spaß.

Esther spürte, wie sie immer mehr vom Fieber namens Stunksitzung gepackt wurde. Ihre Gedanken kreisten oft um die Nummern, die Musikstücke und die Leute, diese vielen unterschiedlichen Typen, diese ganze jecke Stunkfamily.

Am Neujahrstag bekam Esther eine E-Mail vom Regisseur der Stunksitzung mit der Einladung, zur morgigen Vorgeneralprobe zu kommen. Sie freute sich und beschloss kurzerhand, Heinz dorthin mitzunehmen. Der Fall Viktor, mit dem die ganze Stunkgeschichte für Esther begonnen hatte, war mittlerweile etwas in den Hintergrund gerutscht. Sie hatte während der letzten Woche nichts von Viktor gehört. Ermordet worden war er sicher nicht, sonst wären sie längst informiert worden, war Esther sich sicher. Tote lagen nicht lange unentdeckt irgendwo herum, das war nur in Filmen so. Vielleicht hatte sich alles beruhigt und die Morddrohung war längst passé. Vermutlich würden sie den Fall bald ad acta legen. Bei der Vorgeneralprobe konnten sie ja noch einmal die Sache unter die Lupe nehmen und versuchen, die einzelnen Motive zu durchleuchten. Ansonsten würden sie sich einfach amüsieren.

# 9

Sonntag, 2. Januar.

Es war der Abend der Vorgeneralprobe. Die beiden Kommissare trafen sich zu diesem halbberuflichen Termin vor dem E-Werk. Eigentlich wussten sie nicht, was sie heute groß recherchieren sollten. Sie wollten und konnten den Stunkern gerade an diesem Tag nicht auf die Nerven fallen. Die hatten den Kopf mit anderen Dingen voll. Also hatten sie sich geeinigt, einfach die Augen aufzuhalten und die Personen, von denen sie wussten, dass sie in einem engeren Verhältnis zu Viktor standen, etwas genauer zu beobachten. Esther und Heinz suchten sich einen Platz im hinteren Teil des Saals, wo ein paar Tische quer im Raum standen. Auf einem dieser Tische nahmen sie Platz. Von hier hatten sie eine ausgezeichnete Sicht auf das Geschehen.

Der Saal war nur halb gefüllt, die Emporen waren leer. In der Saalmitte stand immer noch die ganze Technik wie schon bei den Proben. Zirka acht Leute saßen vor fast doppelt so vielen Monitoren und beobachteten auf ihren Bildschirmen die sich aufbäumenden Berge, wie man sie üblicherweise von medizinischen Messgeräten kannte. Am vordersten Techniktisch hatten die Regisseure und Requisiteure Platz genommen.

Dann sah Esther Tobias. Der musste an diesem Abend noch die eine oder andere Montage durchführen. Der Rigger stand oben auf der Empore, in Overall und Klettergurt, bereit, jeden Moment loszuklettern. Esther zeigte Heinz den Mann, der sie in letzter Zeit so verwirrt hatte. Nur einen Augenblick, nachdem Esther Tobias entdeckt hatte, hatte er sie gesehen und ihr zugewunken. Mit ein paar Gesten, umeinanderkreisenden Händen und einem Fingerzeig auf seine Uhr machte er ihr deutlich, dass er in ein paar Minuten bei ihr sein würde.

Währenddessen war die Sitzung, die an diesem Abend „Vorgeneralprobe" genannt wurde, gestartet. Die leeren Ränge auf der Empore wirkten fast unheimlich und die Akustik war etwas klirrend und schrill. Esther hatte das Gefühl, dass die Nummern mit angezogener Handbremse gespielt wurden. Die Sitzung war noch im Werden. Das merkte man deutlich.

Die Atmosphäre war ausgesprochen locker. Nur einmal wich die Lockerheit einer großen Anspannung, als plötzlich auf der Bühne ein Ungetüm aus Stahl sichtbar wurde. Oben drauf standen einige Stunker in Uniformen der Roten Funken. Plötzlich wurde den Zuschauern klar, was da vor ihnen stand: eine Riesenwippe. Die neigte sich je nach Belastung extrem nach rechts oder links. Die Bewegungen der Wippe führten zu vielen Oh`s und Ah`s. Je nach Gewichtsverlagerung schienen die einen von der Wippe herunterzurutschen, während die anderen sich nur noch mit den Händen an der Wippe festhielten und ihre Beine durch die Luft flogen. Die Zuschauer hielten den Atem an und waren bis in die Fußspitzen wie elektrisiert. Da war es egal, ob es sich gerade um die Vorgeneralprobe oder Vorvorvorgeneralprobe handelte.

Der halbbestuhlte Saal war an diesem Tag nicht auf das große Feiern ausgelegt. Stattdessen wurde an vielen Stellen über Feinheiten diskutiert. Die Techniker und Regisseure gaben sich andauernd Zeichen für Veränderungen und Verbesserungen. Paul, der Regisseur, machte sich viele Notizen. Manchmal sah man ein zufriedenes Lächeln auf seinem Gesicht.

Esther empfand diese Vorgeneralprobe als eine spannende Veranstaltung, die ihr nochmals einen interessanten Einblick in die Arbeitswelt der Stunker ermöglichte. Wie viel akribische Vorbereitung und wie viel Feinabstimmung letztendlich in einer fertigen Stunksitzung lagen, hätte sie vorher nicht geahnt. Sie musste zugeben, dass ihr diese Produktion viel Respekt abverlangte, obwohl sie sich in der Vergangenheit kaum dafür interessiert hatte.

Während sie über ihre Beziehung zur Stunkwelt nachdachte, beobachtete Esther, wie sich am Rande der Bühne ein jüngerer Mann im Stunk-Outfit, dem schwarzen T-Shirt mit rotem Stern, mit einem der Musiker heftig stritt und ihn dabei unsanft zur Seite schubste, so dass dieser fast von der Bühne fiel.

Bevor Esther diese Szene einordnen konnte, fiel ihr ein riesiger Haufen an Bergseilen und Gurten, Scheinwerfern, Kabeln und Klemmen, Karabinerhaken und Werkzeug auf, der in einer Ecke auf dem Boden lag. Natürlich wanderten ihre Gedanken sofort zu dem Rigger und ihr Blick an die Decke. Irgendwo da oben im Gebälk war Tobias im Einsatz. Sie suchte die Stahlstreben unter dem Hallendach nach ihm ab. Nichts war zu sehen. Schließlich sah sie den Rigger, wie er mit Helm und Stirnlampe eine schmale Eisentreppe aus dem Dunkeln herunterstieg.

Und dann, wenige Augenblicke später, stand Tobias wieder vor ihr, so unvermittelt, wie er es immer tat. Ihr Herz schlug bis zum Anschlag. Sie konnte nichts dagegen tun.

Nach einer förmlichen Begrüßung zog Tobias eine merkwürdige Kette aus seiner Hosentasche.

An einem schwarzen Lederband hing ein längliches, komisches, weißbraun marmoriertes Gebilde, das wie eine Muschel aussah und das mit einer filigranen umlaufenden Reihe von gleichmäßigen dunklen Punkten verziert war. Dieses Ding war bestimmt fünf Zentimeter groß. Tobias hielt die Kette Esther entgegen.

„Ist die für mich?", fragte sie verwundert.

„Das ist ein Glücksbringer. Ich dachte, Sie könnten bei Ihrem aktuellen Fall ein wenig Glück gebrauchen."

´Warum schenkte der Rigger ihr diese Kette?`, wunderte sich Esther. Sie fühlte sich irgendwie bedrängt und überrumpelt. Andererseits war es wiederum ganz nett.

Um etwas zu sagen, fragte sie: „Was ist das für ein Glücksbringer?"

„Das ist das Gehäuse einer Conidae."

„Muss man die kennen?"

Esthers Stimme klang ein bisschen herablassend.

„Und warum sind diese Conidae Glücksbringer?"

„Es sind ganz besondere Tiere, und sie sind sehr selten. Wer so ein Gehäuse findet, hat großes Glück gehabt. Deshalb sind es Glücksbringer."

Esther fand die Kette nicht besonders hübsch, dachte sich aber, dass man einen Glücksbringer immer gut gebrauchen könnte. Sie bedankte sich kurz und knapp und wandte sich zu Heinz, der ein paar Meter weiter weg stand.

„Na, ein Kölsch?", fragte sie ihn und war froh, aus der komplizierten Situation mit diesem Rigger entweichen zu können.

„Gute Idee!"

Neue Ermittlungen oder Erkenntnisse in der Sache „Viktor Lasse" hatten Esther und Heinz an diesem Abend nicht gewonnen. Sie hatten nichts Auffälliges bemerkt. Das konnte natürlich auch daran gelegen haben, dass Esther ein wenig abgelenkt gewesen war.

Als Esther und Heinz mit ihren Kölschflaschen – Fasskölsch gab es an diesem Abend nicht – im Vorraum standen, kam eine Schauspielerin auf die beiden zu. Esther erkannte sie sofort. Es war Daniela, diejenige, die sich Sorgen um Viktor gemacht hatte, als sie das erste Mal auf die Stunker getroffen waren und sie in deren Proberäumen befragt hatten.

„Haben Sie einen Moment Zeit?", fragte sie aufgeregt.

Heinz nickte ihr freundlich zu.

Daniela wippte nervös von einem auf das andere Bein. Die beiden Kommissare spürten, dass sie sich nicht sicher war, ob sie sprechen sollte. Heinz forderte sie freundlich auf, sich ihnen ruhig anzuvertrauen.

Das zeigte Wirkung. Die Schauspielerin begann leise zu reden, Esther und Heinz mussten sich anstrengen, um sie zu verstehen.

„Bitte halten Sie mich nicht für verrückt! Aber als ich gestern in den Katakomben vom E-Werk unterwegs zur Garderobe war, habe ich Schritte hinter mir gehört. Als ich mich umgedreht habe, war aber keiner zu sehen."

„Was glauben Sie, wer oder was das war?", fragte Heinz nach.

„Wenn ich das nur wüsste. Ich habe mit ein paar Kolleginnen gesprochen. Die haben ähnliche Dinge erlebt."

Daniela wirkte bei diesen Worten beunruhigt.

Heinz konnte sich nicht des Eindrucks erwehren, dass da eine Portion Hysterie im Spiel sein musste. Aber das wollte er nicht unterstellen.

Irgendwie spürte Daniela die Skepsis des Kommissars. Sie war sicher, sich das alles nicht nur eingebildet zu haben. „Und was ist, wenn hier ein Mörder herumläuft, der nicht nur Viktor, sondern auch einen von uns beseitigen will?", fragte sie aufgebracht.

Um der Schauspielerin das Gefühl zu geben, dass er sie und ihre Ängste ernst nahm, legte Heinz seine Hand auf Danielas Schulter und sagte: „Ich denke, dass es keinen konkreten Anlass zur Sorge gibt. Aber bitte halten Sie weiterhin ihre Augen und Ohren auf. Wir sind für alle Hinweise dankbar."

Daniela schaute immer noch nervös von einem zum anderen. Sie war offensichtlich mit der Antwort des Kommissars nicht zufrieden.

Esther mischte sich in das Gespräch ein. „Solange wir nichts Konkretes haben, können wir leider nichts machen. Aber, wissen Sie, vielleicht will Ihnen da jemand nur einen Schrecken einjagen. Solche Trittbrettfahrer erleben wir regelmäßig."

„Vielleicht haben Sie Recht", antwortete die Schauspielerin, ohne den Eindruck zu vermitteln, dass sie das, was sie sagte, wirklich glaubte. Sie ging gedankenverloren zurück in den Saal.

„Passen Sie auf sich auf!", rief Esther ihr hinterher.

„Ob das jetzt die richtigen Abschiedsworte waren, wage ich zu bezweifeln", gab Heinz zu bedenken. „Jetzt macht sie sich erst recht Sorgen."

„Ich glaube, wir haben die Stunker mit unseren Ermittlungen aufgeschreckt. Jetzt geht mit denen die Fantasie durch", stellte Esther leicht amüsiert fest.

„Das hat aber auch sein Gutes. Die recherchieren jetzt alle mit", stellte Heinz mit einem breiten Grinsen fest.

Als die beiden das E-Werk verlassen wollten, kam Daniela mit einer Kollegin noch einmal um die Ecke.

„Kommen Sie morgen zur Generalprobe?", wollte sie wissen und fügte an: „Das würde uns alle beruhigen, stimmt`s Sabine?"

Dabei blickte sie die andere Schauspielerin mit der Bitte an, ihr zuzustimmen.

„Ja, das wäre super. Ich bin übrigens Sabine, wie Sie gerade gehört haben. Manchmal ist es hier unheimlich, seitdem diese Morddrohung an Viktor durch die Gänge geistert."

Die Sache war für Daniela und ihre Kollegin noch lange nicht vom Tisch. Die beiden wirkten ängstlich und verunsichert.

Esther versuchte nochmals, sie zu beruhigen: „Es wird schon nichts passieren. Wir wissen nicht einmal, ob an der Drohung etwas dran ist."

„Wir werden zur Generalprobe kommen", versprach nun Heinz.

Esther würde sowieso da sein. Denn sie war mit ihrem Elferrat wie alle anderen Elferräte obligatorisch zur Generalprobe eingeladen worden. Dass sie ausgerechnet in diesem Jahr, wo sie hier ermitteln musste, in einem Elferrat sitzen würde, hatte sie keinem der Stunker erzählt. Warum auch? Das würde sie, soweit es möglich war, anonym und nur für sich erleben wollen. Ob das allerdings jetzt noch möglich war, nachdem sich unter den Stunkern eine kleine Hysterie breitgemacht hatte und sie als Bodyguard für eine Schauspieltruppe agieren sollte, schien ihr mehr als fraglich.

Der nächste Tag, ihr erster Arbeitstag nach den Weihnachtsferien verlief für die beiden Kommissare zunächst ruhig. Dann ging das Telefon. Esther nahm ab.

„Hi, hier spricht der Sebastian."

Esther runzelte die Stirn. Einen Sebastian kannte sie nicht.

„Ich bin einer von den Stunkern. Wir haben uns bei den Proben gesehen."

Esther konnte sich unmöglich alle Namen gemerkt haben. Sie versuchte die Stimme einzuordnen und ein Bild dazu zu finden. Schließlich hatte sie eine vage Vorstellung, welches Gesicht am anderen Ende der Leitung war.

„Ja bitte, was kann ich für Sie tun?"

„Ich wollte mal wissen, wie weit sie sind?"

Ohne auf eine Antwort zu warten, fuhr er fort: „Ich habe mir so meine Gedanken gemacht und könnte Ihnen vielleicht bei Ihren Ermittlungen behilflich sein."

Esther wartete, was nun kommen würde.

„Mir sind zu dem Mord ein paar Ideen gekommen."

„Zu welchem Mord?", fragte Esther verblüfft nach. „Soviel ich weiß, gibt es keinen Mord, oder?"

„Es ist aber besser, wenn wir auf den möglichen Mord gut vorbereitet sind", entgegnete Sebastian selbstbewusst.

Genervt und neugierig zugleich fragte Esther nach: „Was meinen Sie?"

„Ich meine, dass der potentielle Mörder vielleicht heute zur Generalprobe kommt, um sich ein Bild von den räumlichen Bedingungen zu machen?"

„Wie kommen Sie darauf, dass der Mord, wenn er denn jemals verübt werden sollte, im E-Werk passiert?"

„Das wäre eine perfekte Kulisse, viele Leute, zu viele Spuren, keine Chance, den Mörder zu schnappen."

„Aber dann müsste der Mörder wissen, dass auch Viktor Lasse da sein würde. Und der kommt doch gar nicht mehr."

„Der kommt bestimmt. Schließlich sind einige von unseren Nummern aus seiner Feder."

Esther hatte genug von diesem Freizeitdetektiv. Sie mochte die Dilettanten nicht, von denen es leider immer mehr gab.

„Hören Sie, wenn Sie konkrete Hinweise haben, teilen Sie uns die bitte mit. Vielen Dank und auf Wiedersehen."

Mit diesen Worten beendete sie abrupt das Gespräch.

Heinz schaute sie verwundert an.

„Warst du da gerade nicht ein wenig unfreundlich?"

„Ist mir egal", antwortete Esther unwirsch. „Was macht eigentlich unser Opfer, der Viktor Lasse?", wollte sie von Heinz wissen.

„Der hat in den letzten Tagen mehrfach hier angerufen und aufs Band gesprochen. Immer dasselbe: Ob wir was Neues wüssten. Dem geht der Arsch auf Grundeis."

„Und was machen unsere beiden Leichen?"

„Die Analysen laufen noch", berichtete Heinz, der morgens schon mit der Rechtsmedizin telefoniert hatte.

Esther stöhnte und seufzte laut: „Nichts Neues! Es ist so langweilig!"

Aber in diesem Moment kam ein wenig Spannung im Kommissariat auf, auch wenn es nichts mit Mord und Totschlag zu tun hatte: Aufgrund eines heftigen Schneesturms fiel im kompletten rechtsrheinischen Köln für zwei Stunden der Strom aus. Während auf den Straßen das Chaos wütete, hatten Heinz und Esther sich gemeinsam mit den Kollegen der gesamten Etage in ihrem Büro versammelt und bei Kerzenlicht und Keksen die Zeit damit verbracht, über die technisierte und elektrifizierte Welt von heute zu reden und darüber, wie hilflos sie ohne Strom waren. Das Schlimmste war für sie, dass sie keinen Kaffee kochen konnten. Als die Energieversorgung wieder sichergestellt war und alle Leute in ihre eigenen Büros zurückkehrten, machten Esther und Heinz sich erst einmal einen leckeren Espresso. Dabei überlegten die beiden, was an diesem Abend im E-Werk bei der Generalprobe wohl alles auf sie zukommen würde. Weil sie ihre Abendveranstaltung kurzerhand als Teil ihrer Arbeit deklarierten, gönnten sie sich einen freien Nachmittag.

Kurz bevor Esther sich auf den Weg zum E-Werk machte, bekam sie einen Anruf von Heinz, der kurzfristig sein Kommen wegen akuten Unwohlseins, wie er sich ausdrückte, absagen musste. ´Auch nicht schlimm`, dachte Esther, ´dann werde ich den Abend einfach mit meinen Mädels genießen.` An ihren Fall wollte sie jetzt nicht denken.

Die Generalprobe war ganz anders als alle vorherigen Proben. Das war eine richtige Stunksitzung mit allem, was dazu gehörte. Die Techniker waren aus der Mitte des Saals verschwunden und unsichtbar geworden. Der Regisseur war vielleicht da, aber nicht mehr im Mittelpunkt. Esther konnte feststellen, dass sich ein paar Nummern von gestern auf heute noch einmal leicht verändert hatten – und wie sie gehört hatte, würde das in den nächsten Tagen so weitergehen. Automatisch suchte sie nach Tobias. Aber der war nicht da. Alles war anders.

Für Esther war es eine neue Situation, weil sie an diesem Abend in Gesellschaft ihres Elferrats, im Kostüm und in Partylaune gekommen war. Auf ihrem Tisch standen ein Fässchen, Frikadellchen, Gürkchen und Chips. Mit ihrer schwarzen Langhaarperücke und der Augenmaske war Esther kaum zu erkennen. Aber – wie auch immer – plötzlich tippte jemand von hinten auf ihre Schulter und sprach sie an.

„Frau Kommissarin!" Esther erkannte die Stimme. Sie drehte sich um. Es war der Schauspieler, der Sebastian hieß und sie heute morgen im Büro angerufen hatte. Sebastian lehnte sich mit übereinandergeschlagenen Beinen an den Tisch, direkt neben Esthers Kölschglas. Er verschränkte seine Arme und sah so aus, als ob er in dieser Haltung den ganzen Abend verbringen wollte. Ohne Esthers Reaktion abzuwarten, begann er ein Gespräch mit der Kommissarin.

„Ich habe da eine Idee, wie man hier unauffällig jemanden ermorden könnte."

Esthers irritierter Blick ermunterte den Schauspieler, seine Idee weiter zu erläutern.

„Ich dachte, wenn wir wissen, wie der Mord ablaufen könnte, dann können wir den Mörder fassen, bevor er den Mord begeht."

Esther schüttelte ungläubig den Kopf.

´Was will der denn schon wieder?`, ging es ihr durch den Kopf. Womöglich inszenierten die Stunker einen Mord, der nie geschehen würde oder der überhaupt erst deshalb geschehen würde, weil er von den kreativen Köpfen der Stunker so gut vorgeplant wurde.

Glücklicherweise war es um die beiden herum so laut, dass wohl kaum jemand das Gespräch mitverfolgte. Esther war entsetzt und erheitert zugleich. Dieser Stunker hielt sich tatsächlich für eine Art Columbo, und sie musste das unbedingt eindämmen.

„Wir wissen gar nicht, ob es überhaupt einen Mord geben wird", sagte sie entschieden und fügte energisch hinzu: „Und außerdem ermittelt die Polizei und nicht die Stunksitzungstruppe."

Der Schauspieler ließ sich nicht abwimmeln.

„Zumindest sollten Sie wissen, dass es einen hervorragenden Fluchtweg gibt. Da könnte ein Mörder ungesehen abhauen – angenommen, dass der Mord hier im E-Werk passiert."

Um Sebastian loszuwerden, antwortete sie. „Okay, ich werde mir in den nächsten Tagen ´Ihren` Fluchtweg einmal anschauen."

Darauf drehte Esther sich demonstrativ zu ihren Frauen um.

Sebastian gab sich zufrieden und spazierte zurück hinter die Bühne. Die Kommissarin würde staunen, wenn sie die Gänge und Ausgänge in den Katakomben sehen würde, da war er sich sicher.

Die Sitzung ging los. Einige Nummern kannte Esther durch ihre Besuche bei den unterschiedlichen Vorspielen ziemlich gut. Trotzdem entdeckte sie immer wieder neue Details. Wenn sie ehrlich war, musste sie zugeben, dass es ihr Spaß bereitete, den anderen ein Stück voraus zu sein. Das merkte sie besonders in dem Moment, als auf der Bühne fünf Liegestühle aufgestellt wurden und fünf Stunker kamen, um sich darauf niederzulassen. Während das Publikum nicht ahnte, was jetzt passieren würde, freute sich Esther heimlich auf die Bläck Fööss. Denn diese fünf unscheinbar gekleideten Stunker vollbrachten eine körperliche Höchstleistung mit großem Unterhaltungswert. Zu Songs der Bläck Fööss vom Band spielten die Männer und Frauen in den Liegestühlen mit ihren Füßen und Händen ein Puppentheater, wobei die Füße mit Hilfe von Socken und Bärten zu Gesichtern wurden und die Hände Musikinstrumente spielten. Diese wörtliche Interpretation von den nackten Füßen begeisterte die Leute im Saal und führte zu lautstarken Zugabeforderungen.

Nachdem die Zugabe über die Bühne gegangen war, entdeckte Esther plötzlich und unerwartet Viktor Lasse. Er stand an eine Wand angelehnt, alleine. Er redete mit keinem und schien auch nicht in Gesellschaft da zu sein. Ab und zu drehte er den Kopf nach rechts und links, als ob er nach jemandem suchte. Oder als ob er Angst hätte. Esther ahnte nicht, wie groß die Angst war, die Viktor Lasse in sich trug. Sie wuchs von Tag zu Tag und beherrschte mittlerweile sein ganzes Leben. Auch wenn Lasse wusste, dass er sich da gewaltig hineinsteigerte, so konnte er nichts dagegen tun. Irgendwo lief ein Mörder herum, der zumindest mit dem Gedanken spielte, ihn umzubringen. Dessen war sich Lasse sicher.

Da tauchte Kai Kehrmann auf. Er ging an Viktor vorbei. Esther konnte nicht erkennen, ob die beiden miteinander sprachen.

´War das ein Zufall, dass sich die beiden hier begegneten?`, fragte sich Esther. Doch bevor sie den Gedanken weiter verfolgen konnte, wurde sie von beiden Seiten eingehakt und es schunkelte sie hin und her. Als sie wieder zu Viktor schaute, war er weg.

Esther versuchte Viktor zu vergessen und sich dem Schunkeln hinzugeben, obwohl gerade das nicht ihre große Leidenschaft war. Aber sie war an diesem Abend hier, um sich mit ihren Frauen zu amüsieren. Obwohl, wenn sie ehrlich war, dann musste sie sich eingestehen, dass sie ihren Job nie ganz hinter sich lassen konnte – auch nicht diesen Fall, der ja eigentlich gar kein richtiger Fall war.

# 10

Dienstag, 4. Januar.

Es war der Abend, an dem Esther das tun musste, was sie in ihrem Leben bisher immer vermieden hatte: im Rampenlicht stehen. An diesem Abend würde der Elferrat auf der Bühne der Stunksitzung stehen, und Esther mittendrin. Schon beim Aufstehen hatte sie Muffensausen. Einen kurzen Moment hatte sie an Rückzug gedacht. Aber nur einen kurzen Moment. Was hatte sie zu verlieren? Sich drücken war nicht ihr Ding. Also Augen zu und durch. Oder besser doch: Augen auf. Unvorstellbar, wenn sie stolpern und hinfallen würde! Sie schob die Gedanken und Sorgen, so gut es ging, beiseite. Sie hatte schließlich mit ihrem Elferrat in der letzten Zeit viel Spaß gehabt, und sie kannte die diesjährige Stunksitzung vermutlich so gut wie kaum eine andere von ihnen.

Zunächst lag aber ein normaler Arbeitstag vor ihr. Auf dem Weg ins Kommissariat meldete sich ihr Handy. So früh bekam sie selten Anrufe. Als sie das Gespräch annahm, bekam sie keine Antwort. Es war jemand am anderen Ende der Leitung, da war sie sich sicher. Sie glaubte, ein leises Atmen zu hören. Aber es kam keine Reaktion, auch nicht nach mehrerem Nachfragen. Dann wurde der Anruf von der anderen Seite weggedrückt. Esther war sauer. Sie hasste solche anonymen Attacken, wo man seinen Gegner nicht sehen oder hören konnte. Im Büro erzählte sie Heinz von dem Anruf.

„Da will dich wohl jemand nervös machen", sagte Heinz ohne große Anteilnahme und ohne den Blick von den Papieren zu wenden, die er gerade durchlas.

Esther konterte leicht beleidigt: „Ein wenig mehr Mitgefühl und Sorge hätte ich mir schon gewünscht."

Heinz hob nur kurz die Schultern.

„Was liest du denn da so konzentriert?", wollte Esther wissen.

„Ich habe hier den vorläufigen Bericht der Rechtsmedizin. Die Analysen der beiden Toten aus Stammheim und Mülheim weisen eindeutig auf dieselbe todbringende Substanz hin, und das war auf keinen Fall Heroin. Was es war, können sie noch nicht sagen."

Heinz blickte auf, sah Esther an und ergänzte seinen Bericht: „Jedenfalls hat der Staatsanwalt den Fall noch nicht abgeschlossen. Er will warten, bis das geklärt ist."

Esther hatte an diesem Tag nicht viel Sinn für die beiden Leichen und für den Staatsanwalt, auch wenn die Klärung der Todesursache spannend zu werden schien. Sie war gedanklich auf der abendlichen Sitzung.

Ein paar Stunden später war es soweit: Esther ging ins E-Werk, um mit ihrem Elferrat an der Premiere der neuen Stunksitzung mitzuwirken. Um kurz vor acht stand sie zusammen mit den neun anderen Frauen im Vorraum des großes Saals, in den sie wenige Minuten später einziehen sollten. Sie hatten unterschiedliche und fantasiereiche Kostüme an – alle aus demselben schrillen glänzenden lila Stoff. Dazu trugen sie lila Perücken und lila Handschuhe. Eins war sicher: Sie würden auffallen und einen markanten Farbpunkt setzen. Ein Einweiser hatte ihnen erklärt, was sie tun und nicht tun sollten, wann was angesagt wäre und was überhaupt nicht ginge. Esther spürte ein Kribbeln in der Magengegend. Zwischen ihnen und dem vollen Saal mit seinen gefühlten Millionen Stunksitzungsfans war nur noch eine große Eisentür.

Bisher hatte kein Stunker Esther erkannt, bis auf einen: Sebastian. Der war schnell hinter der Bühne hervorgekommen, hatte sich neben sie gestellt und ihr ins Ohr geflüstert: „Frau Kommissarin, ich weiß jetzt, wo man die Leiche gut verstecken könnte. Wenn sie nach der Sitzung einen Moment Zeit hätten, zeige ich es Ihnen." Stolz drehte sich Sebastian um und verschwand wieder hinter der Bühne.

´Was war das denn?`, wunderte sich Esther.

Wollte dieser Typ sie auf den Arm nehmen? Oder war der wirklich so verrückt? Oder war er vielleicht sogar der, der die Drohung geschrieben hatte und sich jetzt aus der ganzen Sache einen Riesenspaß machte?

Während Esther verdutzt hinter Sebastian herguckte, sprach Erika sie an: „Wer war das?"

„Ach, der hat uns nur viel Spaß gewünscht", antwortete Esther, die innerlich heftig und ratlos den Kopf schüttelte.

Und dann ging es los. Sie nahmen Aufstellung. Alles war genau festgelegt. Sie würden so einlaufen, wie sie dann auch oben sitzen würden. Esther stand an siebter Stelle und direkt hinter ihrer Schwester. Erika drehte sich zu Esther um und lächelte ihr zu. Die beiden umarmten sich – so fest und lange, wie viele Jahre nicht mehr. Allein dafür hatte sich die ganze Elferratsaktion gelohnt. Dann standen sie wieder in ihrer Einmarschposition. Das Warten erschien Esther wie eine Ewigkeit. Sie hatte ein mulmiges Gefühl. Gleich müsste sie durch einen vollen Saal entlang an jubelnden Jecken bis zur Bühne laufen. Alle würden sie anschauen! Am liebsten wäre sie schnell verschwunden. Als sie abwägte, wie und ob das überhaupt möglich sei, kam die Präsidentin um die Ecke, öffnete die große Eisentür und ging dem Elferrat voran in den Saal. Ein Klatschen und Jubeln kam ihnen entgegen. Jetzt gab es kein Zurück mehr!

Die ersten Schritte fielen Esther extrem schwer. Sie hatte das Gefühl, als ob sie Zentnergewichte an den Füßen mit sich tragen würde. Aber dann, Schritt für Schritt, fiel es ihr leichter, die Gewichte wurden kleiner, der Rhythmus der Musik nahm von ihrem Körper Besitz, sie wurde durch die Menschenmenge getragen bis zur Bühne. Als sie für einen kurzen Moment bemerkte, dass sie während des Einmarschs ihre Arme grüßend und winkend in die Luft streckte, war sie fast ein wenig erschrocken über sich selbst. Sie hatten die Bühne erreicht und stiegen die Treppe zu ihren Plätzen hoch. Da standen sie nun im vollen Rampenlicht. Jetzt bloß nicht blamieren! Esther machte das, was die anderen auch machten. Sie klatschte ihre Hände über dem Kopf zusammen. Der Einmarsch war geschafft, die Musik war zu Ende, sie durften sich setzen, die erste Anmoderation begann, die Präsidentin begrüßte die Gäste im Saal.

Während der ersten Nummer wurde der Elferrat ins Dunkel getaucht. Die Scheinwerfer konzentrierten sich auf das Geschehen auf der Bühne. Esther konnte unbeobachtet in den Saal schauen. Sie entspannte sich zunehmend. Von hier oben hatte sie einen fantastischen Blick auf die vielen Jecken an den unzähligen Tischen in dem endlos erscheinenden Raum. Lange konnte sie die Aussicht nicht genießen, da begann das stille Ritual jeden Elferrats. Die Frauen begannen, sich an dem Fässchen zu bedienen, das für alle Elferräte bereit stand. Von links kamen leere Kölschgläser, die Esther an ihre Nebenfrau, die rechts von ihr saß, weitergab – und kurze Zeit später kamen die Gläser gefüllt zurück und sie gab eins nach dem anderen an ihre Nebenfrau auf der linken Seite weiter. Es dauerte eine Weile, bis alle ein volles Kölschglas vor sich stehen hatten. Schließlich prosteten sie sich still und dezent zu, damit das im Saal von den Leuten da unten möglichst nicht bemerkt wurde. Aber die waren sowieso auf das Spiel der Stunker konzentriert und amüsierten sich gerade köstlich über einen Jahwe, der mit Moses und einigen wichtigen Vertretern der alttestamentarischen Gesellschaft die göttliche Gesetzgebung diskutierte. Natürlich trug der Disput herrliche absurde Züge, die durch den schusseligen Moses noch fein ergänzt wurden.

Das Kölsch ergoss sich in Esthers Mund, Hals und Magen, und es ging ihr gut. Sie wollte diesen Elferrat genießen und sich erst danach wieder der Akte Morddrohung Viktor Lasse widmen. Sie war noch in Gedanken, da wurde sie von Erika sanft in die Rippen gestoßen und aufgefordert aufzustehen. Man hatte ihnen gesagt, dass sie, immer wenn die Musik spielte, tanzen und Stimmung machen sollten. Die Mädels hoben die Arme abwechselnd nach vorne, machten mit den Händen Schüttelbewegungen, dann die Arme nach oben und drehten den Oberkörper im Takt von rechts nach links. Esther gab alles.

Das Lied war zu Ende. Ein bisschen außer Atem und ziemlich erhitzt und aufgewühlt setzten sich die Frauen wieder auf ihre Stühle und gönnten sich einen weiteren kleinen Schluck Kölsch und den nach wie vor atemberaubenden Blick in den vollen Saal.

Von Esther aus gesehen, ganz vorne rechts saß Heinz. Der wollte sich das Schauspiel mit seiner Kollegin im Elferrat nicht entgehen lassen. Esther wunderte sich, wie Heinz an die Karte gekommen war. Sie nickte ihm dezent zu, gerade so viel, dass er merkte, dass sie ihn gesehen hatte, aber möglichst wenige andere etwas mitbekamen. Heinz gegenüber saß jemand, den sie in seinem bunten Clownskostüm und der roten Perücke zwar nicht erkennen konnte, aber von dem sie meinte, ihn schon einmal gesehen zu haben.

´Das könnte glatt der Kai Kehrmann sein`, überlegte Esther, verwarf aber den Gedanken wieder, weil er ihr absolut unrealistisch vorkam.

Sie suchte mit ihren Augen die Bankreihen ab, ob sie vielleicht jemanden finden würde, den sie kannte.

´Das gibt es doch nicht! Das kann doch nicht wahr sein!`

Esther konnte es kaum fassen: Da saß Viktor Lasse inmitten einer Schar von rosaroten Schweinen. ´Der sieht mit der Schweinesteckdosennase in seinem Gesicht noch dämlicher aus als sonst`, dachte Esther. ´Da hatte dieser Sebastian wohl recht gehabt mit seiner Vermutung, dass Viktor sich die Sitzung anschauen würde.`

Gleichzeitig ärgerte sie sich, dass er ausgerechnet heute da sein musste, wo sie im Elferrat saß. Und wer waren diese ganzen Schweine? Dass Viktor Lasse Freunde hatte, konnte sich Esther kaum vorstellen. Vielleicht waren diese Freunde ebenso schmierige Typen wie Viktor. Jedenfalls sahen sie nach Esthers Meinung in ihren Schweinekostümen ziemlich bescheuert aus. Sie spürte, wie ihre gute Laune zu verschwinden drohte.

´Ach, sollte doch Viktor da irgendwo als Schwein rumgrunzen, sie würde sich den Abend nicht vermiesen lassen`, entschied sie sich.

Aus der Bank ganz vorne links winkte ihr jemand zu. Sie sah in ein vertrautes freundliches Gesicht. Da saß Tobias, der Rigger, als schicker Pirat, und Johnny Depp hätte Grund gehabt, neidisch zu werden.

´Noch so ein Zufall?`, überlegte Esther.

Sie fragte sich, woher Tobias wusste, dass sie im Elferrat sitzen würde? Ihre Gedanken kreisten um den Mann, der sie vom ersten Augenblick an verwirrt hatte und der zugleich unglaublich aufdringlich gewesen war. Sie nahm sich vor, ihn in der Pause zu suchen und mit ihm ein Kölsch zu trinken.

In diesem Moment schob sich eine Leinwand von oben langsam zwischen sie und den Saal. Der Elferrat war verdeckt und hatte die Gelegenheit, unbeobachtet und versteckt miteinander zu tuscheln, Kölsch zu trinken, die Perücken geradezuzupfen, sich zu strecken oder einfach mal schlapp da rumzusitzen.

Als die Leinwand sich wieder erhob, fiel Esther sofort auf, dass Tobias nicht mehr an seinem Platz saß. Sie entdeckte ihn bei Viktor. Tobias klopfte Viktor freundschaftlich auf die Schulter, als ob er sagen wollte ´Mensch, das ist echt Scheiße mit deiner Morddrohung – habe davon gehört – mach dir einfach nichts draus`. Dann ging Tobias in Richtung der Treppe, die zu den Toiletten führte. Erneut riss ein Musikstück mit entsprechendem Getanze des Elferrats Esther aus ihren Gedanken und führte sie zurück zu dem Platz, wo sie sich momentan befand, hoch oben über der Bühne, im Blick der gesamten Gäste der diesabendlichen Stunksitzung. Die Band von Köbes Underground spielte das FC-Lied, in dem die Musiker sich als FC-Spieler ausgaben, die von sich selbst behaupteten, sie spielten wie die Brasilianer. Obwohl Esther kein FC-Fan war, bereitete ihr diese Darstellung der typischen, kölschen, wirklichkeitsfremden Selbstüberschätzung großen Spaß. Sie tanzte mit ihrem Elferrat begeistert mit.

In der Pause gelang es Esther tatsächlich, Tobias zu finden. Gemeinsam standen sie an der Theke im Foyer und tranken ein Kölsch. Die schöne Frau in Lila und der verwegene Pirat. Immer noch förmlich per „Sie".

„Eigentlich wäre heute eine super Gelegenheit für den angekündigten Mord, wo Sie doch persönlich anwesend sind und von da oben den perfekten Ausblick haben."

Tobias nahm die Mordgeschichte und ihren Beruf offensichtlich nicht ernst. Er sagte das, als ob es ein Krimi-Dinner-Spiel wäre, zu dem tausende Zuschauer gekommen wären.

Esther antwortete nicht auf diese Provokation.

„Was treibt Sie denn eigentlich zu den Aufführungen? Sie kennen die Sitzung doch in- und auswendig?", wollte Esther stattdessen wissen.

„Möchten Sie eine ehrliche Antwort?", fragte Tobias mit seinem unvergleichlichen Charme, dem leicht abgewinkelten Kopf und den großen, strahlenden Augen, die durch die Piraten-Schminke à la Johnny Depp noch strahlender waren als sonst.

„Na klar!"

„Ganz ehrlich: Ich wusste, dass Sie heute im Elferrat sitzen und wollte Sie gerne in Aktion sehen."

Esther war sich nicht sicher, ob sie das gut oder doof finden sollte. Glücklicherweise klingelte es in dem Moment zum Ende der Pause.

„Ich muss dann mal wieder", sagte sie kurz und wartete auf irgendetwas, was Tobias sagen könnte, wobei sie nicht wusste, was sie erwartete.

Er legte ihr nur seine Hand auf die Schulter. Aber das reichte vollkommen aus, um bei ihr einen inneren Orkan auszulösen. Tobias verabschiedete sich seinerseits: „Ich bin jetzt weg. Hab' noch einen anderen Termin. Bis die Tage."

Damit war die Pause endgültig zu Ende und Esther sah dem Rigger nach, bis er draußen im Schnee verschwunden war. Nun musste sie sich beeilen, um pünktlich zum Sammelpunkt hinter der Eisentür zu kommen.

„Wo warst du denn?", fragte Erika mit einem fast besorgten Ton.

„Ich habe jemanden getroffen und mich ein bisschen festgequatscht."

Schon kam die Präsidentin und es ging weiter, auf zum zweiten Akt, wieder durch die Menge, fast schon Routine, rauf zu den Elferratsplätzen, winken, tanzen, schunkeln.

Als kurze Zeit nach der Pause das spezielle Stunksitzungs-Dreigestirn mit dem Prinzen mit den nackten Beinen im kurzen Prinzengewand, dem Bauern in seinen Gummistiefeln und der Jungfrau mit ihren übertrieben weiblichen Gesten und Hüftschwüngen auf die Bühne kam, wurde der Elferrat konditionell ernsthaft geprüft. Bereits der Einmarsch wurde frenetisch gefeiert, aber die rockigen Songs von Jungfrau, Bauer und Prinz ließen die Stimmung in der Halle endgültig auf den Siedepunkt hochkochen. Natürlich konnte der Elferrat nicht hinten anstehen. Das bedeutete: alles geben, tanzen und mitrocken, bis es nicht mehr ging. Die Jungfrau verlangte mit ihrem Song dem Elferrat alles ab. Die Arme gingen abwechselnd in die Luft, dann klatschten sie über'm Kopf im Rhythmus dieser gar nicht karnevalistischen Musik. Der ganze Saal ging mit, die Dynamik war ungeheuer.

Nach der Jungfrau trat der Bauer ans Mikrofon. Doch bevor er zu singen begann, wurde die Leinwand erneut heruntergelassen. Der Elferrat konnte von hinten sehen, wie der Bauer auf einem Traktor durch schneebedeckte Felder fuhr und dabei ein gemütliches Liedchen trällerte. Kaum ging die Leinwand hoch, begann der echte, na jedenfalls an diesem Abend in dieser Halle echte Bauer auf der Bühne in gewohnter Art abzurocken, und die Post ging ab. Sofort sprang der gesamte Elferrat auf und rockte mit.

Esthers Blick fiel in die ersten Reihen und sie sah etwas, was sie erstarren ließ. Sie wurde von den anderen Frauen mitgerissen, nach links und rechts durchgeschunkelt, aber sie selbst war in diesem Moment nicht mehr Teil dieses Elferrats.

Ein Kellner hatte einen Betrunkenen bemerkt, der mit dem Kopf auf dem Biertisch lag. Sofort war er zurück zur Theke gegangen, so schnell das eben in der vollen Halle möglich war. Nach einem kurzen Gespräch zwischen ihm und der Bedienung hinter der Theke griff er zum Funkgerät und informierte die Sanitäter, die jeden Abend für solche Fälle zur Verfügung standen.

Esther sah Viktor, wie er mit dem Kopf auf dem Tisch lag und sich nicht rührte. Es schienen unendlich viele Minuten zu vergehen, bevor jemand etwas von der dramatischen Situation bemerkte. Sie rief laut den Namen ihres Kollegen, der nur zwei Tischreihen von Viktor entfernt saß. Aber Heinz schunkelte selbst so eifrig, dass er nichts hörte.

Mittlerweile hatten die anderen „Schweine“ den Kollaps ihres Gruppenmitglieds wahrgenommen. Panisch standen sie um Viktor herum. Die Sanis hatten Schwierigkeiten, an ihn heranzukommen.

„Och nee, schon wieder so eine Schnapsleiche.“
Der ältere der beiden Sanitäter stand hinter Viktor und fühlte ihm den Puls.
„Warum können die nicht mal ein Wasser zwischendurch trinken. Stattdessen zwängen sie sich in enge und warme Kostüme, quetschen sich viel zu eng auf die Bänke, kippen sich das Kölsch in den Hals, um dann gepflegt zu kollabieren.“
„Sei doch froh“, entgegnete ihm sein jüngerer Kollege, „da haben wir wenigstens mal wieder was zu tun.“
„Darauf kann ich locker verzichten.“
Der ältere Sani wurde plötzlich etwas unruhiger.
„Los, den müssen wir hier raustragen. Der ist total weggeknipst, der Puls ist ziemlich schwach.“
„Leichter gesagt als getan.“
Die Schweine umlagerten die beiden Sanis und Viktor so eng, dass an ein Herauskommen nicht zu denken war.

Die Unruhe in den ersten Reihen war nun auf der Bühne angekommen. Der Prinz, der als Letzter des Dreigestirns gewohnt fetzig unterwegs war, spürte die panische Stimmung in einer der vorderen Reihen und fasste schnell den Entschluss, sein Lied zu unterbrechen. Das war in einer Stunksitzung noch nie vorgekommen.

Es zeigte Wirkung. Die Sanis konnten die Schweine beruhigen und dazu bewegen, zur Seite zu gehen. Die Leute im Saal waren neugierig, was los sei, schließlich konnte die große Mehrheit des Publikums nicht sehen, was vorne gerade passierte. Der Prinz erklärte mit humorigen Worten, dass wohl ein Jeck etwas zu viel getrunken habe und nun fachmännisch von den hervorragend ausgebildeten und äußerst sympathischen Sanitätern versorgt würde. Während Viktor aus dem Saal getragen wurde, brach großer Jubel für die Helfer aus, und kurz darauf stimmte der Prinz sein Lied von vorne an.

Esther war wie vom Blitz getroffen. Sie wusste, dass Viktor nicht zu viel getrunken hatte. Sie wusste, dass er tot war.

Aber sie kam aus dem Schunkeln und Tanzen nicht heraus. Sie gestikulierte wild, was von ihren Frauen aber lediglich als besonderer Einsatz für den Prinzensong bewertet wurde. Sie zeigte auf Viktor, der gerade herausgetragen wurde. Die anderen nahmen die Geste auf und zeigten nun ihrerseits alle mit ihrer rechten Hand in die Richtung, sie zuckten mit ihren Armen, so wie Esther es machte, sie übertrugen Esthers Bewegungen in eine neue simultane Choreografie.

Heinz war von Esther und dem Elferrat begeistert. So ausgelassen und leidenschaftlich hatte er seine Kollegin selten gesehen. Ehrlich gesagt, hatte er ihr das nicht zugetraut.

Die Unruhe, die eben für eine Unterbrechung der Sitzung gesorgt hatte, war vorbei. Es konnte weitergehen.

Die Scheinwerfer waren wieder voll auf die Bühne ausgerichtet, im Saal war es dunkel. Die Sanitäter fielen in ihren roten Jacken kaum auf, als sie den Mann mit dem hängenden Kopf und der Schweinsnase im Gesicht unauffällig davontrugen. Ein kurzes Raunen gemischt mit ein bisschen Empörung über so viel übermäßigen Alkoholgenuss und ein paar spöttische Bemerkungen waren zu hören – das war es. Die Aufmerksamkeit gehörte wieder ganz und gar den Schauspielern auf der Bühne. Der lästige kleine Zwischenfall war nicht länger der Rede wert.

Die Sanitäter brachten Viktor links hinter die Bühne. Ein Stunker, der gerade auf dieser Seite der Bühne auf seinen Einsatz wartete, öffnete ihnen die schwere Stahltür, die nach draußen führte. Da befand sich ein Container, der als Versorgungs- und Behandlungsraum für Zwischenfälle genutzt wurde.

Während zwei der Schweine Viktor und die Sanitäter bis zu der Stahltür begleitet hatten und dort auf eine Nachricht über den Zustand ihres Schweinebruders warteten, waren die anderen wieder in Feierstimmung. Der eine oder andere von Viktors Begleitern schien mehr angewidert von dessen Trunkenheit und Ohnmacht zu sein als voll des Mitleids. Jedenfalls ließ man sich an diesem Tisch die Stimmung durch eine solche Lappalie nicht vermiesen.

Esther musste dringend von der Bühne weg. Aber wie? Das Dreigestirn hatte gerade zu einer Zugabe angesetzt. Es schunkelte um sie herum und mit ihr, sie wurde fest von links und rechts mit den Armen eingehakt und von links nach rechts bewegt – ob sie wollte oder nicht. Sie fühlte sich im Schunkeln gefangen.

„Schunkeln ist Scheiße", kam ihr eine Textzeile aus den vergangenen Jahren in den Sinn. Wie wahr!

Der Elferrat stand im Licht, alle Augen waren auf sie gerichtet, sie hatte keine Chance zu entkommen!

Endlich war das Dreigestirn fertig und marschierte unter dem Jubel der Menschen aus dem Saal. Endlich konnte Esther weg. Endlich konnte sie sich mit der Lüge, sie müsse dringend auf's Klo, vom Elferratspodium entfernen. Sie hastete die Treppe runter. Wo waren die Sanitäter mit Viktor verschwunden?

Einer von der Stunkurity – das waren die stunkeigenen Securitys, die darauf achteten, dass keine ungebetenen Gäste hinter der Bühne herumturnten – kam auf sie zu, um sie daran zu hindern, den Sperrbereich zu betreten. Esther fragte nach den Sanitätern, sah aber im Gesicht ihres Gegenübers immer nur denselben eindeutigen Ausdruck, der sie aufforderte, jetzt zu verschwinden.

´Vielleicht sind sie hier durch die Tür raus`, ging es Esther durch den Kopf, als sie das schwarze Tor am seitlichen hinteren Bühnenende entdeckte. Und bevor der Stunkurity sie daran hindern konnte, hatte sie die Tür geöffnet und war hindurchgeschlüpft.

Draußen stand sie vor einem stinknormalen Container, wie es sie auf Baustellen gibt.

´Das könnte der Sanitätscontainer sein`, dachte sie. Davor stand einer der beiden Feuerwehrleute, die obligatorisch bei allen Vorstellungen anwesend waren. Er wollte Esther zurückhalten.

„Ich bin von der Polizei! Lassen Sie mich durch!"

In ihrem Kostüm sah sie nicht gerade wie ein Polizistin aus.

„Ja klar, von der Polizei, gaaaanz zufällig", entgegnete der Feuerwehrmann und glaubte ihr kein Wort.

Esther riss sich die verdammte Perücke vom Kopf, wonach ihre natürlichen Haare elektrisiert in alle Richtungen vom Kopf wegschossen. Der Feuerwehrmann musste unwillkürlich lachen. Aber Esther blieb hartnäckig und schließlich öffnete er ihr die Containertür.

Im schlichten Inneren des Containers befand sich alles, was man für den Notfall brauchte: Vom Defibrillator und dem Erste-Hilfe-Verbandsmaterial über eine kleine Büroecke mit Schreibtisch und PC bis zu einem Kühlschrank mit kalten und belebenden Getränken. Auf der linken Seite stand eine grüne Liege, auf der Viktor Lasse ausgestreckt auf dem Rücken lag. Seine Augen waren geschlossen.

Esther trat an die Liege heran und schaute auf den bewegungslosen Körper.

„Und?"

„Er ist tot."

„Was ist passiert?"

„Als wir ihn aus dem Saal getragen haben, lebte er noch. Sein Puls war zwar schwach, aber er lebte."

„Und dann?"

„Als wir ihn ablegten, stand sein Herz still. Alle Versuche, ihn wiederzubeleben, haben nicht geholfen. Der Notarzt ist unterwegs."

„Nochmal: Was ist passiert?"

„Könnte ein Herzinfarkt gewesen sein. Aber da sollten wir auf den Notarzt warten."

„Kann es Mord sein?"

„Sieht nicht danach aus."

„Gut! Warten wir ab, was der Notarzt sagt. Ich bin gleich zurück. Geben Sie keinesfalls irgendwelche Informationen weiter! Wir müssen auf alle Fälle eine Panik vermeiden!"

Esther rannte zurück in den Saal zu der Reihe, in der Heinz saß und sich gerade von einer hinreißenden und rührenden, gleichzeitig aber bitterbösen und provokanten Nummer faszinieren ließ. Eine Schauspielerin saß als Mutter Gottes und Oma von Jesus in einem schönen Lehnstuhl auf der Bühne und zog das Publikum in ihren Bann, während sie mit ihren Enkeln Jesus und Mohammed sprach, um deren laufende Streitereien zu schlichten.

Esther zerrte ihren Kollegen von der Bank und schleifte ihn zum Ausgang hinter der Bühne, wo eben die Sanitäter mit Viktor Lasse verschwunden waren. Heinz verstand gar nichts, war aber so verdutzt, dass er sich nicht wehrte und einfach von seiner Kollegin ziehen ließ. Draußen an der frischen Luft erklärte sie ihm, was passiert war.

Heinz schluckte und schüttelte den Kopf: „Das kann doch nicht wahr sein! Sollen wir die Sitzung abbrechen?"

Esther schüttelte den Kopf.

„Das hatte ich schon überlegt. Aber, wenn wir das machen, entsteht eine Panik. Das können wir nicht verantworten."

In dem Moment fuhr der Rettungswagen vor dem Hintereingang des E-Werks vor. Esther begrüßte den Notarzt und stellte sich vor. Gemeinsam betraten sie den Container.

Während der Arzt Viktor untersuchte, stellte Esther die entscheidende Frage: „Könnte es Mord sein?"

Der Arzt hob verdutzt den Kopf. „Wie kommen sie darauf?"

„Es gab eine Morddrohung gegen den Toten. Da müssen wir jede Möglichkeit in Betracht ziehen."

„Verstehe!"

Viktors Körper wurde vom Arzt gründlich untersucht, so gründlich es mit den hier vorhandenen Mitteln möglich war. Esther beobachtete den Arzt und jede seiner Bewegungen. Ihr Blick fiel auf Viktor. Selbst als Toter konnte er ihre Sympathie nicht erwecken. Er war einfach ein komischer und unangenehmer Zeitgenosse gewesen. Und er sah ziemlich unappetitlich aus.

Der Arzt drehte Viktor zurück auf den Rücken und packte seine Instrumente ein. Zu Esther gewandt sagte er: „Ich kann einen Mord nicht ausschließen, obwohl es im Moment nicht danach aussieht. Bitte warten Sie die Obduktion ab. Danach wissen Sie Genaueres. Der Leichnam wird in die Rechtsmedizin überführt. Fragen Sie dort nach."

Esther und Heinz verließen den Container. Hier konnten sie nichts mehr machen.

Heinz strich immer wieder mit seiner Hand durch die Haare und bewegte dabei unaufhörlich seine Mundwinkel. Dann überlegte er laut: „Wenn es Mord war, ist der Mörder vielleicht noch im E-Werk."

„Und wenn es einer oder eine der Stunker war, dann ist es gut, wenn wir die Sitzung nicht unterbrechen. So können wir unauffälliger recherchieren", ergänzte Esther die Gedanken ihres Kollegen.

„Es muss ja keiner wissen, dass Viktor tot ist, oder?"

Esther schaute Heinz fragend und gleichzeitig spitzbübig an.

„Dann lass uns doch mal unauffällig unserer Arbeit nachgehen", schlug Heinz vor.

Esther gab die Marschroute vor: „Du checkst die Lage bei Viktors Begleitern und ich versuche, hinter die Bühne zu kommen."

Als Esther durch die schwarze Stahltür von draußen zurück ins E-Werk kam, stand wieder der Stunkurity vor ihr, der seinen Job sehr ernst nahm. Der ließ sie zwar zurück in den Zuschauersaal, aber nicht hinter die Bühne. Sie hatte jetzt keine Lust, sich zu legitimieren und schlug stattdessen einen anderen Weg ein. Sie ging hinunter ins Untergeschoss, an den Toiletten vorbei bis zum Foyer, dort wieder hoch, durchs Foyer, dann nach links in die seitliche kleinere Halle, in der sie sich für den Elferrat aufgestellt hatten.

Hier stand keiner dieser Sicherheitsleute. Sie überlegte, wie sie vorgehen sollte, da drangen aus dem Hauptsaal singende Stimmen zu ihr. *Blotwoosch, Kölsch un e lecker Mädche.* Die Stimmung im Saal war großartig. *Ich bin ene Vampir.* Esther konnte die schunkelnden Massen förmlich spüren, obwohl zwischen ihr und den Leuten eine massive Wand war. *Der schönste Platz ist immer an der Theke.* Die Verbindungstür zwischen den beiden Sälen ging auf, und die Vampire marschierten in ihren historischen Kostümen zu *Wir sind die Eingeborenen von Transsylvanien heideschibelabum* singend und lachend aus dem Saal. Ein Vampir kam auf Esther zu, nahm sie in den Arm und tanzte zu den letzten Tönen eine Runde mit ihr. Diese Fröhlichkeit vor dem Hintergrund des Toten erschien ihr makaber, aber wie sollten die Vampire das auch wissen.

Sie zog unauffällig ein paar Schritte im Gefolge der Vampire mit in Richtung des Bühnenhinterlandes. Da waren der Felsen, auf dem zu Anfang der Sitzung noch Jahwe gestanden, und der Lehnstuhl, auf dem die Mutter Gottes gesessen hatte. Weiter hinten befanden sich Ikea-Möbel, in die in Kürze während einer amüsanten Ikea-Parodie die Elch-5-Empfänger einziehen würden. Requisiteure schleppten gerade rote Sessel über den Gang, zwei Schauspieler kamen aus den Katakomben herauf, bereit, gleich auf die Bühne zu gehen, vier Köbesse kamen in grauen Jacketts und schwarzen Pilzkopfperücken um die Ecke, überall war ein reges und buntes Gewusel.

Eine junge Frau mit rotem Stunk-T-Shirt, die Esther nicht von den Vorproben kannte, kam auf sie zu. Oh je, wieder jemand, der sie am Ermitteln hindern wollte. Wie von unsichtbarer Hand geführt, griff Esther neben sich auf eine Kiste, auf der etwas lag. Ein kurzer Blick genügte, um zu erkennen, dass das ein Stunksitzungsausweis war, der ihr erlaubte, sich hier aufzuhalten. Wem der Ausweis gehörte, war ihr in diesem Moment egal. Jetzt war es ihrer. Erleichtert zeigte sie der jungen Frau die Karte, die ihr daraufhin freundlich zunickte. Endlich konnte sie sich frei bewegen und ihren Beobachtungsmodus einstellen. Von der Bühne klangen Beatlessongs – na klar, die vier Pilzköpfe!

Esther spürte eine tiefe Müdigkeit in sich aufsteigen. Sie hatte letzte Nacht schlecht geschlafen. Der Tod von Viktor hatte sie geschockt. Schon als sie ihn im Publikum entdeckt hatte, hatte sie eine böse Vorahnung. Und dann kam Tobias mit seinen Anspielungen, dass es ein guter Zeitpunkt für einen Mord wäre. Esther schoss es wie ein Pfeil durch den Kopf: Hatte Tobias etwas mit der Sache zu tun? Waren das Zufälle, oder hatte sie etwas übersehen. Aber Quatsch, Tobias war in der Pause gegangen, sie selbst hatte ihn gesehen, wie er das E-Werk verließ, und da war Viktor noch quicklebendig, beruhigte Esther sich schnell wieder. Und was war mit diesem Sebastian? Wusste der mehr, als er sagte?

Sie ließ ihren Blick über den Gang hinter der Bühne gleiten. Sie sah, wie einige Stunker weiße Mützen aufzogen. Sie bereiteten sich auf die letzte Nummer des Abends vor. Darin bewegten sich die Schauspieler so über die schwarze Bühne, dass ihre Mützen als weiße Punkte vor dunklem Hintergrund sich zu immer wieder verändernden Menschenbildern formten. Das war zweifellos eine romantische, stimmungsvolle Schlussnummer. Esther blickte durch einen Spalt, der sich zwischen dem Podest, auf dem die Musiker gruppiert waren, und der Bühnenrückwand auftat und ließ sich in ihrer Müdigkeit ein wenig in diese spielerische Traumwelt entführen. Nicht mehr lange, dann würde sie den Stunkern von Viktors Tod erzählen. Während die letzte Nummer über die Bühne ging, gönnten sich einige Requisiteure ein Bierchen. Die hatten ihren Job für heute gut gemacht. Plötzlich hatte auch Esther eine Flasche in der Hand, die sie gerne annahm. Es war ihr egal, ob sie im Dienst war oder nicht. Sie hatte sowieso schon getrunken. Esther wusste, dass sie heute Abend nicht mehr viel erfahren würde. Bisher hatte sie nichts Verdächtiges festgestellt. Sie fragte sich, ob Heinz Neues von den Schweinen würde berichten können. Ansonsten würden sie wohl alle morgen einzeln befragen. Aber natürlich mussten die beiden Kommissare zunächst den Bericht der Obduktion abwarten.

Also beschloss Esther, sich für diesen Augenblick kurz zu entspannen und sich ihr Kölsch schmecken zu lassen. Währenddessen begann auf der Bühne der Showdown. Jetzt waren alle zusammen da draußen, um sich vom Publikum feiern zu lassen. Die Stimmung war großartig. Schauspieler und Musiker mussten sich immer wieder verbeugen, genauso die Requisiteure und anderen Helfer. Esther sah sich selbst dort stehen, wie sie klatschte, tanzte und gar nicht mehr müde war – wenn da nicht diese verdammte Leiche im Sanicontainer wäre. Mit einem entspannten Lachen kamen die Stunker von der Bühne, bis auf die Leute von Köbes Underground, die Zugaben spielten.

Esther schluckte. Jetzt half alles nichts mehr, jetzt musste sie diese gute Stimmung kaputt machen.

„Entschuldigen Sie bitte mal", versuchte sie sich Gehör zu verschaffen. Sie hatte das recht leise gesagt. Keiner hatte es gehört. Sie musste es noch mal versuchen.

„Entschuldigen Sie, könnten Sie mir mal zuhören", begann sie von vorne, diesmal deutlich lauter. Die Stunker drehten sich zu ihr um. Neugierig hefteten alle ihre Blicke auf Esther.

„Mm, ja, es ist so ...", stotterte sie.

Wie sollte sie bloß das erklären, was sie nun erklären musste?

„Es hat einen Zwischenfall gegeben."

´Was für ein Wort: Zwischenfall. Mein Gott, was redete sie für einen Stuss!`, ging es ihr durch den Kopf.

„Ja Mensch, das war eine Sache! Noch nie haben wir eine Sitzung unterbrochen", ärgerte sich Mattes. „Und das Ganze nur, weil sich irgendein Idiot total abgeschossen hat."

Sebastian, der neben Mattes stand, blickte die Kommissarin an: „Wie sehen Sie denn aus? Saßen Sie etwa im Elferrat?"

Esther nickte, wandte sich wieder zu Mattes und sagte: „Es handelte sich nicht um einen Betrunkenen. Es war Viktor Lasse. Und der ist jetzt tot."

Große Betroffenheit machte sich breit. Die einen zeigten es mit Tränen, die anderen mit einem starren Blick und wieder andere, indem sie andauernd den Kopf schüttelten. Von der fröhlichen Stimmung war nichts mehr zu spüren. Daniela schluchzte, Mattes raufte sich die Haare, Sebastian schloss die Augen. Esther beobachtete genau die Reaktionen jedes Einzelnen.

Sebastian fand als erster seine Sprache wieder: „Dann war der Typ, den sie vorhin rausgetragen haben, tatsächlich Viktor?"

Esther nickte.

Darauf fragte Mattes, dem seine Bemerkung von eben offensichtlich peinlich war: „Ist er ermordet worden? Wann und wo?"

Viel konnte Esther ihnen nicht sagen. „Viktor wurde während der Dreigestirnnummer von den Sanitätern rausgetragen und ist unmittelbar danach verstorben. Ob es Mord war, wissen wir noch nicht."

Sie wartete einen Moment. „Sie halten sich bitte zu unserer Verfügung", forderte sie die Stunker auf.

„Sie glauben nicht im Ernst, dass jemand von uns etwas mit der Sache zu tun hat?", empörte sich Daniela unter Tränen.

„Wir werden sehen", sagte Esther nur kurz.

Sofort registrierte sie, dass sie sich mit dieser Bemerkung keine Freunde gemacht hatte. Aber sie war nun einmal Kommissarin und musste alle Möglichkeiten in Erwägung ziehen.

Die Stunker wendeten sich nach dieser Aussage prompt von ihr ab. Esther spürte, dass sie jetzt von den Leuten nichts Weiteres erfahren würde. Diesen Schock mussten die erst verkraften: Ein Toter auf einer ihrer Sitzungen! Und obendrauf die unverschämte Unterstellung, der Mörder könne einer von ihnen sein.

Esther bat die Ensemblemitglieder mit einem freundlichen und versöhnlichen Ton: „Halten Sie sich bitte morgen für Gespräche bereit." Dann verließ sie den Bühnenbereich.

Auf dem Weg ins Foyer überlegte Esther, wie sie am darauffolgenden Tag die Stunkleute am geschicktesten befragen sollte, um möglichst neue, relevante Informationen zu bekommen. Außerdem müssten sie nach weiteren Spuren suchen.

´Spuren!!!`, schoss es ihr durch den Kopf.

Wie konnte ihr das passieren? Spurensicherung am Tatort war das kleine Einmaleins der Polizeischule. Sie musste unbedingt den Platz, an dem Viktor saß, untersuchen. Als sie in den Saal kam, staunte sie. Die meisten Leute waren gegangen und die Tische wieder sauber für den nächsten Tag. Nur vor jeder Tischreihe lag ein riesiger Berg von weißem Papier mit Senf, Bierrändern und Brötchenkrümeln. Die Papiertischdecken waren zusammengerollt worden. Sie konnte unmöglich sagen, welcher Papierknubbel zu dem Tisch gehörte, an dem Viktor gesessen hatte. Es gab keine Spuren mehr.

„So ein Mist!", ärgerte sich Esther laut, wobei sie sich am meisten über sich selbst ärgerte. Wie konnte sie nur so dilettantisch sein? Dieses Versagen konnte nur mit dem Alkohol und der besonderen Situation erklärt werden, wenn es damit auch nicht zu entschuldigen war, dachte Esther.

Im Foyer stand Heinz an der Theke und unterhielt sich mit einem Feuerwehrmann. Er versuchte von den unterschiedlichsten Leuten so viel wie möglich über den Hergang von Viktors Zusammenbruch zu erfahren. Als Heinz sich für die Auskünfte, die nicht viel Neues erbracht hatten, bedankte und von ihm verabschiedete, kam Esther ins Foyer.

„Gibt es noch ein Kölsch für mich?", fragte sie die Bedienung hinter der Theke.

Kurze Zeit später trank sie das Glas in einem Zug aus. Esther blickte erschöpft zu Heinz. Sie sah in ihrem Kostüm mit den strubbeligen Haaren und der verschmierten Schminke ziemlich zerzaust und fertig aus. Ihre Augen wirkten müde, und ihre Stimme war matt und leise. Sie fühlte sich genauso, wie sie aussah.

„Die Stunker wissen jetzt, dass Viktor tot ist", erklärte Esther ihrem Kollegen. „Die konnten das gar nicht glauben. Und natürlich wehren die sich gegen jeden Verdacht, dass es einer von ihnen gewesen sein könnte. Ehrlich gesagt, kann ich mir das auch nicht vorstellen."

„Wenn es tatsächlich Mord war, dann muss es einen Mörder geben", antwortete Heinz ruhig. „Wer auch immer das ist? Viktors Begleiter konnten leider nichts sagen und haben angeblich nichts gesehen. Ich habe natürlich von dem gesamten Schweinehaufen die Personalien aufgenommen."

Esther nickte. Die Geschichte um den toten Viktor konnte sie nicht verstehen. Da passte nichts zusammen. Ihr Gefühl sagte, dass die Stunker keine Mörder waren, aber ihr Gefühl sagte auch, dass ihnen der Rechtsmediziner am nächsten Tag mitteilen würde, dass Viktor Lasse ermordet worden sei.

„Also, warten wir ab, was der morgige Tag bringt", hauchte Esther in den Raum, bevor sie, ohne sich zu verabschieden, das E-Werk hundemüde verließ.

Heinz schaute ihr verständnisvoll nach. Ihm ging es ähnlich. Auch er war erschöpft und müde. Die Ereignisse des Abends hatten an seinen Nerven genagt. Von einer fröhlichen Freizeit- und Feierstimmung herausgerissen zu werden, um von jetzt auf gleich den Kommissar zu geben, das war heftig. Er trank ein letztes Kölsch, zog seine Jacke an und machte sich auf den Heimweg.

# 11

Mittwoch, 5. Januar.

Esther war gegen 3 Uhr nachts endlich in ihrer Wohnung angekommen und wie ein Stein ins Bett gefallen. Als am Morgen der Wecker klingelte, schreckte sie aus einem wirren Traum auf. Sie sah sich, wie sie im leeren E-Werk saß. Etwas Unscharfes hing von einem der Stahlträger herunter. Wie ein Bungeeseil ging es immer wieder rauf und runter. Sie konnte nicht erkennen, was es war. Dann – oh Gott – sah sie es: Der Rigger hing da kopfüber, mal ganz nah vor ihren Augen, dann wieder ruckartig weit oben unter der Decke. Aber er hatte nicht sein Gesicht. Es war eine merkwürdige Fratze, die sie angrinste. Dann war er im Nebel verschwunden, der sich plötzlich im gesamten E-Werk breitgemacht hatte. Geisterhaft trat auf der Bühne Viktor aus dem Nebel hervor. Er hatte ein Zaubererkostüm an, sagte „Akrakadabra" und verbeugte sich. Tosender Applaus drang aus dem Nichts um Esther herum. Esther hatte Angst, dass dieser Viktor den Rigger weggezaubert hatte. Sie wollte zur Bühne rennen, war aber wie auf dem Boden festgeklebt. Der Nebel war mittlerweile nach unten gesunken. Sie schrie Tobias' Namen und tastete mit ihren Augen die Saaldecke mit den ganzen Rohren und Stangen ab. Dann bewegte sich plötzlich die gesamte Decke und senkte sich herab, auf sie zu. Gleich würde die Decke sie erdrücken. Sie schloss mit ihrem Leben ab, schloss die Augen.

In dem Moment war sie aufgewacht. Benommen von den absurden und zugleich bedrohlichen Traumbildern versuchte sie langsam, wieder im Hier und Jetzt anzukommen. Als das halbwegs gelungen war, stand sie auf und gab sich ihren morgendlichen Ritualen hin, ohne richtig wach zu sein. Schließlich beschloss sie, trotz Kälte und Schnee mit dem Fahrrad zum Büro zu fahren, um endgültig einen klaren Kopf zu bekommen.

Heinz hatte einen deutlich längeren Weg zur Arbeit als Esther, weil er auf der Severinstraße wohnte. Von dort fuhr er immer mit der Linie 4.

Er hatte sich angewöhnt, an der Keupstraße auszusteigen und dann die Schanzenstraße entlangzugehen. Sein Weg zog sich durch die alte Industriearchitektur, entlang den roten Ziegelsteinmauern des ehemaligen, repräsentativen Firmenhauptgebäudes bis zu dem Hinterhof, wo sich das vorübergehende Büro des Kommissariats 11 befand. An manchem Morgen, wenn die vielen Autos und geschäftigen Leute noch nicht die Straße bevölkerten, fühlte er sich fast ins 19. Jahrhundert zurückversetzt.

Heinz war wie jeden Morgen trotz längerer Anreise vor seiner Chefin im Büro. Und wie jeden Morgen war das Büro dunkel, ein wenig muffig und vor allem leer. Aber anders als Esther liebte Heinz genau diese Leere und Stille. Es war ihm ein Grauen, sich vorzustellen, er müsse direkt ein Schwätzchen halten – und wenn es nur ein „Guten Morgen" oder „Wie geht es dir, alles klar?" wäre. So konnte er seinem eigenen morgendlichen Rhythmus folgen, ohne dass ihn irgendjemand störte. Er öffnete erst die Fenster, machte dann das Licht an und zog schließlich seine Jacke aus. Einen Moment verharrte er, blickte nach draußen und holte tief Luft.

Dann startete er die Kaffeemaschine, und ein paar Minuten später wurden die ersten Bohnen des Tages gemahlen, die diesen unwiderstehlichen Duft in das Büro zauberten. Während der Kaffee sich in die Tasse ergoss, stand Heinz geduldig neben der Maschine und beobachtete den Kaffeemahl- und -brühvorgang. Er war nicht der Typ, der in der Zeit, während der Kaffee durchläuft, noch schnell dies oder jenes machte. Nein, ein Kaffee – besser der erste Kaffee am Morgen – brauchte die volle Konzentration und Erwartung seines Trinkers. Für Heinz war dieser Kaffee tatsächlich der erste am Tag und damit begann sein eigentlicher Tageslauf. Genussvoll schlürfte er an seiner Tasse.

Wie gut, dass Esther immer erst eine halbe Stunde nach ihm kam. Er hätte es nur schwer ertragen, wenn ihn jetzt jemand gestört hätte, auch Esther. Als die Tasse leer war, bereitete er das Ankommen für seine Chefin vor. Auch das machte ihm Spaß. So stand die Tasse für Esther schon parat, als sie an diesem Morgen das Büro betrat. „Guten Morgen" und „Wie gehts?", waren jetzt kein Problem mehr für Heinz.

Esther fühlte sich nach ihrer Fahrradfahrt frisch und fit. Der Kaffeegeruch in ihrem Büro, der sie direkt nach Öffnen der Tür erreichte, tat sein Übriges. Esther konnte sich für ihren Teil überhaupt nicht vorstellen, wie es wäre, wenn sie morgens einmal zuerst ankäme und in einen dunklen, geruchlosen Büroraum eintreten müsste.

Die beiden Kommissare setzten sich an ihre Schreibtische, die mitten im Zimmer standen.

„Was nun?", begann Esther, die entspannt auf ihrem Schreibtischsessel saß und Heinz mit wachem und neugierigem Blick ansah.

Heinz mochte diesen Blick. Wenn ihn Esther so ansah, dann wusste er, dass die folgenden Überlegungen und Ermittlungen Spaß machen würden. Er beugte sich vor, stützte seine Arme auf dem Schreibtisch ab, legte sein Kinn in die Hände und strahlte Esther an.

„Aber zuerst muss ich dir ein fettes Kompliment machen: Euer Elferrat gestern Abend war großartig."

Esther verbeugte sich spielerisch.

„Danke schön!"

Sie freute sich über die nette Anerkennung.

„Tja, es hätte ein schöner Abend werden können, wäre da nicht dieser ...", Esther brach den Satz ab. „Sprechen wir eigentlich von Mord?"

Damit waren sie beim Thema. Heinz lehnte sich auf seinem Stuhl zurück und antwortete mit ernster Stimme: „Das können wir zum jetzigen Zeitpunkt nicht sicher sagen. Wir müssen auf das Ergebnis der Obduktion warten."

„Meinst du, dieser Viktor ist gestern zufällig an einem Herzinfarkt gestorben, nachdem wir uns in den letzten Tagen und Wochen mit seiner Morddrohung beschäftigt haben?"

„Ich gebe zu: Das klingt unwahrscheinlich, ist aber möglich", gab Heinz zu bedenken.

„Ich bin jedenfalls sicher, dass es Mord war", stellte Esther entschieden fest.

Heinz verdrehte die Augen und fasste seine Haare zu einem Zopf zusammen, nachdem die Brille zum wiederholten Mal nicht so hielt, wie er es wollte und wie sie es sonst zu tun pflegte. Ein bisschen genervt sagte er: „Warte es bitte ab! Übrigens, ich habe heute Morgen mal die Namen der Schweine-Freunde durch unser Register laufen lassen – und einen davon kennen wir. Der ist aktenkundig wegen illegaler Medikamentengeschäfte."

„Das könnte interessant sein. Bestell den mal her", bat Esther ihren Kollegen. Unvermittelt fuhr sie fort: „Sag mal, wer war gestern eigentlich der Typ in dem Clownskostüm, der dir gegenüber saß?"

Heinz hob erstaunt den Kopf. Diese Frage überraschte ihn offensichtlich.
„Ach der! Das war dieser Kai Kehrmann", gab er ihr beiläufig zur Antwort.
„Dachte ich es mir doch. Der kam mir direkt bekannt vor. Aber wieso hast du mit dem zusammen gesessen?"
„Ach, wir haben uns zufällig getroffen. Der ist ganz nett."
Esther zwinkerte Heinz vielsagend zu.
´Zufällig, so, so`, dachte sie. Sie wusste, dass ihr Kollege eine Vorliebe für gutaussehende Männer hatte. ´Könnte es nicht sein, dass auch Kehrmann schwul ist?`, überlegte sie weiter. Sie wollte Heinz nicht weiter in Verlegenheit bringen und abwarten, bis er ihr von sich aus mehr erzählen würde.
Jedenfalls gehörte Kehrmann zum Kreis der Verdächtigen, und Esther bestand darauf, das so festzuhalten: „Wenn Viktor gestern tatsächlich ermordet wurde, gehört Kai Kehrmann zu den potentiellen Mordverdächtigen. Er war zur Tatzeit am Tatort und kannte das Opfer."
Diese Vermutung war Heinz unangenehm. Er schüttelte seinen Kopf. „Das kann nicht sein. Ich war die ganze Zeit mit dem zusammen."
Esther hob die Augenbrauen und runzelte die Stirn.
„Die ganze Zeit?", fragte sie nach, ohne eine Antwort darauf zu erwarten.
Heinz wechselte das Thema. „Wir müssen die Angehörigen verständigen", mahnte er an.
Nach einer kleinen Pause fuhr er fort: „Vorausgesetzt, dass es überhaupt welche gibt." Heinz schaute Esther fragend an.
„Keine Ahnung! Checkst du das mal?" Esther hasste solche Recherchen und gab sie gerne an ihren Kollegen ab.

Heinz nahm sich die Unterlagen, suchte im Internet und telefonierte.
Währenddessen sichtete Esther ihre Notizen aus der grünen Kladde und die Gesprächsprotokolle zum Fall „Viktor Lasse".
Nach einer knappen halben Stunde wusste Heinz, dass Viktor keine Angehörigen hatte. Die Eltern waren tot, er war Einzelkind, er war nie verheiratet gewesen und Kinder hatte er auch nicht. Dass es keinen gab, der um den Toten trauerte, stimmte Heinz nachdenklich. So schrecklich der Moment war, wo sie den Angehörigen den Tod ihres Lieben mitteilen mussten, so trostlos und traurig war es, wenn sie das nicht tun mussten, weil es gar keine Angehörigen gab.
„Dann konzentrieren wir uns auf den Toten und auf alles, was wir von ihm wissen", schlug Esther vor.

„Wenn ihn schon keiner vermisst und es keine nahen Verwandten gibt, dann müssen wir wenigstens seinen Tod ordentlich aufklären."

„Lass' uns zunächst alle Hinweise und Fakten zu Viktor Lasse auf dem Flipchart aufschreiben und sehen, welche Verbindungen sich aufzeigen", schlug Esther vor. „Außerdem sollten wir unabhängig von dem Ergebnis der Rechtsmedizin heute Nachmittag im E-Werk weitere Ermittlungen anstellen."

Heinz stimmte ihr zu.

Esther nahm sich einen dicken Edding und schrieb auf die Mitte des Flipcharts in großen Buchstaben „VIKTOR". Dann malte sie einen Kasten um den Namen. Nun folgten kreisförmig in einem größeren Radius viele kleine Kästchen mit den möglichen Motiven und Tätern, die jeweils durch einen langen Strich mit dem Opfer verbunden wurden. Am Ende war ein dichtes Geflecht von Strahlen, Kreisen und Kästen entstanden.

Heinz las die Wörter aus den oberen drei Kästen laut vor: „Eifersucht, Erpressung, Witzeklau."

Unter „Eifersucht" stand „Requisiteur Gregor", unter den anderen Begriffen stand nichts.

„Haben wir keine Namen zu den beiden anderen Motiven", fragte Heinz verwundert.

„Ich kann in meinen Notizen keine Namen finden. Ich glaube, da haben wir nur die Geschichten erzählt bekommen. Vermutlich wollte keiner einen anderen in die Pfanne hauen."

„Na ja, das kann man ja noch ändern", sagte Heinz und las weiter: „Kehrmann ... wieso Kehrmann?"

Er blickte misstrauisch zu Esther.

Die Art und Weise, wie Heinz das sagte, waren für Esther ein deutlicher Hinweis darauf, dass sie mit ihrer Vermutung richtig lag, dass zwischen Heinz und Kehrmann was lief.

Sie antwortete ruhig: „Die Verbindung zwischen dem Lasse und dem Kehrmann ist nicht astrein. Da stimmt was nicht. Ich weiß zwar noch nicht was, aber ich bekomme es heraus."

„Und was ist mit dem Rigger?", hakte nun Heinz mit leicht süffisantem Ton nach.

Esther wurde hellhörig. Das war also die Retourkutsche, dachte sie.

„Was soll mit dem Rigger sein?", fragte sie scheinheilig.

„Der ist genauso verdächtig wie alle anderen ", stellte Heinz entschlossen fest.

„Den hast du doch nur auf dem Kieker, weil ich mich mal mit dem getroffen habe. Das ist doch was ganz anderes als bei diesem Kehrmann, oder?" Esther schaute ihr Gegenüber mit einem bohrenden, gleichzeitig verführerischen und provozierenden Blick an. Heinz hielt ihm kurz stand, gab dann aber auf.

„Okay, ich habe diesen Kai Kehrmann ein paar Mal gesehen. Wir haben uns bei einer Feier vom FC zufällig getroffen. Die machen zwischen den Jahren einen Empfang für die Dauerkarteninhaber. Dass ich eine Dauerkarte habe, weißt du ja. Und dieser Kehrmann hat auch eine. Da haben wir ein wenig geplaudert. So fing das an."

„Und jetzt?"

„Weiß ich noch nicht."

„Du vergisst bitte nicht, dass Kehrmann zu den Verdächtigen gehört. Lass die Finger von dem, bis der Fall geklärt ist."

Esther sagte das nicht als höfliche Aufforderung, sondern als klare dienstliche Anweisung.

Heinz, dem das Thema um Kai Kehrmann sichtlich unangenehm war, knüpfte schnell wieder an ihren eigentlichen Fall an.

„Was haben wir denn nun zu Viktor Lasse?", fragte er möglichst sachlich.

Esther umrandete den Kreis, in dem „Eifersucht" stand, mehrmals mit dem Edding. Sie tat das, um ihre Gedanken in Bewegung zu bringen.

Dann begann sie mit ihren Erläuterungen zu dem ersten Kreis: „Da ging es um die Schneiderin der Stunker und um den Requisiteur namens Gregor, der Viktors Nachfolger wurde."

„Richtig, das hat uns Mattes erzählt, den die Kollegen so unsanft von seinem Fahrrad geholt hatten. Viktor hatte die Trennung nicht verkraftet und die Frau richtiggehend tyrannisiert", erinnerte sich Heinz.

Esther nahm den Faden auf: „Und der Requisiteur soll gegenüber Viktor ziemlich aggressiv geworden sein."

„Das war angeblich der Grund, warum Viktor die laufende Stunksitzungsproduktion verlassen hat – obwohl ich das nicht glauben kann", ergänzte Heinz das Motiv.

Esther zog mit dem Edding von dem „Eifersucht"-Kreis einen Strich zum nächsten Kreis, in dem „Erpressung" stand.

„Dann wäre da noch die Sache mit dem verletzten Fuß und dem Versicherungsbetrug", erläuterte Esther den zweiten Kreis.

„Das ist die Geschichte, die dir dein Freund, der Rigger, erzählt hat – wie glaubwürdig schätzt du ihn ein?"

„Die Story klingt plausibel."

„Aber bringt man deswegen jemanden um?"

„Wir wissen ja nicht, um welche Summen es ging. Wenn der eine ganze Spielzeit ausfällt und eine ordentliche Berufsunfähigkeitsversicherung abgeschlossen hat, geht es um richtig viel Kohle."

„Jedenfalls sollten wir dieser Sache nachgehen."

„Weißt du eigentlich, wie dieser angeblich Verletzte heißt?"

Heinz sah Esther fragend an.

„Nee, der Rigger konnte den nicht erkennen, glaube ich, aber das lässt sich rauskriegen."

Esther machte sich eine Notiz in ihre Kladde.

Heinz stand auf und ging seinerseits zum Flipchart. Er zeigte auf den letzten oberen Kreis. „Bleibt noch der Witzeklau. Wer hatte denn das noch einmal erzählt?"

„Marlene, die Köchin", antwortete Esther, ohne den Kopf zu heben, während sie noch immer irgendwelche Dinge in ihre Kladde schrieb. Dann klappte sie das Büchlein zu und sah Heinz an.

„Aber da kam wohl nie raus, wem die Witze geklaut worden waren – Paul, der Regisseur hatte den Streit unter der Hand und möglichst unauffällig geschlichtet."

Heinz klopfte mit dem Stift auf die Mörder-Analysen-Grafik und sagte mit Nachdruck: „Dann muss der ja wissen, um wen es ging. Also eins ist klar, wir müssen alle befragen, die da mit den Motiven in der Sache drinhängen."

„Richtig gute Motive sind das nicht!", sagte Esther unzufrieden und wirkte ein wenig frustriert und ratlos.

„Haben wir die Schlüssel zu Lasses Wohnung?", fragte sie dann hoffnungsvoll ihren Kollegen, um wenigstens mit irgendetwas anfangen zu können.

Heinz kramte auf seinem Schreibtisch.

„Da sind sie."

„Na dann lass uns mal schauen, wie Viktor gelebt hat. Aber vorher gehen wir am Ort des Verbrechens vorbei. Vielleicht haben wir gestern Abend etwas Wichtiges übersehen", legte Esther die Abfolge der anstehenden Ermittlungen fest.

Als sie gerade losgehen wollten, klingelte Esthers Handy. Ein kurzer Blick auf das Display zeigte ihr, dass Erika am anderen Ende der Leitung auf ihre Stimme wartete. Augenblicklich ereilte Esther ihr schlechtes Gewissen. Sie war gestern einfach vom Podium des Elferrats verschwunden und nicht mehr aufgetaucht. Das würde sicher eine saftige Gardinenpredigt geben – und zu Recht. Esther hatte ihre Schwester und den ganzen Elferrat nach dem Tod von Viktor Lasse komplett vergessen.

„Hallo", hauchte Esther vorsichtig in das Mikrofon ihres Handys.

„Was war denn gestern bloß los mit dir?", schimpfte Erika direkt los, ohne ihre Schwester zu begrüßen.

„Hallo Erika", versuchte Esther den Dampf aus der folgenden Unterhaltung herauszunehmen. „Das war nämlich so: Ich musste plötzlich und unerwartet weg, um in einem Mordfall zu ermitteln."

„Verdammt noch mal, hast du denn nie frei?"

„Nun ja, der Mord ist auf der Stunksitzung im E-Werk passiert."

Minutenlange Ruhe. Esther hörte nur Erikas Atem. Die suchte offensichtlich nach Fassung und verstand die Welt nicht mehr.

„Wie bitte", brüllte Erika unvermittelt ins Handy. „Ein Mord? Gestern auf der Sitzung? Du willst mich wohl veräppeln, was?"

„Nein, wirklich nicht. Es ist wahr." Esther wartete einen Moment, bevor sie fortfuhr. „Du erinnerst dich an den Typen in der ersten Reihe, der von den Sanitätern rausgetragen werden musste?"

„Ja, mmm, ja ...", stotterte Erika.

„Dieser Typ ist gestorben. Und im Moment gehen wir von Mord aus, auch wenn das noch nicht offiziell ist."

„Das gibt es doch nicht!"

„Du musst mir ...", Esther holte tief Luft, um ihre Aussage zu unterstreichen, „... versprechen, davon vorerst nichts weiterzuerzählen."

„Klar!"

Esther wusste, dass sie sich auf Erika verlassen konnte.

„Ich habe eine Idee", schlug Esther ihrer Schwester vor, „wir treffen uns morgen Abend, und ich erzähle dir alles, was wir bis dahin wissen."

„Einverstanden", hörte Esther nur kurz, bevor das Handy ihrer offensichtlich verwirrten Schwester weggedrückt wurde.

Heinz stand schon im Mantel da und wartete auf seine Kollegin. Sie machten sich auf den Weg zum E-Werk. Es war einer dieser grauen, tristen Tage, die in ihren Morgenpuschen stecken zu bleiben scheinen. Heinz trug über seinen langen, blonden Haaren eine schwarze Wollmütze und wirkte wie ein jugendlicher Rapper. Esther betrachtete ihn von der Seite und dachte nur: ´Wenn man ihn sich so anguckt, ist der ja ganz schön attraktiv. Klar, dass dieser Mann schwul ist.` Während diese Gedanken munter durch Esthers Kopf schwirrten, stapften die beiden wortlos nebeneinander, eingemummelt in Schals, Mützen und dicke Wintermäntel durch den Schneematsch und die graue Einheitssuppe Richtung E-Werk.

Als sie ankamen, mussten sie feststellen, dass die vorderen Türen verschlossen waren. Sie gingen um das Gebäude herum. Die Tür neben dem Sanitätscontainer auf der hinteren Seite des E-Werks war offen. Sie schlüpften hindurch und betraten das Innere. Es war kein Mensch zu sehen. Das war gut. Denn so würden sie sich ungestört umschauen können. Esther und Heinz versuchten sich ein genaues Bild von der Bühnenumgebung zu machen. Hinter der Bühne führte eine Treppe hinab. Da mussten die Kellerräume sein, oder die ´Katakomben`, wie die Stunker sagten.

Esther erinnerte sich an das Gespräch mit Sebastian, dem Schauspieler, der ihr während der Generalprobe wüste Theorien von allerlei Mordmöglichkeiten und abenteuerlichen Fluchtwegen dargelegt hatte. Dabei hatte er die Katakomben erwähnt. Vielleicht waren seine Theorien ja gar nicht so wüst. Esther stupste Heinz an und zeigte nach unten. Die beiden gingen vorsichtig die Stufen hinunter, bis sie endlich am Fuße der Treppe einen Lichtschalter fanden.

Da standen sie nun in einem kalten, recht großen Kellerflur, der eine Art Aufenthaltsraum zu sein schien. Ein großer Tisch mit bunt gemischten Stühlen stand unter der Treppe. An unterschiedlichen Stellen befanden sich rollbare Kleiderstangen, an denen Kostüme hingen. Die verschiedenen Türen führten zu den Künstler-Garderoben. Direkt neben dem Tisch befand sich eine schwarze Tür, die nicht verschlossen war, ein Notausgang. Zwei Gänge führten von diesem Flur weg ins Dunkle der unbekannten Unterwelt.

Esther und Heinz entschieden sich für den Gang, der zwischen den Garderoben entlangführte. Sie hatten keine Idee, wo sie landen würden. Der Gang war lang. Außer einem Technikraum gab es keine weiteren Türen mehr. Dann plötzlich bog rechts ein kleinerer Flur ab. Und dieser Weg endete bei den Toiletten, die sich im Untergeschoss befanden. Allerdings waren die Klos für die Besucher nur von der anderen, der offiziellen Seite her zugänglich. In diesem Gang, den Esther und Heinz gekommen waren, saß normalerweise Herta, die Klofrau. Da war also kein Durchkommen.

Was aber, wenn der Mörder dieses Gängesystem der Katakomben kannte und sich unauffällig hier durchgedrückt hatte, um unter der Treppe den Notausgang zu benutzen?

Während Esther und Heinz den Tathergang beziehungsweise den möglichen Fluchtweg zu rekonstruieren versuchten, sprach sie plötzlich ein älterer Mann in Uniform an. Sie hatten ihn nicht kommen hören.

„Justus Schmitz", stellte sich der Mann vor. „Freiwillige Feuerwehr. Darf ich fragen, was Sie hier machen?"

Heinz, der immer noch überlegte, woher dieser Feuerwehrmann so plötzlich aufgetaucht war, antwortete freundlich: „Schneider und Balkenhohl. Wir sind von der Polizei. Mordkommission!"

„Ach, wegen des Toten von gestern", gab Justus Schmitz schnell zurück.

„Und Sie? Was machen Sie hier?", wollte Esther wissen.

„Wir sind doch immer hier!", gab der Feuerwehrmann fast ein wenig empört zur Antwort. „Ohne uns würde gar nichts stattfinden dürfen."

„Dann kennen Sie sich hier sicher gut aus", schmeichelte Esther dem Mann.

Prompt bekamen die beiden Kommissare eine komplette Führung durch die Katakomben. Es bestätigte sich die Vermutung, die die beiden angestellt hatten, nämlich dass der Mörder ohne Probleme unerkannt und unbemerkt durch diese unterirdischen Gänge hätte entkommen können. Wenn dem so war, dann musste der Mörder oder die Mörderin sich gut auskennen. Andererseits hätte der Mörder auch ohne Mühen durch das normale Gedränge verschwinden können. Also machte das eigentlich keinen Sinn.

„Das hat uns nicht wirklich weitergebracht", flüsterte Heinz Esther zu.

Die nickte nur, drehte sich aber lächelnd zu Justus Schmitz, um sich bei ihm für die interessante Begehung zu bedanken. Der konnte ja nichts dafür, dass die Katakomben nicht der Schlüssel für die Aufklärung des Falls Viktor Lasse waren.

Esther erkundigte sich, wann sie an diesem Abend die Stunker hier antreffen könnte.

„Die kommen gegen 17 Uhr", erklärte Schmitz.

´Es wäre ja auch zu schön gewesen, wenn wir direkt unsere Befragung hätten machen können ...`, ging es Esther durch den Kopf. ´...und ich danach zu menschlicher Zeit nach Hause gegangen wäre und mit einem Gläschen Rotwein den Tag auf dem Sofa beschlossen hätte.`

Nein, den Abend würde Esther wieder im E-Werk verbringen. Nicht, dass es ihr nicht gefiel, aber die Abend- und Nachtschichten waren auf Dauer anstrengend. Sie fragte sich, wie das die Stunker über so lange Zeit durchhielten.

„Meinst du, dass du heute Abend alleine klar kommst", hörte sie die Stimme ihres Kollegen. „Ich habe etwas vor."

„Na klar", antwortete Esther automatisch, bevor sie gemeinsam mit Justus Schmitz das Gebäude verließen und in diese verdammte Januarkälte hinaustraten.

Mit hochgestellten Krägen machten sich die beiden Kommissare auf den Weg zu Viktors Wohnung. Die lag in der Sonderburger Straße in Köln-Mülheim, gegenüber dem Friedhof. ´Wie passend!`, ging es Heinz durch den Kopf. Die Wohnung befand sich im dritten Stockwerk eines schönen, alten, restaurierten Stadthauses aus dem 18. Jahrhundert. Esther schloss die Wohnungstür mit dem Schlüssel auf, den man in Viktors Hosentasche gefunden hatte.

Sie betraten eine bizarre Welt. Die Wände des Flurs waren dunkelgrau gestrichen. Von der Farbe war allerdings nicht mehr viel zu sehen, weil die Wände bis unter die Decke mit unzähligen Zeitungsartikeln gepflastert waren. Diese Zeitungen mit ihren Schlagzeilen und Fotos wirkten fast wie eine eigene Tapete. Heinz las ein paar Schlagzeilen vor. „Doppelmord in Königswinter", „Familientragödie in Weilerswist", „Ungeklärter Leichenfund an der A 59". Alle Artikel und Schlagzeilen hatten mit Mord und Kriminalfällen zu tun. ´Ob sich Viktor Lasse davon inspirieren ließ oder ob er heimlich an einem Kriminalroman gearbeitet hatte?`, überlegte Heinz.

Gegen diesen unruhigen Flur wirkte der anschließende Wohnraum extrem karg. Größer hätte der Kontrast nicht sein können. Mitten im Zimmer stand ein schwarzer runder Tisch mit einem Computer und einem Stuhl davor. Sonst nichts. Die Wände waren weiß, der Boden grau. Das musste sein Arbeitsplatz gewesen sein.

Heinz ging zurück in den Flur und öffnete die Tür zum Bad. Über der Toilette hing ein kleines violettes Schränkchen mit einem grünen Kreuz. Diese originelle Variante eines Medizinschränkchens passte zu Viktor. Heinz öffnete die Tür. Im Schränkchen befanden sich unzählige, fein gestapelte Medikamentenblister, die aus ihren Verpackungen herausgenommen worden waren. Heinz konnte lediglich feststellen, dass es sich um zwei verschiedene Tablettentypen handelte.

„Esther, kommst du mal?", rief Heinz durch die Wohnung.

Seine Kollegin kam aus dem Wohnzimmer über den Flur ins Bad.

„Schau mal!" Heinz zeigte in den offenen Medikamentenschrank.
„Wow, entweder unser Viktor war Hypochonder oder wirklich todkrank", stellte Esther überrascht fest. „Pack` die alle ein. Die geben wir unseren Experten. Mal sehen, woran der Gute litt."
Esther sah sich um. Das Waschbecken, die Duschwanne und die Kloschüssel waren aus grauem Porzellan. Dazu lagen auf dem Boden schwarze Fußmatten, und an den Haken hingen schwarze Handtücher. Das lilafarbene Medizinschränkchen stach aus dem grau-schwarzen Ambiente grell heraus. Dieser Viktor hatte zumindest Sinn für eine schräge Wohn- und Baderauminszenierung.
„Ach übrigens, ich habe auch etwas Spannendes gefunden", erzählte sie ihrerseits. Sie ging zurück in den Flur und blieb bei einem kleinen Tischchen stehen, auf dem ein Kabeltelefon stand. Ein echtes Telefon wie früher, mit einem langen schwarzen Kabel. Das Telefon selbst war orange! Aber das Telefon wollte sie ihrem Kollegen nicht zeigen. Sie wies auf ein schwarzes, Din A6 großes Büchlein.
„Ein Adressbuch?", wollte Heinz wissen.
„Und noch ein wenig mehr", gab ihm Esther zur Antwort. „Schau mal!" Sie blätterte die ersten Seiten auf und blieb bei „K" stehen.
Heinz sah neugierig auf die Seiten. Der dritte Name auf der Seite kam ihm bekannt vor: Kehrmann, Kai. Heinz musste schlucken.
Nun gut, dass Viktor seinen zukünftigen Arbeitgeber im Adressbuch vermerkt hatte, war nicht außergewöhnlich. Aber hinter dem Namen und der Adresse standen ein paar Anmerkungen: „Film", „1996", „Zielvorgabe".
Vorsichtig hob Heinz den Kopf und schaute Esther in die Augen. „Was meinst du, was das bedeuten könnte?"
Esther überlegte. „Ich habe dir doch erzählt, dass zwischen Lasse und Kehrmann etwas nicht stimmte."
Sie erinnerte sich an das, was der Rigger ihr erzählt hatte.
„Wir sollten dem nachgehen. Vielleicht gibt es ein weiteres Motiv."
Heinz nickte ihr zu. Auch wenn es ihm absurd erschien, dass Kai Kehrmann etwas mit dem Mord an Viktor Lasse zu tun haben sollte, sie mussten die Sache klären. Sie waren Polizisten. Schließlich konnte nur so die Unschuld Kehrmanns bewiesen werden.

Schweigend verließen Esther und Heinz die Wohnung und machten sich zu Fuß auf den Weg zurück ins Büro. Jeder machte sich seine eigenen Gedanken zu den bisherigen Erkenntnissen und Erkundigungen.

Es war früher Nachmittag, als die beiden Kommissare wieder an ihren Schreibtischen saßen und den obligatorischen Kaffee tranken. Da klopfte es an der Tür. Heinz öffnete.

„Na, da schau mal her", begrüßte Esther von ihrem Platz aus einen älteren, weißhaarigen aber mit seinen ein Meter neunzig sehr stattlich wirkenden Mann. In einem ungewöhnlichen Kaninchenpelzmantel, der den großen Mann größer wirken ließ, als er sowieso schon war, stellte er eine äußerst interessante Erscheinung dar.

„Der gute alte Willi."

Willi hieß eigentlich Wilhelm August von Heisenberg und war Rechtsmediziner. Er galt vor allem auf dem Gebiet der Toxikologie als anerkannter Experte. Früher hatte er ausschließlich die Opfer von Gewaltverbrechen obduziert. Mittlerweile arbeitete er aufgrund seines gewachsenen Renommees und seines fortgeschrittenen Alters hauptsächlich an der Universität als Professor in der Lehre und nur noch selten für die Polizei. Aber ab und an landeten die Fälle, die nicht offensichtlich mit Schüssen, Messerstichen oder Fausthieben zu tun hatten, auf seinem Tisch. Esther und Willi kannten sich schon lange.

„Was treibt dich denn zu uns?", wollte Esther wissen.

Willi schaute sich neugierig im Büro um, zeigte auf die Kaffeemaschine und sagte: „Erstens wollte ich sehen, wie ihr hier so haust in eurem Übergangsheim, zweitens hätte ich gerne einen Kaffee und drittens liegt eure Leiche bei mir auf dem Tisch."

„Da schau an."

Heinz war überrascht. Er hatte in seiner kurzen Zeit bei der Kölner Kriminalpolizei schon das Vergnügen gehabt, Wilhelm August von Heisenberg kennenzulernen und sich mit ihm anzufreunden.

„Wie kommt das? Wollen deine Studenten nichts mehr von dir wissen? Ich denke, der Lehrbetrieb lässt dir kaum Zeit für gewöhnliche Obduktionen?"

„Das stimmt ", antwortete Willi, der den von ihm gewünschten Kaffee von Esther entgegennahm. „Aber, eure Leiche ist keineswegs ein gewöhnlicher Fall."

Esther und Heinz blickten sich verwundert an. Ihr Viktor Lasse soll ein so interessanter Fall sein, dass sich der große Willi von Heisenberg höchstpersönlich darum kümmerte?

Ungläubig sah Esther zu Willi und forderte ihn auf: „Nun erkläre uns das bitte mal!"

Heinz schob Willi einen Stuhl hin. Erwartungsvoll hingen die Blicke von Heinz und Esther an Willis Lippen. Der ließ sich Zeit und trank zuerst seinen Kaffee aus.

„Die Sache ist die", begann er langsam. Seine tiefe angenehme Stimme machte jeden Vortrag zu einem kleinen Hörgenuss. ´Seine Studenten mussten ihn einfach lieben`, dachte Esther.

„Der Tote ist zweifelsfrei an giftigen Substanzen gestorben", führte Willi seinen Satz zu Ende.

„Also war es Mord!", stellte Esther zufrieden fest.

Ihre Vermutung war also richtig.

„Und auch noch ein Giftmord!", ergänzte Heinz. „Dann ist der Fall ja bei dir in den richtigen Händen", schmeichelte er dem Rechtsmediziner.

„Ja, aber selbst mir ...", sagte Willi mit einem ironischen Unterton, „... selbst mir ist es nicht gelungen, die Toxine zu bestimmen."

Er wartete die Reaktionen der Kommissare ab. Die guckten perplex von einem zum anderen.

Willi fuhr fort: „Der Mann ist, wie es scheint, an einem Giftcocktail gestorben. Die einzelnen Substanzen konnten wir nicht eindeutig identifizieren."

„Was heißt das im Klartext?", hakte Esther nach.

„Das heißt, dass es dauern kann, bis wir euch genau sagen können, woran dieser Viktor gestorben ist und wonach ihr bei eurem Mörder suchen müsst."

Willi ließ sich bequem in seinem Stuhl zurückfallen. Es sah nicht so aus, als ob er in der nächsten Zeit vorhatte, das anstehende Problem zu klären.

Esther, die Willis Erklärung keineswegs befriedigend fand, fragte ungeduldig: „Was heißt denn ´kann dauern`?"

Willi zuckte mit den Schultern.

„Wir ermitteln in einem Mordfall", blaffte Esther den alten Mann an. „Ich brauche dir nicht zu erklären, wie wichtig es ist, zeitnah die Fakten zu kennen."

Der Rechtsmediziner erhob sich vom Stuhl, streckte seinen ein Meter neunzig großen, schlanken Körper und schüttelte den grauenhaarigen Kopf. „Esther, meine Liebe, beruhige dich. Ich denke, dass wir ein bis zwei Tage brauchen. Die Untersuchungen bereits laufen auf Hochtouren, während ich hier bei euch sitze." Und mit einem schmachtenden Blick auf den Kaffeeautomaten bat er Heinz: „Gönnt einem alten Mann eine nette Abwechslung und einen zweiten von eurem köstlichen Kaffee."

Heinz erfüllte dem ´alten Mann` gerne den Wunsch.

Esther stand auf, trat ans Fenster und lehnte sich mit dem Rücken an die Glasscheibe. Sie sah die beiden Männer an. „Okay, wir ermitteln in einem Giftmord. Was das für ein Gift war, erfahren wir noch von dir", sagte sie bestimmt und sah dabei Willi fordernd an.

„Versprochen! Allerdings muss ich zugeben, dass mich die Zusammensetzung der ungewöhnlichen Substanzen, die wir in Viktors Körper gefunden haben, verwirrt. Ich kann mich nicht erinnern, so einem Gemisch schon einmal begegnet zu sein. Es ist nicht hundertprozentig auszuschließen, dass da irgendwie körpereigene Giftstoffe oder Medikamente mitgemischt haben."

„Medikamente?"

Esther schüttete den Beutel, in dem sie die Pillen aus Viktors Badezimmerschrank gefüllt hatten, vor Willi auf dem Schreibtisch aus.

Der staunte nicht schlecht.

Esther guckte Willi prüfend an. Dann fragte sie mit einer Portion Verzweiflung in der Stimme: „Du willst uns jetzt aber nicht erzählen, dass Viktor ganz banal an einer Überdosis von selbst eingeworfenen Tabletten gestorben sein könnte, ob absichtlich oder unabsichtlich?"

„Genau das kann ich zum jetzigen Zeitpunkt nicht ganz ausschließen." Der Rechtsmediziner schien über die Tatsache, keine schlüssige Erklärung für Viktor Lasses Tod parat zu haben, selbst am wenigsten begeistert zu sein. Er zuckte mit seinen Schultern und verzog unzufrieden das Gesicht.

Dann trank Wilhelm August von Heisenberg genannt Willi seinen Kaffee aus, packte die Tabletten wieder in den Beutel, nahm ihn, zog sich seinen Pelzmantel über, winkte kurz über die Schulter und verschwand. Große Abschiedsworte waren noch nie sein Ding. Er machte sich auf den Weg in die Pathologie am Melatengürtel, um die Leiche Viktor Lasses genau unter die Lupe zu nehmen.

´Ein Giftmord, das wäre doch was!`, dachte Esther. Schade nur, dass sie so wenige Details kannten. Für ihre Ermittlungen brauchten sie genauere Angaben von Willi. Hoffentlich würde er sie morgen liefern können. Esther drehte sich um und sah durch das Fenster auf die verschneite Schanzenstraße. Es war trübe und die Sonne ließ sich kaum blicken. Ihr Blick fiel auf die Uhr. Es war nach vier. Sie beschloss, nach Hause zu gehen und sich ein wenig auszuruhen, um später auf ihre Nachtschicht ins E-Werk gehen zu können.

# 12

Esther fuhr mit der Straßenbahn zur Stunksitzung. Es war jetzt ziemlich genau vierundzwanzig Stunden her, dass sie sich mit ihrem Elferrat getroffen hatte, um sich auf den großen Abend und ihren Auftritt vor tausenden von Zuschauern einzustimmen. Ein bisschen wehmütig stieg sie in die Bahn, als diese mit ihren üblichen fünf Minuten Verspätung in die Haltestelle einfuhr. Dieser Mord hatte ihr Elferratserlebnis ganz schön vermasselt.

´Warum musste sich Viktor Lasse ausgerechnet an diesem Abend ermorden lassen`, ärgerte sich Esther.

Die Bahn hielt an der Von-Sparr-Straße. Esther bog in den kleinen Weg ein, der von den Häusern, der Beleuchtung und den Menschen weg ins Dunkel führte. Rechts und links von ihr waren nur Gestrüpp und an manchen Stellen Stacheldraht zu erahnen. Der Weg war beängstigend, aber der schnellste, um von der Haltestelle zum E-Werk zu gelangen.

Sie hörte hinter sich Schritte und musste sofort an ihren Waldlauf denken. Es war stockdunkel und kalt. Vorsichtig drehte sie sich um. Aber da war niemand. Bildete sie sich das ein? Nein, rechts von ihr war ein deutliches Rascheln im Gebüsch zu hören.

Esther checkte kurz die Höhe des Stacheldrahts auf der linken Seite. Sie würde ihn vermutlich überwinden können, aber würde die Zeit reichen, wenn ihr jemand etwas antun wollte?

Sie fragte sich, ob Männer eigentlich auch so schnell Angst im Dunkeln und auf verlassenen Wegen hätten. Sie griff nach einem spitzen Stift in ihrer Jackentasche. Vielleicht war es ja nur ein Tier. Gespannt bis in die Zehenspitzen ging sie weiter. Es war kein Geräusch mehr zu hören. Weiter vorne sah sie die erlösende Schanzenstraße.

Die letzten Meter rannte sie. Es folgte ihr keiner. Sie sah auch niemanden auf dem dunklen Weg, als sie sich umdrehte.

´Vermutlich habe ich mir das doch nur eingebildet`, dachte sie.

Sie nahm sich vor, das nächste Mal lieber wieder mit dem Fahrrad zu fahren.

Während sie sich dem E-Werk näherte, überlegte Esther, wie sie ihre Ermittlungen durchführen wolle. Im Moment hatte sie das Gefühl, in diesem Fall nicht richtig weiterzukommen, als ob sie ständig auf der Stelle trat. Dieses Gefühl hasste sie. Über Viktor gab es aber auch so viele schmutzige Geschichten. An diesem Abend würde sie versuchen, alle Verdächtigen, die irgendein Motiv hatten, zu befragen. Und wenn sie die nicht während der Sitzung zu sprechen bekam, dann würde sie sie vorladen.

Am Eingang des E-Werks wurde sie nach Vorzeigen ihres Polizei-Ausweises eingelassen. Die Türsteher waren über den „Vorfall" des gestrigen Abends informiert worden.

Kaum hatte Esther ihre Jacke ausgezogen, kam ein Ordner auf sie zu. Hektisch schob er sie in Richtung der Fenster und sagte: „Sie können jetzt unmöglich ihre Ermittlungen und Befragungen durchführen. Die Sitzung beginnt gleich."

Esther, überrascht von dem eindringlichen Appell, nicht die Aufführung zu stören, sagte erst einmal nichts. Natürlich würde sie nicht wie ein Trampeltier vorgehen und Chaos anrichten, versicherte sie. Aber immerhin sei ein Mord passiert, und es gäbe einen Toten. Sie könnten nicht so tun, als ob nichts geschehen wäre.

Der Ordner schlug ihr einen Kompromiss vor: „Warten Sie bitte die erste Nummer ab, bei der alle auf der Bühne stehen. Danach können Sie hinter die Kulissen und ihre Fragen stellen."

Er schaute Esther eindringlich an und fügte hinzu: „Aber ich sage es Ihnen direkt: Sie verschwenden nur ihre und unsere Zeit!"

Er zeigte auf die Galerie und sagte mit einem etwas freundlicheren Ton: „Dort oben, neben dem Mixer steht ein kleines Bänkchen. Da können Sie sich die erste Nummer von der ´ersten Reihe` aus anschauen. Die Sicht ist umwerfend."

Esther nahm auf besagter Bank hinter dem Mann, der für die optimale Soundmischung zuständig war, Platz. Von da hatte sie freien Blick auf die Bühne und die seitlichen Zugänge daneben.

Sie sah die Musiker und Schauspieler, die sich langsam hinter der Bühne sammelten, um gleich mit ihrer ersten Nummer die Sitzung zu eröffnen. Der eine trippelte vom linken auf den rechten Fuß, die andere hob zur Lockerung der Muskeln ihre Schultern mehrfach kurz an, die

Stimmung war verhalten angespannt. Es war ja nicht ihre erste Sitzung in diesem Jahr. Vieles war schon Routine geworden. Im Saal war es laut. Die Leute versorgten sich mit Mettbrötchen und Kölsch, manche brachten in letzter Minute ihre Jacken zur Garderobe. Man tauschte noch einmal die Sitzplätze und verteilte die heimlich mitgebrachten, an den Türstehern vorbeigeschmuggelten kleinen Knabbereien auf den Tischen. Dann wurde langsam, ganz langsam das Licht im Saal gedimmt, die Leute verstummten, die Vorfreude auf die folgenden vier Stunden überschwemmte den Saal wie eine große Welle, alle waren gespannt.

Schattenhaft betraten die Stunker die Bühne. Noch war es dunkel, und man konnte nur die schemenhaften Umrisse der Leute auf der Bühne erkennen. Langsam tauchte ein fahles Licht die Bühne in eine gespenstische Atmosphäre. Da standen sie und schnipsten mit ihren Fingern. Der Saal grölte vor Freude, dass es endlich losging. Die Schauspieler und Musiker standen ganz still, nur ihre Arme und die schnipsenden Finger bewegten sich leicht im Dämmerlicht. Dann wurden die Leute ruhig und warteten mit Spannung, was nun passieren würde.

Esther hatte diesen Anfang einige Male gesehen, aber an diesem Abend nahm sie ihn besonders intensiv wahr. Vom Band ertönte „In the air tonight". Nur wenige Musiker begleiteten live den Song auf ihren Instrumenten. Vier Takte lang hörte man nur den Groove, das Summen und das Schnipsen der Stunker – ein paar Takte später begannen sie mit den Füßen den Rhythmus zu stampfen. Schließlich kam der Gesang dazu. Das Lied begrüßte die Zuschauer, die von nah und fern aus den unterschiedlichsten Städten zur Stunksitzung gekommen waren, ob zu Fuß oder mit der Bahn, die vielleicht zuerst gar keine Lust hatten, sich an diesem Abend einmal aufzuraffen, jetzt aber mit einer herrlichen Nacht belohnt würden.

Manche Wörter im Liedtext bekamen ihr Echo wie die „Narrenkapp kapp kapp kapp kapp ...", andere wie „Düsseldorf" wurden sofort von einem Raunen aus dem Saal kommentiert.

Die Zuschauer hatten nicht viel Zeit, um zu applaudieren und den gelungenen Start in die Sitzung zu feiern, da kam das Intro von Köbes, dieses unvergleichliche Intro, mit dem alle Stunksitzungen begannen, das Intro, das den Zuschauern und Stunksitzungsfans mit dem ersten Ton am ganzen Körper eine Gänsehaut verschaffte. Das Publikum war sofort in diesen Sog gezogen, der sie für die folgenden vier Stunden ihrem Alltag entreißen würde, in eine ausgelassene, irreale Welt versetzte, in der sie Dinge taten, die sie nur einmal im Jahr machten – auf

Tischen tanzen, mit Massen von Menschen irgendwelche absurden vorgegebenen Sprechgesänge von sich geben und schunkeln, während man aus voller Überzeugung und aus voller Kehle dazu singt: „Schunkeln ist Scheiße."

Esther beobachtete diese Anfangsstimmung von ihrer kleinen Bank aus mit Faszination. Sie stellte fest, dass auch ihr eine Gänsehaut über den Rücken lief. Es war eindeutig: Sie war vom Stunkvirus infiziert! Aber das würde sie nicht davon abhalten, diesen verdammten Mord aufzuklären. Immer wieder fragte sie sich, ob sie ihn nicht hätte verhindern können.

Entschlossen stieg sie die Treppe von der Empore hinunter. Sie war schließlich nicht hier, um Gänsehauterlebnisse zu haben, sondern um einen mysteriösen Todesfall aufzuklären.

Esther begab sich auf die Suche nach dem Musiker, der ihr von der Eifersuchtsgeschichte erzählt hatte.

Wie hieß der noch? Franz, Karl oder Willi? Sie wusste es nicht mehr, oder besser, sie war sich nicht sicher, ob sie es überhaupt schon einmal gewusst hatte. Doch es fiel ihr wieder ein. Sein Name war Mattes. Also los, irgendwo und mit irgendwem musste sie anfangen.

Hinter der Bühne war die Stimmung trotz der laufenden Aufführung entspannt. Sie versuchte sich zurechtzufinden. Überall standen Requisiten herum, riesenhafte Regale waren mit ungetümen Paketen beladen, Türen öffneten sich zu Räumen, in denen abgewetzte Ledersessel standen, hier und da plauderten Requisiteure in ihren Jeans, den schwarzen T-Shirts mit dem roten Stunksitzungs-Schriftzug und dem lässig in die rechte Hosentasche gesteckten Arbeitshandschuh.

Esther war noch in ihrem Beobachtungsmodus verhaftet, da kam eine der Schauspielerinnen auf sie zu. Sie erkannte Daniela sofort.

„Wissen Sie schon was Neues, wie und warum Viktor gestorben ist?"

„Nein, wir können noch nichts Genaues sagen", antwortete Esther der Stunkerin. Sie war die Einzige, die, nachdem Esther am Vorabend vom Tod Viktors berichtete, eine Art Anteilnahme zeigte. Wirklich betroffen hatte sonst keiner reagiert. Esther fügte hinzu: „Sobald wir mehr wissen, werden wir es Ihnen mitteilen."

Dann sah sie den Stunker mit der großen Fantasie, wenn es um mögliche Mordszenarien ging, Sebastian.

Der bot seine Hilfe an: „Können wir Ihnen weiterhelfen?" fragte Sebastian selbstbewusst.

„Ich hoffe schon", gab Esther unumwunden zur Antwort. „... wir versuchen, so viele Informationen wie möglich zusammenzutragen, um uns ein Bild von dem Toten, seinen Freunden und Feinden und über mögliche Motive zu machen."

„Motive?", fragte Daniela erstaunt.

„Heißt das, dass der gute Viktor tatsächlich ermordet worden ist?"

Sebastian ließ nur ein leises „Tssss" von sich hören und nickte mit seinem Kopf, so als ob er sagen wollte: 'Das habe ich doch gewusst.`

„Ich werde mir Gedanken über mögliche Motive machen und sie dann unterrichten", erklärte Sebastian mit ernstem Ausdruck.

Esther wusste nicht, was sie über diesen Stunker denken sollte. Sie würde ihn genau im Auge behalten. Aber zuerst wollte sie mit dem Musiker sprechen. Sie nahm ihre grüne Kladde aus der Tasche, um sich zu vergewissern, dass der Musiker, den sie suchte, wirklich Mattes hieß. Als sie aber ihren Kopf hob, um Sebastian und Daniela zu fragen, wo sie ihn finden könnte, waren die Leute, die eben noch neben ihr standen, verschwunden.

Na klar, die hatten bestimmt einen Auftritt. Von der Bühne hörte Esther die geheimsten und intimsten Gedanken der Leute, die sich zum Yogakurs versammelt hatten. In dieser Nummer konnten die Zuschauer miterleben, was sich in den Köpfen der einzelnen Kursteilnehmer für absurde Szenarien abspielten. Die Kommissarin fragte sich, wie diese Nummer auf echte Yogaanhänger wirkte. Fühlten die sich auf den Arm genommen oder waren die davon überzeugt, dass ihre eigenen Yogaübungen selbstverständlich viel harmonischer und besser waren?

Esther widmete sich wieder ihrem eigentlichen Problem. Wo konnte sie den Musiker finden? Sie hatte bei einem ihrer früheren Besuche hinter der Bühne mitbekommen, dass es irgendwo eine eigene Musikergarderobe geben sollte. Also ging sie langsam und leise den Gang hinter der Bühne entlang, vorbei an den riesengroßen Regalen mit den merkwürdigen Päckchen und Bündeln, die fast aussahen, als ob darin die eine oder andere Leiche versteckt wäre.

Auf der linken Seite stand eine überdimensionierte Holzkiste, die zwei Eingänge hatte. Über der ersten Tür stand „Requisite only". Esther warf einen kurzen, verstohlenen Blick hinein. Das war der Aufenthaltsraum der Requisiteure. Wobei 'Raum` reichlich übertrieben war. Es war eine Containerkiste mit einer Tür und einem Sofa drin.

'Klein, aber durchaus gemütlich`, dachte Esther.

Über dem zweiten Eingang stand ´Kabine Nr. 1`. Die Tür war geschlossen. Esther wollte nicht einfach anklopfen und dadurch eventuell eine Vorbereitungsphase für eine Bühnennummer stören. Sie hatte keine Eile. Die Sitzung lief noch zirka drei Stunden. In dieser Zeit würde keiner verschwinden. Sie bezog in etwa vier Metern Entfernung, an eine Wand gelehnt, Stellung und beobachtete diese ominöse Holzkiste mit der Aufschrift ´Kabine Nr 1`.

Kurze Zeit später kamen vier Musiker in den klassischen Köbes-Brokat-Jacken aus Richtung Bühne und verschwanden in der ´Kabine Nr. 1`.

´Also war das die Garderobe der Musiker`, dachte Esther.

Nun wurde die geheimnisvolle Tür von innen geöffnet und drei der vier Musiker von eben kamen in Kachelanzügen wieder raus. Zwischendurch betraten immer wieder neue Schauspieler die ´Kabine Nr.1`. Esther wunderte sich, wie viele Leute in diese Holzkiste passten. Während sie das Treiben von ihrer stillen Ecke aus beobachtete, überlegte sie, ob der Raum vielleicht eine zweite Tür hatte. Da kamen die Kachelanzüge wieder von der Bühne zurück, verschwanden aber nur kurze Zeit, um dann wenige Sekunden später in grünen Hosen mit Sonnenblumen wieder aus dem Kabuff herauszukommen. Alleine die Geschwindigkeit, in der die Musiker ihre Kostüme wechselten, imponierte Esther kolossal. Es war für sie schwer festzustellen, ob es immer die gleichen Leute waren, die da rein- und rauskamen, da sie ja ständig neue Kostüme anhatten. Eins stand fest: Das war der merkwürdigste Raum im ganzen E-Werk.

Während sie rätselte, wo denn nun Mattes, der Musiker, sei, begann die Pause. Auf ihre Fragen bei vorbeikommenden Stunkern bekam sie die Antwort, mal in die ´Kabine Nr.1` zu schauen. Nun hatte Esther keine Skrupel mehr anzuklopfen. Ohne zu warten, ob sie ein freundliches „Herein" hören würde, öffnete sie die Tür. Sofort erkannte sie Mattes und ging auf ihn zu.

„Haben Sie einen Moment Zeit für mich?", fragte sie ihn.

„Na klar. Es geht um Viktor, nicht wahr? Gehen wir in eine etwas ruhigere Ecke", schlug er vor.

Mattes hielt Esther die Tür auf und zeigte in Richtung Treppe, die zu den Katakomben hinabführte. Esther hatte kaum Zeit, sich in der ´Kabine Nr. 1` umzuschauen. Etwas enttäuscht folgte sie dem Musiker. An der Treppe blieben sie stehen.

„Wie kann ich Ihnen helfen?", fragte Mattes freundlich.

„Sie haben mir von Viktors glückloser Liebschaft erzählt. Ich würde gerne mehr darüber wissen und diesen Requisiteur kennenlernen."

Mattes zeigte auf einen rothaarigen, kräftigen Mann, der sich gerade an der Kurbel zu schaffen machte, mit der die Leinwände und die gigantische Wippe heruntergelassen wurden, all die Gegenstände, die der Rigger vorher da oben montiert hatte. Der Requisiteur sah mit seinen Sommersprossen wie ein großer Junge aus. Aber seine muskulösen tätowierten Oberarme machten einem deutlich, dass es besser wäre, sich nicht mit ihm anzulegen. Esther erkannte den Mann wieder, den sie bei der Vorgeneralprobe im Streit mit einem anderen auf der Bühne gesehen hatte.

„Gregor, kommst du mal?", rief Mattes ihm zu.

Der Requisiteur verankerte die Kurbel und schlenderte lässig mit den Händen in den Hosentaschen zu Esther und dem Musiker.

„Die Kommissarin möchte etwas über dein Verhältnis zu Viktor wissen. Der ist gestern hier zusammengebrochen und ist jetzt tot."

„Hab´ ich mitbekommen", sagte Gregor ziemlich desinteressiert.

Mattes übernahm wie selbstverständlich die Befragung: „Erzähl doch mal, wie das war, als du dem Viktor eine reingehauen hast."

Ein verschmitztes Lächeln huschte über Gregors Gesicht.

„Frau Kommissarin, es ist sonst nicht meine Art, aber Viktors Eifersucht hat echt genervt. Und meine Rechte hat gewirkt. Seitdem war Ruhe im Karton."

Esther schüttelte missbilligend ihren Kopf, um auszudrücken, dass die Rechte nicht die richtige Lösung für Probleme sei, forderte den Requisiteur dann aber auf, weiterzureden.

„Also ...", fuhr Gregor fort, „... so schlimm habe ich nun aber auch nicht zugehauen, dass der davon Wochen später zusammenbrechen könnte. Mit dem Tod habe ich nichts zu tun. Ehrlich!"

Mattes wandte sich an Esther. „War`s das? Ich müsste noch mal .... "

Esther ließ ihn nicht aussprechen. „Ja, ja, schon gut. Vielen Dank für heute."

Dann richtete sie sich an Gregor. „Kam es nur zu dem einen Zusammenstoß zwischen Ihnen und Herrn Lasse?"

Gregor nickte.

„Sind Sie jetzt immer noch mit der ehemaligen Freundin von Lasse zusammen?"

Gregor nickte wieder.

„Und wie hat sie den Tod von Viktor verkraftet?"

„Wie das so ist. Sie war geschockt. Sie meinte, dass der sicher an seinen vielen Pillen gestorben ist."

„Was für Pillen?", fragte Esther, wobei sie sich ahnungslos gab.

„Weiß ich nicht."

„Ist Ihre Freundin hier?"

„Nein, die ist bei einer Filmproduktion in Berlin, für die sie Kleider entwirft."

„Schreiben Sie mir bitte die Nummer auf, unter der ich Ihre Freundin erreichen kann."

Esther beobachtete den Requisiteur, wie er die Nummer auf einen alten Zettel schrieb. Gregor hatte etwas Sympathisches an sich, auch wenn er schnell erregbar zu sein schien. Zimperlich war der wohl nicht. Trotzdem hatte Esther den Eindruck, dass er seine Freundin zwar hundertprozentig beschützen, aber nicht, dass er jemanden dafür umbringen würde. Gregor gab ihr den Zettel und verzog sich, als die Kommissarin ihm mit einer Handbewegung deutlich gemacht hatte, dass sie keine weiteren Fragen hätte.

Nachdem sich Esther ein paar Notizen in ihre Kladde geschrieben hatte, fiel ihr ein Raum auf, den sie bisher nicht beachtet hatte. Da stand in einer Art Abstellkammer ein Tisch mit einem Fernseher darauf, und drum herum befanden sich verschiedene Sitzgelegenheiten. Der Fernseher lief – wohlgemerkt parallel zur Stunksitzung. Es wurde ein Viertelfinale des DFB Pokals übertragen. Einige Stunker sahen dem Spiel zu, andere kamen vorbei, steckten ihren Kopf herein und erkundigten sich nach dem aktuellen Stand. Dann verschwanden sie wieder, um für den nächsten Auftritt parat zu sein, nicht ohne den Zwischenstand per Flüsterton schnell unter den Kollegen zu verbreiten. Esther konnte es nicht glauben: Auf der Bühne lief das Programm, und hier wurde das Spiel von Schalke verfolgt und kommentiert.

Während die Kommissarin erstaunt vor dem Fernsehzimmer stand, klopfte ihr plötzlich jemand leicht von hinten auf die Schulter. Sie hätte sich gar nicht umdrehen müssen. Sie erkannte das leichte Tippen sofort. ´Jetzt nicht`, dachte sie. Sie steckte mitten in ihren Ermittlungen und hatte für den Rigger und seine Annäherungsversuche keine Zeit und keinen Sinn.

„Hallo Frau Kommissarin. Wie geht's?"

„Mit Ihnen habe ich nicht gerechnet. Sagten Sie nicht, dass Sie, wenn die Sitzung erst einmal läuft, hier nichts mehr zu tun haben?", antwortete sie leicht genervt.

„Das ist richtig. Aber erstens hatte sich die Befestigung eines Scheinwerfers gelöst und zweitens möchte ich Ihnen gerne bei der Aufklärung des Todes von Viktor über die Schulter schauen. Ich bin ein großer Krimifan, und irgendwie ist das doch wie ein Krimi, oder?"

Esther war sich nicht sicher, ob das abfällig oder als Kompliment gedacht war.

Bevor sie weiter darüber nachdenken konnte, ergriff der Rigger wieder das Wort. „Lassen Sie mich raten: Sie wollen den Jan befragen?"

„Welchen Jan?"

„Na, den Schauspieler, dem Viktor vor ein paar Monaten einige richtig gute Texte geklaut hatte, um sie an eine Komikerin zu verkaufen."

´Woher wusste Tobias das denn schon wieder?`, ging es Esther durch den Kopf. Sie sah ihn fragend an.

Tobias sprach unbeirrt weiter. „Sagen Sie bloß, dass Sie das jetzt erst durch mich erfahren?"

„Nein, nein", beeilte sich Esther, nicht den Eindruck entstehen zu lassen, sie habe etwas übersehen. „Mich wundert nur, woher Sie das wissen. Paul, der Regisseur, hatte das, so viel ich weiß, diskret behandelt. Die meisten Stunker wussten zwar, dass da was war, aber sie wussten nicht, um wen es sich handelte. Also, woher wissen Sie das, wenn ich fragen darf?"

„Sie dürfen!", entgegnete Tobias mit einem leicht überlegenen Lächeln. „Haben Sie vergessen, welchen Job ich hier mache?"

Dabei guckte er Esther mit einem fast unverschämten Grinsen an.

Esther schüttelte den Kopf. Natürlich hatte sie nicht vergessen, dass Tobias Rigger war. Was sollte die Frage?

„Na also! Wenn ich da oben auf den Verstrebungen und Stahlträgern herumturne, bekomme ich eine ganze Menge mit. Und da habe ich gehört, wie kurz vor der Premiere Paul mit Jan über dieses Thema gesprochen hat. Offenbar war das für Jan, obwohl es Wochen zurücklag, nicht vom Tisch. Paul hatte versucht ihn zu beruhigen."

„War das alles?"

„Ja, das war alles."

„Und wo finde ich diesen Jan?"

„Na, da vor dem Fernseher."

„Sie verstehen, dass ich die Befragung allein durchführen muss", stellte Esther fest und ging in das Fernsehzimmer.

Der Rigger nickte und verzog sich in Richtung Katakomben.

„Kann ich Sie einen Moment sprechen?", sprach die Kommissarin Jan direkt an.

Jan guckte auf die Uhr. „Ich habe nur zehn Minuten Zeit. Dann muss ich wieder auf die Bühne."

„Vielleicht sollten wir irgendwo ungestört reden", schlug Esther vor.

Jan erhob sich, richtete einen letzten Blick auf das Fußballspiel und ging ihr voraus zur schwarzen Eisentür, die unmittelbar hinter dem Raum war. Er öffnete sie und hielt sie für Esther auf. Sie traten in die Kälte hinaus. Jan zündete sich eine Zigarette an.

„Worum geht es?", wollte er wissen.

„Wie ich erfahren habe, hatten Sie eine Auseinandersetzung mit Viktor über die Urheberschaft von Texten, Witzen und …."

Jan leugnete das nicht.

„Das stimmt. Das Schwein hat Nummern, die ich geschrieben habe, als seine weiterverkauft. Ich konnte ihm das leider nicht nachweisen. Das ist doch eine echte Sauerei, oder?"

„Und?"

„Nichts und! Paul hat mich überzeugt, dass ich da nichts machen könne. Und dann hat er Viktor klargemacht, dass er mir einen kleinen Teil seines Honorars abzugeben hätte, sozusagen als Schweigegeld. Also war die Sache für mich erledigt."

„Wirklich?"

„Ja, wirklich!"

Jan drückte seine Zigarette aus und schaute Esther in die Augen. Dann sagte er mit ernster Stimme: „Ich habe nichts mit Viktors Tod zu tun!"

Mehr sagte er nicht. Er öffnete die Tür, trat zurück ins Gebäude und verschwand in den Hinter-Bühnen Gängen.

Zu dumm, dass Esther nicht nach den Alibis fragen konnte. Dazu brauchte sie die genauen Infos von Willi, wann und wie das Gift in Viktors Körper gekommen war. Im Augenblick musste sie sich mit dem zufrieden geben, was sie erfahren hatte und wie ihr persönlicher Eindruck von dem Befragten war.

Jetzt fehlte ihr noch dieser Versicherungsbetrüger. Den hatte sie bisher nicht finden können. Da entdeckte sie Tobias, der gerade die Treppe aus den Katakomben heraufkam, begleitet von Daniela und Sabine. Die drei plauderten und lachten und schienen Spaß zu haben. In Esther kam fast so etwas wie Eifersucht auf.

Sie ging auf die Gruppe zu und sprach Tobias gezielt an: „Darf ich Sie einen Moment unter vier Augen sprechen?"

Ohne eine Antwort abzuwarten, drehte sie sich um und ging ein paar Schritte zur Seite. Tobias folgte ihr.

„Sie haben mir die Sache mit dem verstauchten Knöchel erzählt, der eventuell gar nicht verstaucht sein soll. Können Sie mir auch sagen, wie der entsprechende Stunker heißt?", fragte sie den Rigger.

„Da haben Sie aber Glück. Ich habe nämlich ebenfalls recherchiert und für Sie den Namen herausbekommen."

Esther wusste nicht, ob sie von der Überheblichkeit ihres Gegenübers genervt sein sollte oder einfach nur dankbar, dass er ihr Arbeit abnahm. Dieser Mann verwirrte sie immer wieder aufs Neue. Sie nickte ihm mit der unausgesprochenen Aufforderung zu, ihr den Namen zu nennen.

Doch bevor der Rigger ihr antworten konnte, wurde Esthers Aufmerksamkeit von einer karikierten, amüsanten Internetnummer auf der Bühne abgelenkt. Da entdeckten zwei Ebay-Junkies ihre gegenseitige Liebe, auch wenn sie sich gleichzeitig ihrer eigenen Identität längst nicht mehr sicher waren. Esther kannte diese Nummer. Es war eine ihrer Lieblingsnummern. Auch wenn sie keine Sicht auf die Bühne hatte, wusste sie genau, wann was geschah, wer wo stand und welche Gesten und Mimiken zu sehen waren. Ihre Gedanken kreisten um die Idee, ob sie sich nicht vielleicht selbst irgendwann einmal im Internet auf Partnersuche begeben würde.

Beinahe hätte Esther die Antwort des Riggers nicht gehört.

„Das ist Klaus. Da der aber wegen seiner angeblichen Verletzung dieses Jahr nicht mitspielt und nur als Beobachter und Coach mitwirkt, ist er nicht jeden Abend da, so wie zum Beispiel heute. Adresse und Telefonnummer habe ich Ihnen aufgeschrieben."

Tobias wühlte in seiner Hosentasche und zog einen kleinen Zettel hervor. „Bitte schön."

Er drückte Esther das Papier in die Hand.

Dabei berührten sie sich für einen winzigen Augenblick. Aber es reichte aus. Esther fühlte sich wie vom Blitz getroffen. Verdammt! Sie musste auf ihre Gefühle aufpassen. Das, was da gerade in ihrem Körper passierte, dürfte unmöglich sein.

Glücklicherweise wurde der Rigger genau in diesem Moment zu der großen Kurbel gerufen, die irgendwie zu klemmen schien.

Esther beschloss, dass Sie für heute genug gehört hatte. Bevor sie sich auf den Weg machte, ging sie schnell auf´s Klo, auch um Herta, der fast hundertjährigen Klofrau „Guten Abend" zu sagen.

Danach verließ sie das E-Werk.

Draußen auf der Straße versuchte sie, die Schneiderin zu erreichen. Aber sie hörte nur den Spruch auf der Mailbox. Das würde sie morgen noch einmal probieren. Sie war gespannt, was die Ex von Viktor zu den Pillen zu sagen hatte.

Für den Heimweg nahm sie ein Taxi. Den dunklen Weg bis zur Bahnhaltestelle wollte sie nicht mehr gehen. Sie fühlte sich sowieso seit einiger Zeit beobachtet. Manchmal hatte sie das Gefühl, dass sie verfolgt wurde.

Mit dem Taxi wäre sie eigentlich schnell zu Hause gewesen, wäre da nicht eine ganz spezielle Schranke gewesen. Die Berliner Straße war an diesem Abend wegen eines Unfalls gesperrt. Und so musste das Taxi durch die Flusssiedlung am Wupperplatz fahren, um nach Dünnwald zu kommen. Aber da war das unüberwindliche Hindernis der Bahnschranke. Seit Wochen funktionierte diese Schrankenanlage nicht richtig. Mal ging sie gar nicht herunter, mal ging sie nicht mehr hoch, mal zogen Bahnarbeiter per Handarbeit rot-weiße Bänder über die Straßen, mal kamen Züge, mal nicht. Es war das totale Chaos. Deshalb versuchten alle, diesen Bahnübergang zu meiden. Aber an diesem Abend gab es kein Entrinnen. Esther wartete in ihrem Taxi zwanzig Minuten, bis der Bahnübergang freigegeben wurde. Währenddessen ging ihr der Rigger durch den Kopf. Esther hatte ein ungutes Gefühl: Da verfolgte dieser Typ sie in ihren Gedanken im dunklen Auto spätabends vor einer verschlossenen Bahnschranke.

´Damit muss Schluss sein`, war sie sich sicher.

In ihrer Wohnung angekommen sah sie zuerst auf ihren Anrufbeantworter. Es waren sechs Anrufe in ihrer Abwesenheit eingegangen. Aber es wurde keine Nachricht hinterlassen. Es war auch keine Nummer zu erkennen. Esther überlegte, ob das Tobias gewesen sein könnte oder der ominöse Unbekannte, der in letzter Zeit offensichtlich versuchte, ihr Angst einzujagen? Esther fühlte sich nicht wohl in ihrer Haut und in ihrer Wohnung, so allein! Gleichzeitig ärgerte sie sich darüber, dass sie sich solche Angst einjagen ließ.

# 13

Donnerstag, 6. Januar.

Esther gönnte sich an diesem Morgen Zeit. Sie schlief eine halbe Stunde länger als sonst, lief eine kleine Runde im Wald, um dann aufgrund ihrer schlechten Kondition feststellen zu müssen, dass sie öfter laufen müsste, genoss anschließend aber nichtsdestotrotz ein leckeres ausführliches Frühstück. Das hatte sie sich wegen ihrer vielen Abendschichten und der langen Tage verdient. So hatte sie es zumindest beschlossen.

Heinz hatte sie in der Nacht eine E-Mail geschrieben, dass sie später kommen würde und dass er sich um diesen Klaus kümmern solle, damit der am frühen Nachmittag im Büro erscheinen würde. Vorher wollte sie zu Kai Kehrmann gehen. Alleine. Davon hatte sie Heinz nichts geschrieben. Sie musste mehr über diesen Typen und sein Verhältnis zu Viktor herausbekommen.

Gegen zehn Uhr machte sie sich auf den Weg. Es war trübe und nasskalt. Dieser Winter hatte es in sich. Alle Leute stöhnten über die anhaltende Kälte und über die Berge von Schnee, die sich neben den Straßen auf den Fahrrad- und den Gehwegen auftürmten. Seit Wochen kamen keine Räumfahrzeuge mehr, Streusalz war überall ausverkauft, und sämtliche Schuhe zeigten die weißen Schneeränder.

Als Esther mit ihrem Cinquecento vor dem Gebäude ankam, in dem sich Kai Kehrmanns Büro befand, bekam sie es mit einem weiteren durch diese unsäglichen Schneemassen hervorgerufenen Problem zu tun: Es gab keine Parkplätze mehr. Denn auch die Parkplätze wurden nicht geräumt. Esther fuhr halb in einen Schneeberg am Seitenrand der Straße hinein und parkte dort ihr Auto. Da man die Straßenmarkierungen unter dem Schnee sowieso nicht sehen konnte, erklärte sie diesen Platz kurzerhand zu ihrem Parkplatz.

Im sechsten Stockwerk des massigen und gleichzeitig eleganten alten Hauptgebäudes der Carlswerke betrat Esther die durchgestylten Räume von NeonFilm. An ihrem gläsernen Schreibtisch empfing sie die sympathische Karin Schulte, die sich sofort an die Kommissarin erinnerte.

„Guten Morgen", begrüßte Kehrmanns Mitarbeiterin Esther freundlich. Dabei hob sie ihren Kopf so schwungvoll, dass ihre roten Haare für einen kurzen Augenblick senkrecht in die Höhe standen.

Esther erwiderte den Gruß und fragte nach Kai Kehrmann. Der sei gerade etwas besorgen, müsse aber in spätestens zehn Minuten wieder da sein. Ob sie einen Kaffee haben wolle, um die Wartezeit zu überbrücken.

Esther nahm das Angebot gerne an. Es gab Schlimmeres, als mit dieser netten Frau und einem Kaffee in einem warmen Raum zehn Minuten zu verbringen. Sie setzte sich auf den Stuhl auf der anderen Seite des Schreibtischs.

„Wussten Sie eigentlich ...", begann Karin Schulte unvermittelt ein Gespräch, während sie der Kommissarin die Tasse reichte, „... dass der Kaffee in Europa bis ins 18. Jahrhundert als Türkentrank verpönt war und als gesundheitsgefährdend galt?"

Esther guckte verdutzt.

„Em, nein", stotterte sie leise vor sich hin.

Kehrmanns Mitarbeiterin setzte sich an ihren Schreibtisch und kramte in ihren Papieren, wo sie offensichtlich etwas suchte. Sie schien Esthers Antwort nicht gehört zu haben. Ohne aufzuschauen redete sie munter weiter. „Das ist umso amüsanter, als das Trinken von Bier als übliches Nahrungsmittel damals alltäglich war."

Karin Schulte blickte kurz hoch, um sich zu vergewissern, dass die Kommissarin noch anwesend war. Esther nickte ihr zu und ermunterte sie weiterzuerzählen.

„Die Kaffeegegner behaupteten tatsächlich, dass Männer durch den Genuss von Kaffee unfruchtbar oder Frauen statt Menschenkindern Affen gebären würden."

Sie unterbrach für einen kurzen Moment ihren Vortrag, um einen kräftigen Schluck Kaffee zu trinken. Das Papier, das sie gesucht hatte, lag vor ihr. Sie lehnte sich zufrieden zurück und fuhr fort: „Im 18. Jahrhundert ließ der schwedische König Gustav III. ein kurioses Experiment durchführen. Er wollte die Schädlichkeit des Kaffees nachweisen, indem er zwei eineiige Zwillinge, die zum Tode verurteilt waren, damit bestrafte, Teil des Experiments zu sein. Der eine musste jeden Tag Kaffee trinken, der andere Tee. Und wie ging das Experiment aus?"

Sie schaute Esther fragend an. Die hob die Schultern, um zu signalisieren, dass sie auf die Antwort gespannt sei.

„Beide wurden über achtzig Jahre alt, und der Teetrinker starb zuerst." Nach einer kurzen Kunstpause sprach sie weiter.

„Der Versuch ging wohl nach hinten los. Stellen Sie sich mal vor, der Kaffee hätte im Laufe der Zeit kein besseres Image bekommen. Keine Kaffeehäuser, keine Diskussionen bei unzähligen Tassen Kaffee, keinen Frühstückskaffee, keine Kaffeepause im Büro, keinen Espresso nach dem Essen – nicht auszudenken!"

Karin Schulte schüttelte übertrieben verzweifelt den Kopf. „Darf ich Ihnen ein paar Plätzchen anbieten?"

Esther schüttelte dankend den Kopf.

Aber Frau Schulte hatte schon eine Dose mit Keksen auf den Tisch gestellt.

Esther war über das Wissen dieser Frau überrascht. „Mannomann, Sie sind ja ein wandelndes Lexikon", sagte sie voller Bewunderung.

Sie musste unwillkürlich an die Concierge Renée aus dem Buch „Die Eleganz des Igels" denken, an diese Frau, von der kein Mensch ahnte, was sie alles wusste, und die so unscheinbar ihr Leben als Concierge fristete.

Ein bisschen verlegen senkte Karin Schulte ihren Kopf. Bevor die Frauen sich weiter unterhalten konnten, ging die Tür des Aufzugs auf und Kai Kehrmann betrat gewohnt elegant und selbstbewusst seine Firma.

´Kein Wunder, dass neben diesem erfolgreichen Jungunternehmer Karin Schulte mit ihrem ganzen Wissen und ihrer Natürlichkeit in den Hintergrund rückt`, dachte Esther. Wobei, davon war sie überzeugt, diese Frau würde ihren Chef intellektuell locker in die Tasche stecken.

Kai Kehrmann gab Esther einen Wink, ihr in sein Büro zu folgen. Das Chaos auf seinem Schreibtisch war seit Esthers letztem Besuch unverändert. Beide nahmen Platz.

„Ich habe noch ein paar Fragen an Sie", begann Esther das Gespräch.

Kehrmann sah sie mit einem betretenen Ausdruck an.

„Ich habe es gehört. Da hat jemand mit der Morddrohung ernst gemacht. Wie kann ich Ihnen helfen?"

„Nun, woher auch immer Sie diese Informationen haben", Esther sah Kehrmann bei diesen Worten skeptisch an, „mich würde interessieren, ob es zwischen Ihnen und Herrn Lasse außer der vereinbarten Zusammenarbeit noch weitere Verbindungen gab."

„Wieso?" Kehrmann wirkte verunsichert.

Esther fühlte sich in ihrer Annahme bestätigt, dass es etwas geben musste.

„Ich will nicht lange drumherum reden", fing Esther an. „Ich möchte gerne wissen, was es mit dem Film von 1996 auf sich hat."

Esther pokerte. Sie wusste nicht, ob zwischen dem „Film" und „1996" überhaupt ein Zusammenhang existierte. Aber sie musste versuchen, diesen Kehrmann aus der Reserve zu locken. So schob sie noch hinterher: „Hat Lasse Sie erpresst?"

Das war ihr gerade aus dem Bauch direkt auf die Zunge gesprungen, bevor sie es mit dem Hirn überdenken konnte.

Sie hatte ins Schwarze getroffen. Kai Kehrmann knickte in sich zusammen. Seine strahlende Aura verblasste, und seine aufrechte Haltung verlor an Selbstsicherheit.

„Nun?" Esther machte Druck. „Ich warte!"

Leise und schwerfällig presste Kehrmann die folgenden Worte hervor: „Ja, es gibt diesen Film, und ja, Lasse hat mich damit erpresst."

„Worum geht es in dem Film?"

„Es ist ein verdammter Pornofilm. Und ich war verdammt noch mal saujung und unerfahren."

Kehrmann wurde wütend.

„Ausgerechnet dieser Lasse musste den Film finden."

„Aber warum konnte er sie damit erpressen. Das ist doch vielen späteren soliden Filmleuten in ihrer Jugend passiert?"

Esther zog dabei das Wort „passiert" ziemlich in die Länge.

„Was würden Sie denn zu einem schwulen Filmemacher sagen, der sich gegen den Sexismus in der Medienwelt stark macht und früher selber als Pornodarsteller aktiv war?"

Dass Kehrmann schwul war, wusste Esther schon. Aber was sie sonst zu hören bekam, war doch überraschend für sie: Kehrmann engagierte sich gegen Sexismus. Kehrmann war Pornodarsteller. Viktor Lasse kannte einen Pornofilm mit Kehrmann. Viktor Lasse hatte Kehrmann erpresst.

„Sie wissen, dass das ein astreines Motiv für einen Mord an Lasse ist?"

„Ja, verdammt!"

„Und, haben Sie Viktor Lasse umgebracht?"

„Nein! Aber ehrlich gesagt, habe ich mit dem Gedanken gespielt."

„Wo waren Sie am Dienstagabend?"

„Auf der Sitzung. Was soll ich machen. Ich saß sogar in der Nähe des Opfers. Aber mit dem Mord habe ich nichts zu tun!"

Esther zweifelte an der Unschuld Kehrmanns. Der war ihr zu aalglatt. Aber im Moment konnte sie ihm nichts nachweisen, außer dem, was er sowieso schon zugegeben hatte.

„Sie bleiben zu unserer Verfügung und verlassen die Stadt nicht", ordnete sie streng an und verließ ohne große Abschiedsworte das Büro.

Karin Schulte drückte sie die Hand, fast ein wenig mitleidig, wie so eine nette Person für einen so undurchsichtigen, von sich überzeugten Typen arbeiten konnte.

Auf dem Weg ins Büro überlegte Esther, wie sie es ihrem Kollegen beibringen sollte. Sie fragte sich, was Heinz an Kehrmann bloß fand. Jedenfalls würde sie Heinz genau beobachten, wie er auf die Neuigkeiten reagieren würde.

Heinz wartete schon auf sie.

Esther redete nicht lange um den heißen Brei herum, sondern berichtete fast wörtlich von dem eben stattgefundenen Gespräch mit Kai Kehrmann. Dabei sah sie, wie Heinz sichtlich erschrocken war. Als sie fertig war, wartete sie auf seine Reaktion. Es dauerte eine Weile.

„Puh, das sind ja Neuigkeiten", stöhnte Heinz. „Davon hatte ich keine Ahnung."

Er raufte sich mit beiden Händen die Haare und holte mehrmals tief Luft. Dann sagte er: „Aber ich kann definitiv nicht glauben, dass er etwas mit dem Mord zu tun hat."

„Nun ja, ausschließen können wir es nicht. Aber erst einmal müssen wir die genaueren Umstände von Lasses Tod kennen. Und du, mein Lieber, kramst bitte ganz tief in deinem Gedächtnis, was am Dienstagabend alles geschehen ist. Schließlich hast du mit Kehrmann zusammengesessen. Ist er irgendwann aufgestanden, war er zwischendurch weg, hat er Lasse begrüßt und so weiter und so weiter."

Heinz ließ den Kopf nach vorne sinken und nickte. Das Ganze nahm ihn mit.

Esther versuchte inzwischen, die Schneiderin zu erreichen. Aber sie hörte wieder nur die Mailbox.

In demselben Moment klingelte ihrerseits das Telefon. Die Stimme am anderen Ende gehörte einem Mitarbeiter aus der Rechtsmedizin.

„Hallo, ich rufe im Auftrag von Professor von Heisenberg an. Ich soll Ihnen sagen, dass der Professor später persönlich bei Ihnen vorbeikommt. Außerdem kann ich Ihnen bestätigen, dass das Opfer aller

Wahrscheinlichkeit nach tablettensüchtig war. Die Tabletten, die Sie bei Herrn Lasse gefunden haben, sind zur einen Hälfte Beruhigungspillen und zur anderen Hälfte Aufputscher – ein Teufelskreis."

„Haben die Mittel etwas mit seinem Tod zu tun?", fragte Esther gespannt. Sie hatte sich gerade auf diesen Mord eingestellt und ihren Ermittlungsinstinkt auf Hochtouren gefahren. Und dann war es eventuell nur ein Tod als Folge von zu vielen Pillen. Esther war enttäuscht.

„Dazu wird Ihnen der Professor später mehr sagen."

Esther atmete auf. Es gab also Hoffnung auf einen echten Mord.

„Sagen Sie dem Professor bitte, dass wir mit Spannung auf seinen Besuch warten."

Sie verabschiedeten sich.

Esther berichtete Heinz kurz von dem Telefonat. Der hatte sich wieder gefangen und daran erinnert, dass er Esther etwas Wichtiges mitteilen wollte, was er am Vormittag erfahren hatte.

„Heute war das Schwein da, der Typ aus Lasses Schweinegruppe von der Sitzung, über den unser Computer so einiges zu erzählen hat. Er gab sofort zu, dass er mit Medikamentengeschäften zu tun hatte. Er hat auch Lasse des Öfteren Pillen besorgt, die auf dem legalen Markt nicht zu bekommen sind, so ziemlich harte Aufputschmittel. Aber mit dem Mord habe er nichts zu tun, sagt er."

Heinz wartete, wie Esther reagieren würde.

Die schüttelte den Kopf und meinte: „Mir scheint das ein kleiner harmloser Dealer zu sein, was meinst du?"

„Das hängt davon ab, ob Lasse an den Pillen von diesem Schwein gestorben ist oder nicht. Wer weiß schon, ob das Zeug sauber war, wo heute jeder Kioskbesitzer im Hinterhof Pillen bastelt."

Bevor sich Esther und Heinz weiter über die eventuellen Zusammenhänge der Informationen aus der Rechtsmedizin und dem Schweinedealer austauschen konnten, klopfte es an der Tür.

Nach einem kurzen „Ja, bitte" trat ein den beiden Kommissaren bisher unbekannter Mann ein.

„Klaus Voppe, Sie wollten mich sprechen", sagte der Mann und setzte sich ungefragt auf einen der beiden Barhocker.

Über so viel Forschheit leicht amüsiert ging Esther lächelnd auf den Mann zu, um sich neben ihn auf den anderen Barhocker zu setzen.

´Das ist also der Mann mit der angeblichen, scheinbaren oder tatsächlichen Knöchelverletzung`, ging es Esther durch den Kopf. Dann fragte sie ihn unumwunden: „Stimmt es, dass Viktor Lasse Sie erpresst hat?"

„Meinen Sie die Sache mit meinem Bänderriss?"
„Genau. Was war da los?"
„Das war ein Missverständnis. Ich habe mich wirklich verletzt und Viktor hat mich mit jemandem verwechselt, den er für mich gehalten hat. Ich habe versucht, ihm das zu erklären, aber er redete nur so wirres Zeug von Versicherungsbetrug und so."
„Also konnte er Sie gar nicht erpressen?", fragte Esther beharrlich nach.
„Nein. Ich habe ein Gutachten von meinem Orthopäden. In dieser Sitzungsperiode kann ich echt nicht mitspielen. Was meinen Sie, wie weh das tut, und da meine ich nicht den Knöchel."
„Könnten Sie uns das Gutachten zukommen lassen?", mischte Heinz sich in das Gespräch ein.
„Kein Problem. War´s das?"
Heinz machte die Bürotür auf und erwiderte freundlich.
„Ich denke schon. Sie können gehen."
Klaus Voppe verabschiedete sich und sagte grinsend beim Rausgehen: „Tut mir leid! Da müssen Sie sich einen anderen Mörder suchen!"
Als der Stunker hinkend das Büro verlassen hatte, nahm Esther den Edding und ging zum Flipchart.
„Den können wir streichen", sagte sie und malte ein dickes rotes Kreuz über den Kreis mit dem Wort „Erpressung". Dafür setzte sie ein ebenso kräftiges rotes Ausrufezeichen hinter „Kai Kehrmann".
Heinz versuchte diesen deutlichen Hinweis darauf, dass Kehrmann für Esther zum engen Favoritenkreis auf den Mörder gehörte, soweit es ging, zu ignorieren und wechselte das Thema.
„Ich habe noch eine wichtige Nachricht für dich."
Esther blickte zu Heinz. „Sag schon, was es gibt!"
„Also, wir können diesen Jan, du weißt schon, der, dem Viktor die Texte geklaut hatte, von unserer Verdächtigenliste streichen und ..."
Esther unterbrach Heinz. „Wieso können wir den streichen?"
„Weil er ein Alibi hat."
„Was für ein Alibi?"
„Der war an dem Abend, als Viktor ermordet worden ist, gar nicht im E-Werk. Seine Frau hat nämlich in dieser Nacht ihr Baby bekommen, und er war die ganze Zeit bei ihr."
„Da engt sich unser Kreis der Verdächtigen aber stark ein."
Esther nahm erneut den Edding und strich nun auch den „Witzeklau" durch.

„Wenn das so weitergeht ...", überlegte sie laut, „... bleibt bald kaum noch ein Verdächtiger übrig. Hoffentlich kann Willi uns weiterhelfen."

„Apropos Willi", griff Heinz das Telefonat mit Willis Mitarbeiter auf, „wenn der hier höchstpersönlich vorbeikommen möchte, dann bedeutet das sicher, dass es Probleme gibt."

„Den Eindruck habe ich auch. Die Obduktion war vermutlich komplizierter als erwartet", stimmte Esther Heinz zu. „Oder ...", überlegte Esther, „... Wilhelm August von Heisenberg hat den Fall geknackt und möchte von uns hören, dass er ein ganz toller Kerl und Wissenschaftler ist."

„Oder ...", plötzlich ging die Tür auf und Willi stand im Eingang. Es war eindeutig, dass er die letzten Ausführungen von Esther mitgehört hatte. „Oder euer alter Rechtsmediziner hat einfach ganz außergewöhnliche Untersuchungsergebnisse und möchte die gerne mit euch persönlich diskutieren."

Perplex sah Esther Willi an. Mit einem so plötzlichen Erscheinen hatte sie nicht gerechnet.

Schnell fasste sie sich und forderte den Rechtsmediziner ungeduldig auf: „Jetzt bin ich aber neugierig. Sag schon, was du gefunden hast!"

„Bekomme ich denn auch einen Kaffee von euch? Damit erklärt sich's leichter", stellte Willi seine Gegenfrage mit einem breiten Grinsen auf seinem Gesicht.

Nachdem sich alle drei um die Schreibtische herum gesetzt hatten, wollte Heinz zuerst wissen: „Haben die Medikamente, die wir bei Viktor Lasse zu Hause gefunden haben, etwas mit seinem Tod zu tun?"

Willi schüttelte seinen Kopf. „Nein, das kann ich ausschließen."

Heinz und Esther schauten sich an. So viele Hinweise hatten auf eine Art Selbstvergiftung durch Medikamente hingedeutet.

„Also war es definitiv Mord!"

Esther wirkte bei diesem Gedanken erleichtert.

„Ich denke ja, und ich habe den Staatsanwalt informiert. Ihr ermittelt jetzt offiziell in einer Mordsache."

„Woran ist er denn gestorben?", fragte sie nach.

„Dieser Fall ...", Willi kratzte sich am Kopf und drehte sich dabei auf dem Schreibtischstuhl immer eine halbe Drehung nach rechts und dann wieder nach links, „... macht mir ganz schön zu schaffen."

„Nun mach` es nicht so spannend!", forderte Esther ihn ungeduldig auf.

„Also", begann Willi mit betont langsamer Wortwahl, „also, die Substanzen, die wir im Blut des Toten gefunden haben, erinnern mich an bestimmte Gifte, die in der modernen Schmerzforschung eingesetzt werden. Natürlich nicht als Gifte, sondern als Medikamente. Diese Gifte, entschuldigt, diese Medikamente werden intravenös verabreicht und wirken neurologisch."

„Stop!", unterbrach Heinz den Vortrag. Dabei strich er sich die Haare aus dem Gesicht, schob seine Sonnenbrille zurecht, so dass er wieder freie Sicht hatte, und holte tief Luft.

„Moment mal und ganz langsam zum Mitschreiben: Sprechen wir jetzt gerade nicht doch von Medikamenten? Du hast aber gesagt, dass sein Tod nichts mit Medikamenten zu tun hat. Und überhaupt: Gifte, Medikamente ... das verstehe ich nicht."

Willi rollte mit seinem Stuhl quer durch das Büro, um direkt gegenüber von Heinz stehen zu bleiben. Er schaute ihn väterlich, fast ein wenig mitleidig an, legte ihm die Hand auf die Schulter und beruhigte ihn: „Aber gerne. Was verstehst du nicht?"

Heinz holte tief Luft, froh darüber, die volle Aufmerksamkeit Willis auf sich gerichtet zu sehen.

„Wann redet ihr von Giften und wann von Medikamenten?"

„Das ist alles eine Frage der Menge", erklärte Willi. In hohen Dosen wirken Gifte tödlich, können aber unter Umständen in kleinen Mengen medizinisch wirksam sein."

„Aber dann wären fast alle Lebensmittel Gifte. Denn bei allen Dingen ist es nur eine Frage der Menge. Zu viel Knäckebrot kann sicher auch tödlich sein. Dann stirbt man an innerer Verstaubung."

Esther konnte sich ein Lachen nicht verkneifen. „Da sprechen immer alle von Verstopfung oder Durchfall, aber das wahre Problem ist die innere Verstaubung."

„Nun mal im Ernst", versuchte Heinz seine Frage wieder aufzunehmen, „was hat es mit dem Gift auf sich?"

„Ich erkläre es dir anders", setzte Willi noch einmal an. „Das Gift wird nur dann zum Medikament, wenn es von den Pharmakologen entsprechend behandelt, verdünnt oder mit anderen Substanzen ergänzt worden ist."

Willi sah Heinz fragend an, ob ihm diese Antwort genüge. Heinz nickte, zwar zögerlich, aber er nickte.

Also fuhr Willi in seinem Vortrag fort.

„Ich werde versuchen, es dir in unserem konkreten Fall zu erläutern. Wenn sich jemand verletzt hat, dann leiten die Nervenzellen die Information, dass es eine Verletzung gibt, an das Gehirn weiter. Erst dann empfindet der Mensch den Schmerz: Aua, da tut was weh! Wenn nun die Nervenzellen die Infos, dass es wehtut, nicht mehr an das Hirn weiterleiten, kann das Schmerzempfinden verhindert werden. Und genau um diese Schmerzweiterleitung geht es. Die Wissenschaftler, die sich mit der Schmerzforschung beschäftigen, versuchen, die Informationsstrecke, dass es weh tut, zu behindern. Dazu benutzen sie Gifte, die den Informationsfluss der Nervenbahnen stören."

Willi versicherte sich, dass Heinz mitkam.

„Soweit verstanden?"

„Ja, ja", gab der zur Antwort.

„Die große Kunst besteht nun darin, genau die richtigen Mengen zu finden." Willi hob seinen rechten Zeigefinger, um seine Aussage gestisch zu unterstützen. „Denn wenn die Mediziner zu viel der Gifte einsetzen, dann reagieren nicht nur die Nerven, die die Schmerzinformationen transportieren, langsamer, sondern dann kommt es zu einem Gesamtausfall der Nervenaktivitäten, einem Kollaps der Nervenautobahnen, um nicht zu sagen: zu Lähmungen."

„Und schließlich stirbt unser Patient an einer tödlichen Atemlähmung, richtig?", brachte nun Esther auch ihr medizinisches Wissen ein.

Willi blickte zufrieden zu Esther und sagte nur langgedehnt: „Richtig!"

„Okay, ich denke, ich habe verstanden, was du meinst. Ich glaube, dass ich lieber Schmerzen hätte, als dass ich Versuchskaninchen für die Dosierungsproblematik von Nervengiften wäre", meinte Heinz.

„Das kannst du nur sagen, weil du noch nie richtige Schmerzen hattest. Dann würdest du anders reden."

Willi war ein bisschen genervt von so viel medizinischem Unwissen.

Esther mischte sich in das Gespräch ein: „Liebe Kollegen, lasst uns bitte bei unserem Fall bleiben."

Sie blickte beide gleichermaßen vorwurfsvoll an. Sowohl Willi als auch Heinz verstanden sofort. Der Blick hatte gewirkt.

„Du hast also solch ein Nervengift in Viktors Leiche gefunden, richtig?", nahm Esther den Faden des Falls wieder auf.

Der Rechtsmediziner nickte.

„Es ist ein sehr seltenes Gift. Aber es ist uns gelungen, es trotzdem zu bestimmen: Das Gift stammt von der Kegelschnecke."

Zurückgelehnt und sich in den weißen Haaren kraulend wartete Willi die Reaktionen der Kommissare ab.

„Und?" Esther war ungeduldig und wollte die Quintessenz hören.

Das war nicht die Reaktion, die Willi erwartet hatte. Er hatte auf ein wenig Anerkennung gehofft: ´Gut hast du das gemacht` oder so etwas

Ähnliches. Willi wusste aber auch, dass die Kommissare nicht nachvollziehen konnten, was er da geleistet hatte und wie ungewöhnlich dieses Gift war. Er versuchte, es ihnen zu erklären.

„Diese Kegelschnecken sondern das Gift ab, um ihre Beute zu betäuben. Aber es gibt nicht nur eine Kegelschnecke, sondern zirka achthundert Arten. Und jede Art verfügt alleine über jeweils fünfhundert bis siebenhundert verschiedene Gifte. Das bedeutet, dass es zigtausend verschiedene Gifte gibt."

Jetzt bekam er die Anerkennung, die er erhofft hatte.

„Wow", ließ Heinz seinem Staunen über diese Zahlen freien Lauf. „Von dieser Kegelschnecke habe ich nie etwas gehört. Das ist ja unglaublich!"

Esther war ebenso irritiert wie überrascht.

„Aber wie konntet ihr das Gift überhaupt bestimmen?"

„In der Tat, das war eine Herausforderung!"

Genüsslich und mit der ihm eigenen wissenschaftlichen Eitelkeit erläuterte er stolz die Untersuchungen und Ergebnisse der letzten Tage.

„Ihr wisst ja noch nicht alles. Jede einzelne Schnecke mischt sich aus ihren eigenen fünfhundert bis siebenhundert Giftstoffen ihr persönliches möglichst wirksames Gift selbst zusammen. Wir Wissenschaftler", bei diesem Wort rieb er sich zufrieden mit der Hand seinen Bauch, „nennen diese giftigen Mixturen der Kegelschnecken Conotoxine. Tja, die Mischung macht's!"

Esther und Heinz sagten nichts mehr. Sie waren baff. Was war das für eine unglaubliche Geschichte und für ein unglaubliches Tier? Nicht zu fassen!

Willi ließ seine Erklärungen ein wenig im stillen Raum wirken, bevor er fortfuhr: „Da es so viele verschiedene Gifte gibt, ist es sehr schwierig, die herauszufinden, die tödlich sind. Es sind ja nicht alle Gifte tödlich. Da gibt es die verrücktesten Giftcocktails, zum Beispiel das so genannte King-Kong-Conotoxin. Das tötet nicht, verändert aber das Verhalten der Tiere. Es gibt Versuche, in denen dieses spezielle Gift einem kleinen Hummer verabreicht wurde, der sich vollkommen größenwahnsinnig wie ein großer Hummer aufgespielt hat, seine eigene Größe überhaupt nicht mehr wahrgenommen hat. In anderen Versuchen wurden Gifte der Kegelschnecken an Mäusen getestet, die so lange im Kreis herumliefen, bis sie tot umfielen."

„Das hat unser Viktor aber nicht getan", stellte Heinz süffisant fest.

Willi und Esther mussten trotz des makabren Vergleichs herzhaft lachen. Heinz nutzte die Pause, um drei frische Kaffees zu brühen, und stellte jedem eine Tasse mit dem lecker duftenden Getränk auf den Tisch. Alle drei tranken genüsslich einen kräftigen Schluck.

„Was hat denn Viktor nun für ein Gift bekommen?", fragte Heinz.

„Die Analysen, die wir im Labor durchgeführt haben, euch hier aufzuzählen, würde nur verwirren. Also, das Fazit: Bei unserem Mordopfer konnten wir ein ganz spezielles Gift nachweisen. Es handelt sich um das Alpha-Conotoxin VC1.1., das von einer Kegelschnecke mit dem Namen Conus victoriae produziert wird."

Esther kniff ein Auge zusammen, runzelte die Nase und dachte nach. „Wenn du schon den Namen des Giftes kennst, dann kannst du sicher auch sagen, wie es wirkt. Wenn wir die Wirkmechanismen kennen, können wir uns ein Bild davon machen, wann und wie es in den Körper von Viktor Lasse gekommen sein muss."

Anerkennend nickte Willi Esther zu. Ihren Scharfsinn mochte er seit der ersten Begegnung zwischen ihnen beiden.

„Wie ihr feststellen konntet, hatte dieses Gift den Exitus des Opfers als Folge, um nicht zu sagen: Dieses Gift wirkt tödlich. Ich schätze, dass zwei bis drei Gramm davon ausreichen, um einen Mann vom Gewicht Viktor Lasses zu töten. Aber das kann ich euch zum jetzigen Zeitpunkt nicht genau sagen. Interessant ist, dass wir keine äußeren Spuren, wie zum Beispiel Einstechpunkte, beim Opfer gefunden haben. Bleibt die Frage, wie das Gift in den Körper kam. Was soll ich sagen: Das Gift ist wasserlöslich und konnte unserem Mann in irgendeiner Flüssigkeit verabreicht werden."

„Wie schnell ist es denn wirksam?", fragte Heinz, der inzwischen vollkommen fasziniert von den Erkenntnissen und Ausführungen des Wissenschaftlers war.

„Das hängt davon ab", überlegte Willi.

„Bei entsprechend hoher Dosis wird der Tod augenblicklich eintreten. Aber wenn die Dosierung genau austariert ist, kann es zu einer Verzögerung kommen."

„Was heißt das präzise? Wie viel Zeit kann zwischen der Einnahme des Gifts und dem Tod verstreichen?", wollte Esther wissen.

Willi rieb seine Handinnenflächen aneinander und schüttelte seinen Kopf langsam hin und her. „Auch das, meine Liebe, kann ich nicht genau sagen. Es hängt stark von der Dosierung ab. Ich denke, dass wir da von zirka einer Stunde reden. Dann müsste die maximale Wirkung eingesetzt haben."

„Und was ist die maximale Wirkung?"

„Nun, zunächst führt das Gift zu Sprachstörungen, dann zu unkontrollierten Zuckungen und schließlich zum Exitus durch Atemlähmung."

„Viktors Freunde erzählten, dass er so gelallt hätte und dass ihm sein Glas aus der Hand gefallen sei. Sie schoben das auf den Alkohol", erinnerte sich Esther.

Heinz war beeindruckt und nickte zustimmend.

„Das passt zusammen!"

„Wirklich eine Super-Arbeit!", lobte Esther den Rechtsmediziner.

Willi sonnte sich im Lob. Aber nur kurze Zeit. Dann drehte er bedächtig seinen Kopf von einer zur anderen Seite und sagte langsam: „Es ist mir nicht klar, wie der oder die Mörderin an das Gift herangekommen sein soll."

„Aber das bekommst du sicher raus, oder?", fragte Esther mit einem schmeichelnden Ton.

„Ich arbeite dran. Allerdings gibt es da noch etwas ...", begann Willi zögerlich. „Ihr wisst doch von den beiden Leichen aus Mülheim und Stammheim, bei denen eine Vergiftung festgestellt wurde, die aber bisher nicht spezifiziert werden konnte. Ich habe da so ein komisches Gefühl. Ein merkwürdiges Kribbeln in meiner Nase sagt mir, dass es einen Zusammenhang mit Viktor Lasse gibt."

Esther und Heinz schauten verwirrt zu dem Rechtsmediziner.

„Ach, ruf' die Kollegen von der Drogenfahndung mal rüber. Die sitzen doch nur zwei Zimmer weiter, oder?", wandte sich Willi an Heinz.

Kurze Zeit später saßen Silvia, Werner und Hubert im Büro der Mordkommission.

Willi Heisenberg schaute in die vergrößerte Runde und erklärte: „Normalerweise hätte ich mir die beiden Leichen gar nicht angesehen. Die sind eher zufällig auf meinem Tisch gelandet. Und da ist irgendetwas Komisches, das spüre ich genau. Jedenfalls lege ich heute eine Nachtschicht ein. Mit dem Staatsanwalt habe ich schon geredet. Die beiden Toten gehören ab sofort offiziell zu dem Fall *Viktor Lasse* und ihr", dabei sah er die Drogenfahnder an, „braucht nicht weiter nach einem Zusammenhang zwischen den beiden Drogenopfern und dem Umlauf von irgendwelchem unreinem Zeug zu suchen. Da muss einfach mehr dahinterstecken als billiges, verschnittenes Ecstasy oder sonstige synthetische Drogen."

Es war deutlich zu sehen, wie die Gedanken in Willis Kopf hin und her geschoben, gedreht und gewendet wurden. Esther stand auf, stellte sich hinter den Stuhl, auf dem Willi saß, und legte ihre beiden Hände auf seine Schultern. Liebevoll, so wie man es unter guten Freunden tut, massierte sie mit leichtem Druck Willis Schultermuskeln. Dabei wanderte ihr Blick durch das Fenster auf die verschneite Hinterhoflandschaft. Sie war zufrieden. Der Mordfall Viktor Lasse hatte sich zu einem interessanten, außergewöhnlichen und komplizierten Fall entwickelt. Das war am Anfang nicht zu erwarten gewesen. Aber genau solche Mordfälle liebte sie.

„Du gibst uns Bescheid, wenn du eine Idee hast, wie unser Mörder an das Gift gekommen ist und was die drei Toten miteinander zu tun haben, ja?" bat sie den Rechtsmediziner, ohne ihre Massage zu unterbrechen.

Willi, der sich mit geschlossenen Augen genüsslich von seiner alten Freundin massieren ließ und dabei die Gedanken im Kopf langsam wieder geordnet bekam, nickte nur lautlos.

Die Kollegen von der Drogenfahndung verließen ohne große Worte mit einem freundlichen Winken den Raum. Für sie gab es im Moment an diesem Fall nichts zu tun. Esther, Heinz und Willi saßen noch eine kleine Weile still beisammen und schwiegen.

Nachdem Willi gegangen war, zogen sich die beiden Kommissare ihre Jacken an und begaben sich auf einen ihrer speziellen Denk-Spaziergänge, die sie von Zeit zu Zeit unternahmen – erstens, um an die frische Luft zu kommen und das schöne Schanzenviertel zu genießen, und zweitens, um anstehende Fälle und Ermittlungen mit einem gewissen Abstand zum Arbeitsumfeld diskutieren zu können. Mittlerweile war es draußen dunkel, was im Winter um diese Zeit kein Wunder war. Die beiden gingen die Schanzenstraße einmal in die eine Richtung und dann wieder zurück. Es war viel Verkehr auf der Straße. Sowohl Autos als auch Menschen bevölkerten das Industrieviertel. Esther und Heinz schlenderten entlang den großen Backsteingebäuden, die mit ihren herrschaftlichen Türen und Fenstern, mit den dekorativen Rundbögen, Pilastern, Blendarkaden, Zierbändern oder Medaillons noch immer den Glanz der vergangenen Größe der Carlswerke verkündeten. Dazwischen sah man immer wieder hässliche neue Bauten oder die riesigen Kabeltrommeln und Seilrollen und dann wieder verträumte Hinterhöfe und

Büros mit moderner Einrichtung. Hier ließ es sich gut spazieren und nachdenken. Die Gedanken der Kommissare kreisten um die Verdächtigen, im Speziellen um den Requisiteur.

„Dieser Gregor ist irgendwie komisch. Auf der einen Seite scheint er ein ganz lieber, treuer Typ zu sein, andererseits ist seine Hemmschwelle zum Ausrasten nicht gerade sehr hoch“, begann Esther das Gespräch.

„Meinst du wegen des Faustschlags gegen Lasse?“

„Du, ich habe den einmal auf der Bühne beobachtet, wie der einen anderen übelst angerempelt hat. Ich dachte, der schlägt gleich zu.“

Heinz blieb kurz stehen und schaute Esther an. „Aber gerade diese Persönlichkeitsstruktur spricht gegen einen Giftmord. Der schlägt sein Gegenüber, spontan und unüberlegt. Das ist kein Giftmörder“, war sich Heinz sicher. „Außerdem war er nach den Angaben der anderen die ganze Zeit hinter der Bühne. Das konnte zwar keiner hundertprozentig beschwören, aber sie sind sich alle ziemlich sicher“, ergänzte Heinz seine These, dass der Requisiteur als Täter höchstwahrscheinlich nicht in Frage kam.

Esther erinnerte sich an das Gespräch mit der Schneiderin, die sie nach einigen vergeblichen Versuchen irgendwann zwischendurch endlich erreicht hatte.

„Gregors Freundin hat die Beziehung zwischen sich, ihrem Freund und Viktor als deutlich entspannter beschrieben als noch vor einigen Wochen. Auch das spricht gegen Gregor als Täter.“

„Und die Schneiderin selbst?“

„Die war in Berlin, wie Gregor gesagt hatte. Das steht zweifelsfrei fest.“

Esther spürte, wie Heinz neben ihr immer unruhiger wurde. Irgendetwas beschäftigte ihn. Gleich würde er es sagen, da war Esther sich sicher. Und sie hatte Recht.

„Ich habe noch mal über den Dienstagabend nachgedacht“, fing Heinz an, „und ich habe versucht, wirklich jede Minute zu rekonstruieren. Ich bin sicher, dass Kehrmann keine Möglichkeit hatte, Viktor Lasse umzubringen.“

„Wieso bist du so sicher?“

„Weil wir die ganze Zeit zusammen waren.“

„Die ganze Zeit?“

„Ja, denn ...“ stotterte Heinz, „... denn wir sind uns an diesem Abend sehr nahegekommen.“

„Wie nah?“

„Sehr nah.“

Esther blieb im Schnee stehen und drehte sich zu Heinz. Sie sah ihm in die Augen.

„Wie kannst du dir so sicher sein? Ist der denn nicht mal alleine aufs Klo gegangen oder so?”

Esther fiel die Frage nicht leicht, aber sie war Profi, und hier ging es nicht um Gefühlsduselei, sondern um einen Mord. Sie konnte das Heinz nicht ersparen.

„Also, die Sache ist ganz einfach! Kehrmann kann es nicht gewesen sein”, antwortete Heinz entschieden.

Esther ärgerte sich über diesen Satz. ´Ganz einfach!` Heinz spielte die Sache runter und das nur, weil der Verdächtige sein Freund war. Das gefiel Esther ganz und gar nicht. Sie waren Kommissare, beide! Sie hielt ihre Gefühle immer zurück, wenn es um den Job ging, auch wenn es ihr manchmal schwerfiel. Und da kam ihr Kollege und verharmloste triftige Verdachtsmomente als ´ganz einfach`.

Heinz sah die Verärgerung in Esthers Gesicht.

„Entschuldige, wenn ich mich unglücklich ausgedrückt habe. Aber Kai kann den Mord nicht verübt haben, weil ich wirklich die ganze Zeit mit ihm zusammen war!”

„Du gibst deinem Freund ein Alibi?”

Esther war überrascht, um nicht zu sagen: fassungslos.

„Du weißt, was dein Alibi wert ist?”

„Ich weiß!”, gab Heinz zurück. „Aber es ist die Wahrheit.”

Die Stimmung zwischen den beiden Kommissaren war angespannt. Esther schwieg. Eine lange Zeit. Sie drehte gedanklich den Fall von links nach rechts, von vorne nach hinten. Sie wägte alle Argumente für die Unschuld oder Schuld von Kehrmann ab.

Heinz wartete voller Spannung auf ihre Reaktion. Würde sie ihn von diesem Fall abziehen oder ihn gar beurlauben? Oder würde sie ihm glauben? All das ging ihm durch den Kopf.

„Es fällt mir nicht leicht, das muss ich ehrlichkeitshalber sagen, aber ich glaube, dass du die Wahrheit sagst, und zwar nicht nur deine gefühlte, persönliche Wahrheit, sondern die tatsächliche, wenn es die überhaupt gibt.”

Heinz war erleichtert und ließ entspannt seine Schultern sacken. Von einem tiefen Seufzer begleitet schob er seine Brille zurecht und fuhr sich mit beiden Händen durch die Haare. Spontan umarmte er Esther. Der war die stürmische Umarmung eher unangenehm. Ihre Entscheidung, ihm zu vertrauen, war kein Freundschaftsbeweis, sondern eine sachliche Abwägung gewesen. Esther schob Heinz mit den Worten „Schon gut!" sachte beiseite. Ohne weitere Worte zu wechseln, gingen sie zurück ins Büro.

Dort angekommen nahm Esther, noch bevor sie ihre Jacke ausgezogen hatte, einen Edding zur Hand und strich demonstrativ den Namen „Kehrmann" auf dem Flipchart durch.

„Zu dumm, dass wir jetzt keinen Verdächtigen mehr haben", gab sie zu bedenken.

Bevor sich die Kommissare über die Konsequenzen des eben stattgefundenen Gesprächs beraten konnten, läutete das Telefon.

Der Anruf kam von Wilhelm August von Heisenberg. Esther stellte den Lautsprecher des Telefons ein, so dass Heinz mithören konnte.

„Ich konnte nicht warten, ich musste euch direkt informieren – ihr werdet es nicht glauben – mein Instinkt! – ich sag es ja immer wieder..."

Esther unterbrach Willi schroff: „Hör mir bitte mit ´glauben` auf. Davon hatte ich heute genug. Was hast du herausgefunden?"

„Also mein Instinkt war mal wieder goldrichtig."

„Wenn du jetzt nicht in Sekundenschnelle zum Punkt kommst, lege ich auf", drohte Esther ungeduldig.

„Ist ja gut. Also, was soll ich sagen", Willi holte hörbar tief Luft, „die beiden angeblichen Drogentoten sind an demselben Gift gestorben wie unser Viktor Lasse."

„Das kann nicht wahr sein!", schrie Heinz aufgeregt in den Lautsprecher. „Das war doch ein sehr außergewöhnliches und seltenes und sehr spezielles Gift. Wie ist das möglich?"

Esther griff sich aufgeregt in ihre Haare. Das, was sie da gerade gehört hatten, konnte kein Zufall sein.

Willi spürte die Fassungslosigkeit der beiden Kommissare, und so sprach er aus, was die beiden beschäftigte: „Wenn ihr mich fragt, ist das kein Zufall!"

„Was heißt das?", fragte Heinz jetzt wieder ein bisschen leiser nach.

„Für mich sieht das Ganze wie eine Versuchsreihe aus."

„Versuchsreihe?"

„Ja, da hat jemand mit diesem Gift herumexperimentiert."

„Du meinst, es gibt jemanden, der Leute ermordet, um Experimente mit Giften zu veranstalten?"

„Oder derjenige hat die Wirkung des Gifts optimieren wollen", gab Willi zu Bedenken.

„Inwiefern?"

„Erinnert ihr euch an das, was ich über das Verhältnis von Menge und Wirkungsdauer erzählte. Es ist ziemlich kompliziert, genau die richtige Menge des Gifts für einen speziellen Zeitraum zu finden, in dem ein Mensch an dem Gift stirbt, also für die Dauer von der Einnahme des Gifts bis zum Exitus. Vielleicht wollte unser Mörder genau das herausbekommen."

Jetzt schaltete Esther sich ins Gespräch ein.

„Das heißt, dass der Mörder die ersten Opfer nur als Testpersonen missbraucht hat, um dann bei Viktor Lasse die bestmögliche Wirkung erzielen zu können?"

„Das könnte eine Erklärung sein", stimmte Willi Esther zu.

„Ich fasse es nicht!"

Heinz war entsetzt.

Esther war bereits einen Schritt weiter.

„Das bedeutet, dass unser Mörder ein eiskalter, berechnender Typ sein muss, der sich mit Giften und deren Wirkungen gut auskennt und gerne damit experimentiert."

Nach einer kurzen Pause fuhr sie fort: „Nur schade, dass wir keinen Verdächtigen mehr haben und keiner der Leute im Umfeld von Viktor Lasse so ein Persönlichkeitsprofil aufweist."

Sie sah Heinz fragend an. „Oder fällt dir jemand ein?"

Heinz schüttelte den Kopf.

„Ich melde mich morgen noch einmal bei euch", klang Willis Stimme aus dem Lautsprecher. Und schon hatte er aufgelegt.

Esther und Heinz saßen ziemlich ratlos in ihrem Büro. Irgendwer musste ihr Giftmischer sein. Sie mussten etwas übersehen haben.

„Ich habe mich von den Stunkern und ihrer Showwelt blenden und einlullen lassen", mutmaßte Esther. „Die Sitzung, die Nummern, die Atmosphäre, all das hat mich abgelenkt."

Sie trommelte mit ihren Fingern auf den Tisch.

„Ich werde heute Abend noch einmal zur Stunksitzung gehen und mir alle Mitglieder des Ensembles ganz genau anschauen", sagte sie bestimmt und wiederholte: „Alle!"

Als Esther das E-Werk betrat, spielten sie gerade die Persiflage auf die WDR-Produktion „Hart aber Fair", die im wirklichen Fernsehen Frank

Plasberg moderierte. Die Art und Weise, wie sich dieser gespielte Plasberg auf der Bühne produzierte, mit Zahlen im wahrsten Sinne des Wortes um sich warf und dabei ständig seine Gäste maßregelte, die entweder Pro- oder Kontra-Baströckchen-Träger und Negerkoppkultur-Anhänger waren, war sehr treffend und komisch. Das Publikum honorierte die Nummer mit einem Riesenapplaus. Unwillkürlich musste Esther mitklatschen, die sich jedes Mal auf`s Neue für diese spezielle Hart-aber-Fair-Produktion begeistern konnte.

Hinter der Bühne angekommen, traf Esther auf Daniela.

„Haben Sie schon eine Spur?“, wollte die Schauspielerin wissen.

„Noch keine konkrete“, gab Esther ehrlich zu. „Im Moment ist jeder verdächtig. Ist Ihnen noch etwas eingefallen? Hat Viktor Sie oder jemanden anderen vielleicht belästigt oder bedroht?“

Daniela schüttelte den Kopf und war schnell in der Garderobe verschwunden. Esther fragte sich, ob ihre Frage einen wunden Punkt getroffen hatte. Doch bevor sie weitere Fragen stellen konnte, musste sie warten, bis die laufende Nummer beendet war. Da gab es auf der Bühne eine Jungfrau aus dem Dreigestirn, die sich vom Prinzen und vom Bauern nicht verstanden fühlte, einen Prinzen, der den schönsten Tag in seinem Leben nicht missen wollte, eine Mutter, die sich Sorgen um ihr Mariechen machte, dem so viele Männer ans Föttchen fassten, einen Bauern, der Superbauer werden wollte, und einen rolligen Funken, der ein neues Zuhause suchte. Im ständigen Szenenwechsel gewannen die Zuschauer weitreichende und tiefgründige Einblicke in die Seelenleben der unterschiedlichen Protagonisten im Kölner Karneval und amüsierten sich dabei kräftig.

Nach Beendigung dieses szenischen Karnevals-Theaters kam Daniela wieder hinter die Bühne. Esther sprach sie ohne Umschweife an.

„Wieso finden Sie das so abwegig, dass Viktor eine von den Stunkerinnen belastigt haben könnte?“

„Weil wir ihm gezeigt hätten, dass wir kein Interesse an ihm haben.“

„Und wenn er das nicht akzeptiert hätte?“

„Der hätte! Da können Sie sicher sein“. Mit diesen Worten drehte Daniela sich um und betrat für die nächste Nummer die Bühne.

Im selben Moment trat aus der „Kabine 1“ Sebastian. Der hatte ihr jetzt gerade noch gefehlt.

„Na, ist der Mörder schon überführt?“ fragte er provozierend.

„Nein“, musste Esther wieder zugeben.

„Wenn Sie mir ein paar Einzelheiten zur Todesursache mitteilen, kann ich Ihnen bei Ihren Ermittlungen behilflich sein“, ließ der Stunker nicht locker.

Esther wurde das Gefühl nicht los, dass dieser Sebastian mehr wusste, als er zugab.

„Wir drehen das Ganze um: Sagen Sie mir, was Sie wissen, dann erzähle ich Ihnen, was ich weiß“, schlug sie ihm vor.

Darauf hatte Sebastian offensichtlich keine Lust, denn er drehte sich, ohne ein weiteres Wort zu sagen, um und verschwand auf der Treppe, die in die Katakomben führte.

Esther kam einfach nicht weiter. Irgendwo musste hier ein Giftmischer sein. Sie fühlte sich mittlerweile selbst von tausend Augen beobachtet. Natürlich ging den Stunkern ihre Anwesenheit langsam auf die Nerven, ihr ständiges Fragen und Verdächtigen. Die wollten wieder ihre Ruhe hinter der Bühne haben. Das war schließlich ihre Welt, und die war nicht für Eindringlinge gedacht, und erst recht nicht für solche von der Polizei, die hier herumschnüffelten. Esther spürte die wachsende Ablehnung deutlich. Aber so war ihr Geschäft. Selten wurde ihre Anwesenheit geschätzt, das wusste sie.

Ein leichtes Klopfen auf ihre Schulter zog sie aus ihrem Gedankensumpf heraus. Und natürlich wusste sie sofort, wer da wieder hinter ihr stand.

Tobias sagte kein Wort, sondern zog sie in einen der kleinen, an die Bühne angrenzenden Räume und schloss die Tür. Er zog sie an sich und nahm sie in den Arm. Esther vergaß alle ihre Vorsätze und Prinzipien und ließ sich fallen. Diese Zuneigung kam gerade zum richtigen Zeitpunkt. Woher hatte dieser Mensch nur diesen Instinkt, um genau zur richtigen Zeit am richtigen Ort zu sein?

Sie sahen sich in die Augen und küssten sich. Es war ein leidenschaftlicher, inniger Kuss. Esthers ganze, lange aufgestaute Zurückhaltung löste sich explosionsartig in einem gigantischen Gefühlsfeuerwerk. Ihr ganzer Körper wurde von dem Kuss ergriffen. Tobias hielt sie fest im Arm und war von der Situation, der Nähe, dem Kuss sehr erregt.

Aber noch während des Kusses wurde Esther schlagartig bewusst, dass sie da etwas tat, was sie auf keinen Fall tun durfte. Sie erwachte aus der Trance und wusste, dass sie diesen Kuss beenden und sofort den Raum und das E-Werk verlassen musste. Sie schloss ihre Lippen, drehte ihren Kopf zur Seite, wandte sich aus der Umarmung und ging, ohne ein Wort zu sagen, aus dem kleinen Raum. Bevor Tobias merkte, was Esther machte, hatte sie den angrenzenden Nebensaal Richtung Ausgang verlassen. Vor dem E-Werk sprang sie in eines der Taxis und ließ sich nach Hause bringen. In ihrem jetzigen Gemütszustand konnte sie unmöglich selber Autofahren.

Auf der Treppe vor ihrer Wohnung saß Erika mit einer Flasche Prosecco in der Hand. Esther hatte die Verabredung mit ihrer Schwester total vergessen.

„Es tut mir leid, dass ich dich habe warten lassen", sagte Esther, die immer noch etwas benommen war. „Kommst du trotzdem mit rein?"

„Na klar", antwortete Erika knapp und nahm Esther in den Arm. Dann betraten sie die Wohnung und setzten sich an den alten Holztisch in der Küche, der mit seinen vielen Kerben und Schrammen von seiner langen Existenz zeugte. Esther goss beiden ein Glas Prosecco ein, und sie stießen an.

„Ich muss mich bei dir entschuldigen", sagte Esther mit bedauernder Stimme. „Dass ich am Dienstag, als wir im Elferrat saßen, einfach abgehauen bin, ohne euch etwas zu sagen, war nicht gelungen von mir."

„Ja, das kann man sagen!", stimmte Erika zu und forderte sie auf: „Aber erzähl mir bitte mal, was los war!"

Nachdem Esther einen kurzen Abriss über den Mord und die ersten Ermittlungen gegeben hatte, fragte Erika: „Und ihr habt keine heiße Spur?"

„Na hör mal, der Mord ist gerade drei Tage her."

„Und was hat dieser Rigger mit der ganzen Sache zu tun?", wollte Erika wissen.

Esther war erstaunt. Sie war sich gar nicht darüber bewusst, dass sie den Rigger erwähnt hatte. Dieser Mann schaffte es immer wieder, sie zu verwirren, selbst wenn er nicht anwesend war.

„Der Rigger ist nur einer von den vielen Leuten aus dem Stunkumfeld", wollte Esther die Sache herunterspielen.

Aber da hatte sie nicht mit dem Einfühlungsvermögen ihrer Schwester gerechnet: „Das glaube ich dir nicht. Es ist die Art und Weise, wie du von ihm gesprochen hast. Da muss mehr dahinter stecken."

Erika bohrte ihren Blick in Esthers Inneres.

Esther kapitulierte. Sie wusste, dass es keinen Sinn hatte, ihrer Schwester etwas vorzumachen.

„Du hast ja Recht. Der Rigger ist ein interessanter und faszinierender Mann. Ich habe mich ein paar Mal nett mit ihm unterhalten. Aber was ich von ihm halten soll, weiß ich, ehrlich gesagt, nicht. Ich weiß nur, dass er mich verwirrt."

„Verwirrt?" Und wieder dieser bohrende Blick von Erika.

Esther senkte ihre Augen und versuchte sich klarzumachen, was dieses „verwirrt" eigentlich bedeutete. Sie seufzte tief. Dann sagte sie leise: „Ich denke viel an ihn und würde ihn gerne öfter sehen und ihm ganz nahe sein."

„Du bist verliebt", sagte Erika mit Mitgefühl, als ob es sich um eine Krankheit handelte.

„Nenn´ es, wie du willst. Aber eines ist sicher: Da läuft nichts zwischen uns, und da wird nichts laufen, zumindest solange nicht, bis dieser verfluchte Fall gelöst ist." Esther schlug mit der flachen Hand auf den Tisch. Dann nahm sie ihr Glas und prostete Erika zu. „Auf uns!"

Erika seufzte leise und sagte: „Weißt du eigentlich, dass ich neidisch auf dich bin, auf deine Freiheit, auf deinen Beruf und auf dein Verliebtsein?"

Ohne darauf etwas zu sagen, legte Esther ihren Arm um ihre Schwester. Das hatte sie nicht erwartet. Erika war in ihren Augen immer die perfekte Frau.

Als sich die beiden Schwestern ein wenig später innig verabschiedet hatten und Esther alleine zurückblieb, kam ihr unwillkürlich der Kuss wieder in den Sinn. Sie vertrieb die Erinnerung an seinen Geschmack mit einer Flasche Barolo und musste, da war sie sich sicher, dieses Erlebnis so schnell wie möglich abhaken. Die weiteren Ermittlungen durften in keinster Weise davon beeinflusst werden.

# 14

Freitag, 7. Januar.

Einmal mehr erschwerte der ungewöhnlich hartnäckige Wintereinbruch die Fortbewegungsmöglichkeiten. Als Esther an diesem Morgen in die Schanzenstraße einbog, passierte das, was nur einmal pro Tag passierte: Der Felten & Guilleaume-Zug, der in Esther die Erinnerung an den „Letzten Mohikaner" wachrief, überquerte die Straße, natürlich ganz langsam und unendlich lang. Während sie vor der Schranke stand, fiel ihr Blick auf den Biergarten neben dem E-Werk. Den hatte sie vorher nie wahrgenommen. Schöne nostalgische Laternen, schmiedeeiserne Zäune und ein Torbogen mit einem geschwungenen Schriftzug „Biergarten" umrahmten einen kleinen Platz. Das war im Sommer sicher ein lauschiges Plätzchen, dachte sie. Jetzt, in dieser Schneematschlandschaft wirkte er allerdings eher trist und trostlos. Nach einer gefühlten Ewigkeit hatte der Zug die Straße überquert, und Esther kam schließlich in ihrem Büro an.

Willi August von Heisenberg war schon da. Wie angekündigt hatte er die ganze Nacht gearbeitet und sah entsprechend müde aus. Dieser Fall ließ dem alten Rechtsmediziner keine Ruhe. Schon lange hatte er keine so aufregenden Untersuchungen mehr durchgeführt. Das verwendete Gift hatte in ihm sowohl seine Forscherneugierde als auch seine Rechtsmediziner-Ehre geweckt.

So saßen Esther, Heinz und Willi morgens um neun Uhr, jeder mit einem Kaffee in der Hand, im schönsten Polizeibüro von Köln. Die Kommissare lauschten gespannt den Ausführungen des Altmeisters der Forensik.

„Also", begann der Rechtsmediziner, „nach unserem jetzigen Wissensstand gibt es mindestens drei Leichen, die alle mit diesem speziellen Giftstoff ermordet worden sind. Wir müssen uns also fragen, wie kommt man an dieses Gift?"

Esther nahm den Faden auf.

„Wenn wir das wissen, wird sich der Täterkreis deutlich einengen."

Willi drehte sich auf seinem Stuhl mehrmals um die eigene Achse, was ihm augenscheinlich Spaß bereitete. Dann lehnte er sich gemütlich zurück, um nun seine weiteren Untersuchungsergebnisse vorzutragen.

„Bevor wir uns der Frage nach der Beschaffung des Gifts widmen, möchte ich euch meine neuesten Erkenntnisse zur Dosierung mitteilen. Dazu habe ich mich mit einem Kollegen in Australien in Verbindung gesetzt. Dort in den warmen Gewässern leben die meisten Kegelschnecken, was nicht ganz ungefährlich für so manchen Muschelsammler ist. So ein Stich der Kegelschnecke kann tödlich sein. Nun ja, auf jeden Fall ist die Forschung zu den Alpha-Conotoxinen in Australien auf dem neuesten Stand. Die Wissenschaftler versuchen den komplexen Prozess, der im Körper der Schnecke abläuft, nachzuahmen. Das ist gar nicht so einfach. Denn die Schnecke kann das Gift exakt so modifizieren, dass es im Körper des Opfers genau da wirksam wird, wo es soll."

Willi vergewisserte sich, dass ihm die ungeteilte Aufmerksamkeit der beiden Kommissare zuteilwurde. Denn jetzt wurde es richtig spannend.

„Nach den Ergebnissen der Obduktionen und nach Rücksprache mit dem Kollegen aus Australien konnten wir die Giftmengen in den drei Körpern rekonstruieren. Die erste Leiche bekam zirka fünf Gramm von diesem Alpha-Conotoxin, die zweite um die vier Gramm und Viktor Lasse schließlich ziemlich genau zwei Komma fünf Gramm. Das Gift war immer in Wasser aufgelöst worden. Bei der ersten Leiche wurde es mit einer Spritze injiziert, bei der zweiten und dritten ist es in einer Flüssigkeit verabreicht worden. Nach unserer eingehenden Analyse kommen mein Kollege und ich zu dem Schluss, dass das erste Opfer ziemlich schnell starb, das zweite nach zirka zwanzig Minuten und das dritte nach einer dreiviertel Stunde."

Willi machte eine seiner berüchtigten Kunstpausen.

„So, jetzt seid ihr dran!", beendete er abrupt seine Ausführungen.

„Damit haben wir eine Tatzeit", sagte Heinz erleichtert.

Esther war längst aufgestanden und schritt im Wechsel von links nach rechts und umgekehrt durch das Zimmer. Endlich wurden Fakten auf den Tisch gelegt. Sie spürte, dass es eine nur noch Frage der Zeit war, den Mörder oder die Mörderin zu finden.

Sie führte die Überlegungen von Willi und Heinz weiter.

„Ich denke, dass Viktor das Gift mit einem Kölsch zu sich genommen hat. Der Täter oder die Täterin muss es unbemerkt hineingetan haben und konnte dann unauffällig verschwinden. Die Wirkung trat ja erst deutlich später ein. Da war unser Mörder oder unsere Mörderin über alle Berge."

Esther holte tief Luft, um das Ausmaß des Verbrechens auf den Punkt zu bringen. „Damit die Zeitspanne zwischen dem Verabreichen des Gifts und dem Eintreten der tödlichen Wirkungen so genau kalkuliert werden konnte, mussten vermutlich zwei unschuldige Menschen sterben. Was für ein teuflischer Plan!" Eine gewisse Anerkennung war in Esthers Worten nicht zu überhören.

„Die Symptome der ersten beiden Leichen ließen den Schluss zu, dass es sich um gewöhnliche Drogentote handelte", sagte Willi fast entschuldigend. „Die hatten so viele Einstiche in den Armen, wie Löcher in einem Sieb sind. Da lag es nahe, dass sie an irgendwelchen dreckigen Drogen gestorben waren. Hätten wir bei Viktor Lasse nicht das Gift gefunden, wären die anderen Fälle sang- und klanglos als Junkies unter die Erde gekommen."

Heinz schüttelte sich bei dem Gedanken an die Kaltschnäuzigkeit des Mörders. „Dann stellt sich die Frage, nach welchen Kriterien sich der Mörder seine zwei Testpersonen", dabei zog Heinz das Wort Testpersonen kopfschüttelnd in die Länge, „ausgesucht hat."

Willi vermutete: „Beide waren abhängig und leicht dazu zu bringen, Drogen von einem Fremden anzunehmen."

Esther unterbrach für einen Moment ihren Rundlauf und blieb mitten im Raum stehen. Nachdenklich sagte sie: „Bleibt die Frage, wie der Mörder an das Gift herangekommen ist?"

„Ja, das ist ein Problem", antwortete Willi mit einer für ihn ungewohnten Unsicherheit. „Nur, wer einen Nachweis hat, dass er sich wissenschaftlich mit den Giften beschäftigt, etwa in der Toxologie oder Pharmakologie, kann solche Chemikalien kaufen. Ein Chemiker braucht beispielsweise mindestens einen Bachelor-Abschluss und eine Bescheinigung von einem Institutsleiter oder Professor."

„Kann man die nötigen Zutaten vielleicht im Internet kaufen?", fragte Heinz nach. „Da gibt es doch fast alles."

„Möglich ist es", gab Willi zu. „Vielleicht gibt es sogar eine Anleitung zum ´Nachkochen`, dem synthetischen, künstlichen Herstellen von chemischen Substanzen."

Willi drehte seinen Kopf leicht von einer Seite zur anderen und rieb sich die Hände. Diese Frage hatte ihn ebenfalls beschäftigt und ließ ihm keine Ruhe.

„Aber auch das Nachkochen ist ein komplizierter Vorgang. Eins ist sicher: Der Täter muss Kenntnisse in Chemie haben!"

Esther fühlte sich von jetzt auf gleich wie versteinert. Ihr war etwas in den Sinn gekommen, das sie emotional ausknockte. Sie konnte kaum sprechen. Der Gedanke bereitete ihr großes Unbehagen. Ihre Beine waren bleischwer, und die Arme hingen wie nasse Säcke schlaff nach unten. Sie hatte Mühe, ihren Kopf gerade zu halten. In ihrem Gehirn fuhren die Befürchtungen gerade auf einer Geisterbahn.

Was hatte Tobias ihr erzählt, als sie ihn das erste Mal traf? Sie kramte in ihrem Gedächtnis. Plötzlich war es Wort für Wort wieder da. „Ich bin begeisterter Bergsteiger und Elektrotechniker. Früher habe ich mal ein paar Semester Chemie studiert, aber das war nichts für mich. Viel zu theoretisch!" Genau das waren seine Worte.

´Nein, das durfte nicht wahr sein!`, schoss es ihr durch den Kopf.

Willi und Heinz war nicht entgangen, dass mit Esther etwas nicht stimmte.

Als sich nach dem ersten Schock die Körperstarre langsam löste, sank sie leichenblass auf ihren Stuhl. Sie schüttelte andauernd ihren Kopf und murmelte immer nur „nein, nein, nein ..."

Die beiden Männer sprangen auf und bemühten sich um Esther, von der sie dachten, sie habe einen Schwächeanfall. Aber Esther schüttelte sie ab, stand leicht wankend auf und ging zum Fenster.

Willi und Heinz warteten darauf, dass Esther etwas sagte. Aber sie schwieg. Im Kommissariat 11 war es totenstill. Esther konnte unmöglich erklären, was ihr gerade durch den Kopf ging. Ihr Verdacht war so bewegend für sie selbst, dass sie ihn keinesfalls in Worte fassen konnte. Sie stand einfach da und schwieg.

Die Männer bekamen keine Erklärung. Schließlich wurde es Willi zu dumm. Er nahm geräuschvoll seinen Pelzmantel vom Haken und zog ihn an. Beim Verlassen des Raumes griff er gedankenverloren in die Innentasche seines Mantels und zog ein Foto heraus.

„Das hätte ich beinahe vergessen." Er blieb stehen, drehte sich um und zeigte den Kommissaren das Bild. „Hier könnt ihr euch eine Kegelschnecke anschauen. Die sieht wirklich sehr schön aus, oder? Wer würde denken, dass sie so eine grausame Giftmischerin sein kann."

Esthers Blick blieb auf dem Foto kleben. Wieder ratterte es in ihrem Hirn. Sie kannte diese Schnecke, zumindest eine nahe Verwandte von ihr. Sie ging zu ihrem Schreibtisch und zog die Kette heraus, die Tobias ihr geschenkt und die sie dort deponiert hatte. Irgendetwas hatte sie daran immer gestört. Sie hatte bis jetzt bloß nicht gewusst, was es eigentlich war. Jetzt wurde es ihr klar. Dieser angebliche Glücksbringer war das Haus einer Kegelschnecke und nicht als Geschenk von Tobias gedacht, sondern als Hinweis auf den Mord, ein Hinweis vom Mörder für die Kommissarin.

In Esther tobte das Gefühlschaos. Alle Hinweise und Indizien deuteten auf Tobias. Er hatte Kenntnisse in Chemie, er kannte die Kegelschnecke, war an dem Abend, als der Mord passierte, im E-Werk und hatte die Gelegenheit, Viktor zu vergiften.

Leise flüsterte Esther: „Ich weiß, wer der Mörder ist."

Willi und Heinz drehten sich wie elektrisiert um.

Nach den folgenden Erläuterungen von Esther war den beiden anderen klar, dass alles auf den Rigger hindeutete. Sie waren sich nur nicht sicher, wie sie es ihm nachweisen könnten, und sie hatten keinerlei Idee, warum diese Morde passiert waren.

Willi verließ die Kommissare mit dem guten Gefühl, einen entscheidenden Beitrag zur Aufklärung des Falls geleistet zu haben. Den Rest mussten die beiden selbst erledigen.

Als Erstes rief Esther, nachdem sie alleine waren, den Staatsanwalt an, berichtete kurz und kündigte die Aufklärung des Falls Viktor Lasse für den darauffolgenden Tag an. Anschließend wählte sie die Nummer des Produktionsleiters der Stunksitzung. Mit ihm verabredete sie, dass er den Rigger bitten solle, an diesem Abend ins E-Werk zu kommen, um die Aufhängung der Wippe zu überprüfen. Der Produktionsleiter verstand zwar nicht den Sinn, versprach Esther aber erstens, sich darum zu kümmern, und zweitens, keinem davon zu erzählen. Währenddessen ging Heinz zu den Kollegen vom Rauschgiftdezernat und berichtete von den neusten Entwicklungen.

Bis zum Beginn der Sitzung, auf der sie den Rigger überführen wollte, war genug Zeit, so dass Esther beschloss, trotz Frost und permanentem

Schneefall ein paar Runden im Wald laufen zu gehen. Das sollte helfen, ihre Gedanken zu sortieren. Ihr war immer noch nicht klar, warum der Rigger das getan haben sollte. Wo lag das Motiv? Sie hasste es, wenn sie kurz vor dem Ziel an einem entscheidenden Detail hängen blieb und nicht vorankam. Ohne Motiv würde es schwerfallen, dem Mörder die Tat nachzuweisen. Aber Esther hatte eine Idee, wie sie hinter das Geheimnis des Riggers kommen könnte. Sie musste ihm eine Falle stellen. Sie würde ihn dazu bringen, einen Fehler zu machen, den entscheidenden Fehler. Wenn sie ihre Erfahrung und ihre Menschenkenntnis nicht im Stich ließen, dann hatte sie den Schlüssel gefunden, wie sie ihn überführen könnte, wie sie ihn in seiner Selbstsicherheit knacken würde, wie sie ihn dazu bringen würde, sich zu verraten. Dessen war sich Esther sicher.

Als sie sich auf den Weg zum E-Werk machte, hatte es aufgehört zu schneien, der dunkle Himmel war klar und die ersten Sterne lugten hervor. Sie hob ihren Kopf und ließ ihre Gedanken für einen Augenblick ins Universum gleiten.

Der Opernbus war angekommen und die feingekleideten Leute stiegen aus, um im Palladium zu entschwinden. Auf der anderen Straßenseite hasteten zwei verkleidete Jecken leicht verspätet zur Stunksitzung. Esther holte tief Luft und atmete die frische kalte Winterabendluft ein. Dann betrat sie das E-Werk.

Die Sitzung hatte bereits angefangen, die Konzentration der Leute war auf die Bühne und die Show gerichtet. Genauso hatte Esther sich das gedacht. Sie konnte still und unerkannt den ihr mittlerweile vertrauten Weg in die hintere Halle gehen, von wo aus sie direkten Zugang zum Hinterbühnen-Bereich hatte.

Esther setzte sich auf den Sessel, auf dem bei einer Nummer eine Schauspielerin alias Angela Merkel Platz nahm, um sich von einem Schuldnerberater, wie er üblicherweise nachmittags über die Bildschirme der Privatprogramme flimmerte, beraten zu lassen. Der Sessel stand günstig. Von hier aus konnte Esther auf die Bühne schauen und gleichzeitig das Treiben hinter der Bühne beobachten.

Auf der Bühne sangen zwei Stunker eine mitreißende Opernarie über die Folgen von zu viel Alkohol im Karneval. Mit „Kölsch im Kopp" und „Schabau noch bovvendrop" spielten die beiden zwei sichtlich gezeichnete Fastelovendsjecken.

Diese Klassiknummer führte immer zu einer gewissen Anspannung und Konzentration im Ensemble, wie Esther während ihrer vielen Besuche des Öfteren gespürt hatte. Da bewegten sich die Musiker und Sänger im für sie eher ungewohnten Terrain der klassischen Musik. Einer der Musiker stand mit dem Rücken zum Publikum, dirigierte Gesang und Musik und gab die Zeichen zu den Einsätzen und den Rhythmus vor.

Esther sah Tobias, wie er an einer Art Feuerleiter ins Gebälk aufstieg. Die Kommissarin beschlich ein merkwürdiges Gefühl. Nach allem, was sie bisher wusste, musste dieser Rigger ein Mörder sein. Trotzdem übte er immer noch eine gewisse Faszination auf sie aus. Es war seine Art, seine Ausstrahlung und dieser ungewöhnliche, spannende Job, den er ausübte. Esther musste höllisch aufpassen, dass sie nicht wieder seinem Charme erlag. Der Verdacht ereilte sie, dass der Rigger sie die ganze Zeit an der Nase herumgeführt hatte. Heute würde sie mit ihm spielen, schwor sie sich.

Während Sänger und Sängerin auf der Bühne ihre Arie schmetterten, was das Zeug hielt, war Tobias mit seiner Arbeit fertig und kam lächelnd und charmant auf Esther zu.

Sie lächelte ebenso zurück. Ein kurzer Schauer lief über ihren Rücken, aber dann hatte sie sich im Griff und ihr Ziel, den Rigger zu überführen, klar vor Augen.

Ihr Plan war einfach. Esther war überzeugt, dass der Mann, der ihr da gegenüberstand, Anerkennung für seine Taten wollte, für seine raffinierten Morde und für den extraordinären, ausgeklügelten Giftcocktail. Esther wusste, dass er extrem eitel und von sich überzeugt war, dass er sicher war, er habe die perfekten Morde begangen. Esther wusste, dass sie ihn provozieren musste.

„Schön, dass ich Sie sehe", begann Esther mit einem bezaubernden Lächeln. „Ich bin heute privat hier", fügte sie augenzwinkernd hinzu. Fast beiläufig sagte sie: „Wir haben die Akte ´Viktor Lasse` heute zugeschlagen."

Esther wartete einen Moment auf die Reaktion des Riggers. Ein kurzes verunsichertes Mundzucken huschte über sein Gesicht. Aber nur für den Bruchteil einer Sekunde. Dann fragte er gewohnt selbstbewusst und strahlend zurück: „Haben Sie denn den Mörder oder die Mörderin gefunden beziehungsweise überführt?"

Er war sich so verdammt sicher, dass die Polizei diesen Fall niemals lösen könnte und gerade dabei war, sich maßlos zu blamieren.

Tobias stand breitbeinig in seinem schwarzen Overall vor Esther, die Hände in den Hosentaschen. Sein durchtrainierter Körper war bis in die letzte Faser gespannt. Das war Esther nicht entgangen. Trotzdem war sie für einen kurzen Augenblick erneut von diesem schönen Mann mit dem feingeschnittenen Gesicht fasziniert. Aber nur für einen kurzen Augenblick! Dann setzte sie den nächsten Stich: „Nein, ich muss Sie enttäuschen. Es gibt keinen Mörder! Das steht fest."

In diesem Moment fiel auf der Bühne plötzlich der betrunkene Opernsänger kerzengerade nach hinten um. Der Dirigent war derart perplex und erschrocken über diesen offensichtlich nicht eingeplanten und eingeübten Sturz, dass er einen Moment innehielt. Als er aber sah, dass der Schauspieler nicht versehentlich, sondern als Höhepunkt seiner Darstellung des betrunkenen Sängers gefallen und unverletzt war, konnte der Dirigent vor Lachen nicht mehr an sich halten und ließ seinen Oberkörper vorneüber auf die Bühne fallen.

Esther musste unwillkürlich an ihr Gegenüber denken, was sie gerade im Begriff war, zu Fall zu bringen. Darüber konnte sie allerdings nicht lachen. Wie hieß es so treffend: Hochmut kommt vor dem Fall. Die Kommissarin wartete auf eine Reaktion des Riggers.

Aber der sagte nichts. Er war sprachlos über diesen Unsinn, den die Polizei da verzapfte.

Also setzte Esther einen drauf und erläuterte das Ermittlungsergebnis: „Viktor Lasse hat eindeutig eine Überdosis Tabletten genommen – ob absichtlich oder unabsichtlich wird vielleicht nie geklärt werden."

„Tabletten?", fragte Tobias kopfschüttelnd. Natürlich wusste er es besser.

„Unsere Rechtsmedizin ist sicher – es handelt sich um Schmerztabletten", antwortete Esther ungerührt.

Der Opernsänger auf der Bühne hatte sich wieder aufgerappelt und sang weiter von „Bekloppten" und „Bestussten", die „üvverall krakeelen".

Auch Tobias schien sich aufzurappeln.

Esther konnte beobachten, wie ein Ruck durch seinen Körper ging. Er sortierte mit beiden Händen seine dunklen Haare und wiegte sein breites Kreuz hin und her.

So, als ob er über die Aussage der Kommissarin ernsthaft nachdachte, sagte er: „So banal soll das Ganze gewesen sein? Das kann ich einfach nicht glauben."

Esther zuckte nur die Schultern, um zum Ausdruck zu bringen, dass sie schließlich nichts dafür könne, dass der Fall so banal sei.

„Warum sollte Viktor Lasse auf der Sitzung die Überdosis genommen haben und wann?"

Tobias ließ nicht locker. Er wollte die Schlussfolgerung, dass es sich um eine Überdosis handelte, die vom Opfer selbst zu verantworten gewesen sei, nicht im Raum stehen lassen. Er spürte in sich den tiefen Drang, der Kommissarin zu erklären, dass alles viel komplizierter war.

Aber Esther reagierte nicht auf seine Fragen und schaute stattdessen von hinten auf die Bühne, wo gerade die Opernnummer mit der Ankündigung der beiden Sänger, „immer wieder jedes Jahr dobei" zu sein, zu Ende ging und mit tosendem Applaus verabschiedet wurde.

Tobias bekam keinen Applaus für seinen raffinierten Mord.

Esther konnte seine Enttäuschung spüren. Sie hatte ihn richtig eingeschätzt. Der Rigger war entsetzt, dass man die Besonderheit seines Mordes nicht zu würdigen wusste. Natürlich wollte er nicht überführt werden, aber einfach von Selbstmord oder Überdosis von gewöhnlichen Schlaftabletten zu reden, war für ihn frustrierend.

Ein Ass hatte Esther noch im Ärmel. Jetzt war der richtige Zeitpunkt, es zu spielen: „Nun, wo der Fall geklärt ist, können wir uns endlich duzen. Ich bin Esther."

Tobias sah sie sprachlos und total verwirrt an. Damit hatte er nicht gerechnet. Esther legte nach: „Vielleicht können wir mal gemeinsam ausgehen?" Sie näherte sich dem Rigger eindeutig und berührte mit ihren Schultern seine Brust.

Die Souveränität des Riggers war von einem zum anderen Augenblick futsch. Er zog seinen Körper erschrocken zusammen, um der Berührung Esthers zu entgehen. Es war nichts mehr von seiner galanten, charmanten Art zu merken. Dabei war er derjenige gewesen, der mit ihr geflirtet, sich an sie herangemacht und sie geküsst hatte. Esther wurde schmerzlich bewusst, dass das sympathische Verhalten des Riggers nur Taktik und Kalkül gewesen war. Sie hatte es geahnt, nun aber war sie sich sicher. Und es tat ihr weh.

Umso mehr Freude bereitete ihr der nächste Schachzug. Sie beugte sich ein wenig vor, so dass ihr die Kette, die ihr der Rigger geschenkt hatte, aus der Hosentasche fiel. Ungelenk und absichtlich tollpatschig kam sie ins Wanken und trat mit ihrem Fuß darauf. Die Kette zerbrach in tausend kleine Schneckenhausteile.

„Oh, das tut mir leid. Jetzt ist die schöne Muschelkette, die du mir geschenkt hast, kaputt gegangen."

Das war endgültig zu viel für den Rigger.

„Das war keine Muschel, sondern eine Schnecke, eine ganz bestimmte – seid ihr denn alle so blöd?"

„Hattest du mir denn nicht erzählt, dass es eine Muschelkette sei?", fragte Esther so harmlos es eben ging.

Wütend brach es aus Tobias heraus: „Es war das Haus einer Kegelschnecke, und das Gift der Kegelschnecke ist eines der exotischsten und komplexesten Gifte der Welt. Ich wusste, dass eure Quacksalber aus der Rechtsmedizin das nicht kennen, aber dass ihr so weit danebenliegt – es ist nicht zu glauben!"

Esther lehnte sich gemütlich zurück. Sie hatte längst das kleine Tonbandgerät in ihrer Manteltasche angeschaltet und ließ nun den Rigger reden, wobei es eigentlich kein Reden war, sondern ein wütendes Beschimpfen der Unfähigkeit und Dummheit der Polizei. Wie man so dumm sein könne, von einer Tablettenvergiftung auszugehen, und ob die Polizei denn nicht die beiden anderen Leichen gefunden hätte? Plötzlich verstummte der Rigger. Der selbstbewusste, gutaussehende Mann war in sich zusammengebrochen. Ohne jeden Widerstand ließ er sich von Esther unterhaken und zum Ausgang führen. Dort wartete Heinz mit einigen in Zivil gekleideten Beamten. Unauffällig nahmen sie Tobias in Empfang und führten ihn ab.

Die Kommissarin ging zurück hinter die Bühne und ließ Raum und Atmosphäre auf sich wirken. Es war ein ruhiger Moment. Manche Schauspieler schauten ihren Kollegen auf der Bühne zu, andere hielten ein kleines Schwätzchen. Die entspannte Stimmung der Stunker spiegelte die Entspannung im Fall Viktor Lasse wider. Der Mörder war gefunden und überführt. Auch wenn Esther keine Idee hatte, warum Tobias diese Morde begangen hatte, war sie zufrieden. Im Laufe des Abends hatte sich ihre Sicht auf den Rigger derart verändert, dass sie am Ende nicht mehr begriff, warum sie ihn einmal so interessant und anziehend gefunden hatte. Sie war froh, dass sich ihre Gefühle so schnell abgekühlt hatten. Sie würde ihn am folgenden Tag verhören und dann mehr über seine Motive erfahren. Aber sie würde mit Sicherheit keine weichen Knie mehr bekommen, wenn er ihr gegenübertreten würde.

Als Esther das E-Werk verließ, war auch die Oper zu Ende. Die schick gekleideten Besucher verließen das Palladium und strömten auf die Schanzenstraße. Kurze Zeit später kamen die Stunker dazu. Die waren den Opernbesuchern zahlenmäßig eindeutig überlegen. Das Bild auf der Straße war wunderbar bunt und vielseitig. Esther blieb einen Moment stehen und genoss das Gewusel um sie herum. Ein Jeck mit Pappnase stritt sich gerade mit einem Anzug- und Krawattenträger um ein Taxi. Esther sah diesem realen Schauspiel zu und amüsierte sich großartig. Sie stand noch eine ganze Weile da und fühlte sich einfach nur gut.

# 15

Samstag, 8. Januar.

Trotz Wochenende hatten sich die Kommissare Esther Schneider und Heinz Balkenhohl im Polizeipräsidium in Köln-Kalk eingefunden. Der Fall vom Mord auf der Stunksitzung musste zu Ende gebracht werden. Dazu mussten sie ihr Provisorium in der Schanzenstraße verlassen und ins Hauptgebäude wechseln. Der Rigger war noch in der Nacht in U-Haft genommen worden. Um 10 Uhr würde er zum Verhör gebracht.

Esther und Heinz saßen in dem kühlen, sachlichen Zimmer, in dem nur ein Tisch und drei Stühle standen. Das Fenster war vergittert, und auf dem Flur standen bewaffnete Beamte. Das waren die üblichen Vorkehrungen beim Verhör eines Mordverdächtigen.

„Dieser Fall war am Anfang so furchtbar spröde und langweilig“, besann sich Esther. „Und nun? Jetzt haben wir einen der spannendsten Fälle der letzten Jahre.“

Esther spürte eine tiefe Genugtuung in sich aufsteigen.

„Dann warten wir mal auf unseren Herrn Klein“, sagte Heinz, während er sich die Unterlagen, die vor ihm lagen, genau ansah.

Esther zuckte kurz bei dem Namen ´Herrn Klein` zusammen. Für sie war es immer nur ´der Rigger` gewesen oder einfach ´Tobias`.

„Gut“, erwiderte sie kurz und knotete ihre Haare zu einem merkwürdigen Haarknäuel zusammen.

Ihr Blick schweifte im Zimmer umher, ohne sich an einem bestimmten Ding festzuhalten. Gedanklich war sie beim Verhör.

„Lass‘ uns zusammenfassen, was wir haben“, hörte sie Heinz sagen.

„Gut! Tobias Klein ist der Mörder. Er hatte die Kenntnisse über dieses exotische Gift, vermutlich die Möglichkeit, daranzukommen, er hatte die Gelegenheit und vor allem hat er es gestern Abend selber zugegeben“, stellte Esther die Fakten zusammen.

„Vergiss nicht, dass er vermutlich nicht nur für einen Mord, sondern für zwei weitere verantwortlich ist!“, erinnerte Heinz.

„Warum hat er das alles getan?"

Esthers Frage blieb im Raum stehen wie eine Nebelschwade, die sich partout nicht auflösen will.

Nach einigen Minuten des Schweigens stand Heinz auf, ging hinter seine Kollegin und legte ihr seine Hände auf die Schultern, wobei er sie mit leichtem Druck massierte. Dabei sagte er zuversichtlich: „Ich bin sicher, dass wir das heute erfahren."

Punkt 10 Uhr klopfte es an die Tür des Verhörraums. Ein Polizist in Uniform trat ein und brachte Tobias Klein herein.

Der Verdächtige trug Handschellen. Trotz des offensichtlichen Schlafmangels sah er gut aus. Auf einen kurzen Wink von Esther entfernte der Beamte die Handschellen und verließ das Zimmer, um vor der Tür Stellung zu beziehen. Es knisterte in diesem zweckmäßig schlicht eingerichteten Raum. Die Situation war anders als bei gewöhnlichen Verhören. Die besondere Beziehung, die zwischen der Kommissarin und dem Mörder bestand, wirkte nach, auch wenn Esther keine Zuneigung mehr für ihr Gegenüber empfand. Es war eine Mischung aus Verwunderung, wie sie sich so täuschen konnte, und Enttäuschung darüber, dass dieser Typ mit ihren Gefühlen gespielt hatte.

Heinz hatte die Situation von einer Ecke des Raumes aus beobachtet und die Spannung gespürt. Mit aufrechten Schultern, erhobenem Kopf und zurechtgerückter Sonnenbrille trat er zu dem Tisch, an dem der Rigger bereits saß.

Esther tigerte unschlüssig auf der anderen Seite des Tisches hin und her. Heinz nahm seine Kollegin behutsam am Arm, schob sie ein wenig zur Seite und setzte sich dem Rigger gegenüber auf den Stuhl.

Heinz stützte seine Ellenbogen auf den Tisch und legte sein Kinn in die zusammengefalteten Hände. Der Rigger dagegen ließ seine Schultern leicht hängen und hatte seine Hände schlapp auf seinen Beinen liegen.

Esther holte ein paar Mal tief Luft und setzte sich dann seitlich auf den dritten, noch freien Stuhl am Kopfende des Tisches. Sie hatte ihre Ruhe wiedergefunden und fühlte sich für das kommende Verhör gewappnet. So saßen die drei da, jeder mit einer anderen Körpersprache, und schwiegen.

Esther und Heinz hatten sich in stillem Einvernehmen darüber verständigt, dass Heinz die erste Frage stellen würde. Sie hingegen würde diesen ersten Wortwechsel genau beobachten.

„Möchten Sie uns etwas erzählen?", begann Heinz die Befragung in seiner unnachahmlichen Art. Als Außenstehender hätte man denken können, dies sei eine psychologische Therapiestunde. Aber Esther kannte Heinz` Befragungsstil, der immer mit einfühlenden Worten begann und die Kooperation des Befragten zum Ziel hatte.

Tobias hob seinen Kopf und blickte Heinz an. Für einen Moment verstand Heinz, wie sich seine Kollegin gefühlt hatte, als dieser Rigger mit ihr geflirtet hatte. Die beiden Männer schauten sich eine Weile an.

Dann fragte Tobias leise: „Was wollen Sie wissen?"

Mit dieser Offenheit und Bereitschaft, Auskunft zu geben, hatte Heinz nicht gerechnet. Blitzschnell spielte er verschiedene Varianten von Fragen durch. Die Frage nach dem Motiv stellte er nach hinten. Stattdessen fragte er nach dem Gift.

„Erklären Sie mir, wie Sie auf dieses exotische Gift gekommen sind!", forderte Heinz den Rigger auf. Ein gewisser Respekt vor der Raffinesse des Mörders und Giftmischers war nicht zu überhören. Und das war gut. Tobias ließ sich auf das Thema ein, dass sich zunächst zu einer Art Expertengespräch über chemische Substanzen und Wirkungen von Giften entwickelte. Der Rigger zeigte seine Sachkenntnis und erzählte den Kommissaren von dem verrückten Leben der unglaublichen Kegelschnecken. Heinz wiederum brachte das, was er von Willi, dem Rechtsmediziner, erfahren hatte, in das Gespräch mit ein. Die beiden Männer übertrumpften sich fast mit ihren Bewunderungsbekundungen für die enorme Kreativität dieser Weichtiere.

Esther beobachtete das Hin und Her des merkwürdigen Wortgefechts, bis es ihr zu viel wurde. So kamen sie nicht weiter. Sie hatte genug von Kegelschnecken und Giftmischungen gehört. Jetzt war es an der Zeit, mehr über das Warum zu erfahren. Sie stand auf, ging einmal um den Tisch herum, nicht ohne beide mit einem ernsten Blick anzuschauen, der deutlich ihre Missbilligung zum Ausdruck brachte, und setzte sich wieder hin. Heinz und Tobias verstummten.

„Meinen Sie nicht, dass drei Tote ein zu hoher Preis für Ihr toxikologisches Experiment sind?", fragte sie mit einem deutlich zynischen Unterton in ihrer Stimme.

„Toxikologisches Experiment?"

Tobias war entsetzt über die Formulierung. „Du glaubst doch nicht allen Ernstes, dass ich darlegen wollte, wie Alpha-Conotoxin VC1.1. wirkt?"

Er sah Esther ungläubig, fast verzweifelt an.

„Nein? Wollten Sie nicht?"
„Ihr versteht aber auch gar nichts!", erwiderte Tobias genervt und entsetzt in einem.
Esther zuckte nur mit den Schultern. Sie wusste, dass sie mit dieser übertriebenen Gleichgültigkeit ihr Gegenüber zur Weißglut brachte. Dann drehte sie sich zur Seite und wandte ihr Gesicht Heinz und ihren Rücken dem Rigger zu. Lässig schlug sie die Beine übereinander, so als ob sie das Interesse an dem Fall verloren hätte.

Die Reaktion ließ nicht lange auf sich warten.
„Du hast ja keine Ahnung!", schrie Tobias in den Raum. In seiner Stimme lag Verzweiflung. Von seiner Überheblichkeit war nichts mehr zu spüren. Da saß ein verzweifelter Mann, in dem viele Gefühle orkanartig ihr Unwesen trieben. Der sonst so selbstverliebte Rigger zeigte eine gebrochene Persönlichkeit.
Die Kommissare wussten genau, dass jetzt der Augenblick gekommen war, die ganze Geschichte der Morde zu erfahren.
„Viktor Lasse ist ein Schwein! Er hat den Tod verdient!"
„Kannten Sie ihn so gut, dass Sie das behaupten können?", hakte Heinz nach.
Tobias war aufgewühlt und nervös. Er biss sich auf seine Fingernägel und raufte sich die Haare.
„Ich kenne diesen Viktor sehr, sehr lange."

Damit hatten Esther und Heinz nicht gerechnet. Sie schauten sich überrascht an.
Ein kurzer Ausdruck von Triumph huschte über das Gesicht des Riggers. Da hatte er die Kommissare gerade in ihrer Ahnungslosigkeit getroffen.
„Könnt ihr euch eigentlich vorstellen, wie es ist, wenn man von mehreren Jungen gedemütigt wird und sich nicht wehren kann?"
Die Worte des Riggers standen bedrückend und gefahrvoll im Raum. Plötzlich war etwas Bedrohliches in das Verhör eingedrungen, von dem Heinz und Esther nicht wussten, was es war. Aber sie spürten die negative Energie in diesen Worten.
Tobias wischte sich die Haare aus der Stirn. Die Erinnerung stieg in ihm hoch. Sein ganzer Körper verkrampfte sich, und Esther und Heinz konnten den tiefen Schmerz, den der Rigger in diesem Moment in seiner Erinnerung durchlebte, förmlich spüren. Es war nicht der Zeitpunkt, um weitere Fragen zu stellen. Die beiden Kommissare mussten warten,

bis der Rigger von alleine fortfuhr. Es dauerte eine Weile, bis er sich gefasst hatte. Esther und Heinz wechselten erschrockene Blicke miteinander. Sie ahnten, dass die Frage nach dem Motiv für den Mord an Viktor Lasse eine unschöne, hässliche Geschichte zu Tage bringen würde.

Tobias schüttelte sich, so als ob er seine Erinnerungen und Schmerzen abschütteln wollte. Dann hob er seinen Kopf und räusperte sich. Einen kurzen Moment hatte er seine ganz spezielle, einmalig faszinierende Ausstrahlung wiedergefunden, von der Esther nun ahnte, dass sie eine perfekt inszenierte, über lange Zeit eingeübte Fassade war, hinter der sich ein zutiefst verletzter Mensch versteckte. Mit gebrochener Stimme begann Tobias von den traumatischen Erlebnissen seiner Kindheit zu berichten. Dabei wirkte er fast regungslos, gefühllos, sein Blick war leer, seine Stimme tonlos.

„Viktor Lasse war der Anführer. Es war in der Grundschule. Sie waren immer mindestens zu viert – und ich alleine. Zwei haben mich festgehalten. Der dritte durfte mich schlagen. Ins Gesicht oder in den Bauch. Für jeden Schlag kassierte Viktor fünfzig Pfennig. Für eine Mark durften sie mir zwischen die Beine treten. Es tat so fürchterlich weh."

Tobias krümmte sich, weil wieder dieser Schmerz in ihm hochkam.

Nach einer kurzen Atempause fuhr er mit seinem monotonen Bericht fort: „Wenn ich weinte, haben sich die anderen noch weiter aufgegeilt. Es war so demütigend. Ich hatte keine Chance. Ich habe mit niemandem darüber geredet. Es ging ein halbes Jahr so, bis Viktor auf die weiterführende Schule ging. Ich war noch ein weiteres Jahr auf der Grundschule. Aber daran kann ich mich kaum erinnern. Ich lebte wie hinter einem Vorhang. Das Leben ging an mir vorbei. Die Wunden waren zu tief."

Tobias hob den Kopf und sah die beiden Kommissare an. „Viktor habe ich nie wieder gesehen. Habt ihr eine Ahnung, wie viele Therapien ich über mich ergehen lassen musste?"

Mit einem wütenden Gesichtsausdruck, zusammengekniffenen Augen, gepressten Lippen und lauter Stimme fuhr er fort: „Irgendwann hatte ich die Sache halbwegs im Griff, bis ich diese Ratte bei der Stunkproduktion wiedergetroffen habe."

Ab diesem Punkt in seiner Erzählung war der Rigger nicht mehr das Opfer, sondern der Täter. Und ab diesem Punkt in seiner Erzählung änderten sich seine Stimme, seine Körperhaltung und seine ganze Ausstrahlung. Der eben noch geknickte Mann saß aufrecht da, seine Hände waren zu Fäusten geballt und seine Augen glühten.

„Ich wusste sofort, dass er es war, und ich wusste, dass der Zeitpunkt meiner Rache gekommen war. Die ganzen alten Wunden platzten auf."

Mit furchterregender Stimme fragte er Heinz: „Weißt du, wie sich Hass anfühlt? Der frisst dich von innen auf."

Heinz schüttelte nur den Kopf. Er war nicht in der Lage, eine Antwort zu geben. Er war schockiert von dem, was er da gehört hatte, und von dem, was er in der Gestalt des Riggers vor sich sah. Dieser Mann machte ihm Angst.

Tobias hatte seine Arme verschränkt und ließ erkennen, dass er mit seiner Rache höchst zufrieden war. Dann fuhr er fort: „Meine paar Semester Chemiestudium kamen mir zugute. Ich habe mich an den Vortrag einer Kommilitonin über diese merkwürdigen Kegelschnecken erinnert und mir mit Hilfe alter Kontakte aus der Studienzeit und unter einem Vorwand das Gift besorgt. Die Feinabstimmung erforderte ein wenig Zeit und leider zwei Opfer. Die waren schnell gefunden. Dem ersten habe ich die Spritze selbst gesetzt. Der dachte, ich wäre ein guter Mensch und würde ihm einen Freischuss verpassen. Beim zweiten bin ich darauf gekommen, das Gift in einer Flasche Fusel aufzulösen. Auch der war fest davon überzeugt, ich würde ihm ein nettes Geschenk machen. Dann war es kein Problem mehr, Viktor das Gift in sein Kölschglas zu geben. Den Rest kennt ihr."

Der Mörder, der Esther und Heinz gegenübersaß, war mit sich zufrieden. „Die Rache ist gelungen", sagte er ohne das kleinste Zeichen von Schuldgefühl. „Es ist ein wunderbares Gefühl, es diesem stinkigen Scheißkerl endlich heimgezahlt zu haben. Jetzt kann ich wieder ruhig leben. Der wird nie wieder meinen Weg kreuzen."

„Hat Sie Viktor Lasse denn nicht erkannt?", wollte Heinz wissen.

„Nein, der nicht. Vermutlich haben so viele Opfer seinen Weg gepflastert, dass er sich nicht an alle im Einzelnen erinnern konnte."

Mit einem süffisanten und überheblichen Lächeln ergänzte er: „Es war nicht schwer zu erkennen, dass Viktor auch bei den Stunkern Feinde hatte."

„Warum die Morddrohung? Warum haben Sie ihn nicht ohne vorherige Ankündigung einfach umgebracht?", fragte Heinz weiter.

Der Rigger hob stolz seinen Kopf.

„Das hat die Sache doch erst richtig gewürzt. Es hat einen Heidenspaß gemacht, die eine oder andere falsche Spur zu legen, und", bei diesen Worten blickte er triumphierend zu Esther, „du bist so oft darauf reingefallen."

Esther schüttelte unwillkürlich ihren Kopf und war im Begriff von ihrem eben noch empfundenen Mitgefühl in eine wütende Stimmung zu wechseln. Bevor sie unüberlegte Dinge sagen würde, stand sie auf und ging zur Tür, von wo sie den Rigger von hinten im Blick hatte.

Der lehnte sich zufrieden zurück und sagte nur trocken: „Allerdings muss ich sagen, dass ich von Anfang an gespürt habe, dass du mir gefährlich wirst. Deshalb habe ich jeden Schritt und Tritt deiner Ermittlungen verfolgt." Der Rigger sah Esther provozierend an und ergänzte dann mit spitzen Lippen: „... und manchmal auch deine ganz persönlichen Schritte und Tritte, im Wald und so. "

Esther war kurz davor zu explodieren. Sie trat vor den Rigger und durchbohrte ihn mit einem vernichtenden Blick. Sie sagte kein Wort. Heinz beobachtete die Szene mit einem unguten Gefühl. Er spürte, dass in wenigen Sekunden etwas passieren würde.

So war es auch: Der Rigger erhob sich langsam und stand nun ganz nah vor Esther.

„Sie sind ein armes Würstchen, das sich selbst total überschätzt", hörte Esther sich sagen, ohne die Worte überlegt zu haben.

Man konnte förmlich sehen, wie dem Rigger der Hals anschwoll. Sein Kopf wurde dunkelrot und er schrie Esther wütend ins Gesicht: „Du meinst auch immer, die Größte zu sein und alles richtig zu machen. Du kotzt mich an!"

Dabei sprühte sein Speichel in feinen Tröpfchen in Esthers Gesicht. Bevor sie realisierte, was geschah, hatte der Rigger seine Hände um ihren Hals gelegt und zugedrückt. Ihm war jetzt alles egal. Er wollte nur die Überheblichkeit der Kommissarin brechen und über sie herrschen. Esther rang nach Luft. Sie konnte den festen Griff nicht lösen. Als ihr fast schon schwindelig wurde, sah sie Heinz, wie er versuchte, den Rigger von ihr loszureißen. Aber das misslang. Er war zu kräftig. Kurz bevor Esther bewusstlos zu werden drohte, hob Heinz einen der Stühle und schlug ihn mit all seiner Kraft dem Rigger auf den Kopf. Der sackte schmerzverzerrt zusammen und ließ die Kommissarin los. Esther ließ sich auf einen der anderen Stühle sinken und versuchte wieder Luft zu bekommen.

Der Polizist, der vor der Tür gewartet hatte, stürmte von dem Lärm aufgeschreckt in den Raum. Er legte dem auf dem Boden kauernden Rigger die Handschellen an. Tobias Klein war nur noch ein Häufchen Elend, ohne jede Spur von Stärke oder Selbstbewusstsein.

Esther verließ kommentarlos den Raum. Sie musste da raus und erst einmal durchatmen. Ihr Innenleben war ein einziges Durcheinander. ´Was war da eben passiert?`, fragte sie sich, immer noch reichlich benommen. ´Was war das für ein Mensch, den sie einmal gemocht hatte?`

Ihre Gefühle pendelten zwischen Verständnis und Mitgefühl für einen gequälten Jungen und Wut und Zorn über einen selbstgefälligen Mörder, der sich selbst zum Richter und Henker ernannt hatte.

Während Esther sich auf einer Bank auf dem Flur von dem Schrecken erholte, kam der Polizist mit Tobias Klein aus dem Verhörraum. Die Blicke von Esther und dem Rigger kreuzten sich für eine kurzen Augenblick. Sie glaubte, einen Hauch von Entschuldigung in seinen Augen zu erkennen.

Heinz und Esther verließen schweigend und erschöpft das große Gebäude in Kalk, um sich auf den Weg ins Büro zu machen. Sie wollten gemeinsam die Erlebnisse des Verhörs aufarbeiten. Dort angekommen machte Heinz für beide einen Kaffee. Sie saßen eine Weile still nebeneinander an ihrer Kaffeetheke. Ihr Fall war gelöst. Das Motiv hatte sie erschüttert, das dramatische Ende des Verhörs verstört.

Als Esther sich auf den Weg nach Hause machte, sah sie etwas, was sie kannte, aber was ihr an diesem Abend ungewohnt irreal vorkam. Vor ihr stiegen in einiger Entfernung zwei riesenhafte Luftballons auf, die sich jeden Moment in den Himmel zu erheben schienen. Natürlich kannte sie die beiden großen Gassilos, die wie gigantische Ballons im Abendlicht strahlten. Aber an diesem Abend sah sie sie mit anderen Augen, eben unwirklich und sonderbar. Das Bild beflügelte sie und löste in ihr eine tiefe Entspannung aus. Sie konnte sich das zwar rational nicht erklären, spürte aber deutlich eine Leichtigkeit in sich aufsteigen, die der jener gerade abhebenden – so schien es ihr zumindest – Riesenballons glich. Ohne dieses Gefühl zu hinterfragen, nahm sie es dankbar an.

# Epilog

Ein kurzer Anruf hatte genügt, und der Produktionsleiter der Stunksitzung hatte Esther auf die Gästeliste für die letzte Sitzung dieser Session gesetzt. Es war Karnevalsdienstag und der Mord, die aufregende Geschichte mit dem Gift der Kegelschnecke und die Überführung des Riggers waren bereits seit sechs Wochen ad acta gelegt. Esther hatte keinen neuen Mordfall zu knacken gehabt, und ihr war kein neuer Liebhaber über den Weg gelaufen. Das Leben plätscherte gemächlich vor sich hin.

Sie hatte sich auf diesen Abend gefreut, auch weil er sie für ein paar Stunden in die aufregende Zeit ihrer Stunk-Ermittlungen zurückversetzen würde. Als sie das E-Werk betrat, spürte sie sofort die außergewöhnliche Atmosphäre der Stunksitzungswelt, die sie in den letzten Wochen vermisst hatte. Für einen kurzen Augenblick schlich sich Esther noch einmal hinter die Bühne. Dort war die Faszination dieser Schauspieler- und Musiker-Welt für sie besonders greifbar.

Die letzte Sitzung der Session war für die Stunker immer etwas Besonderes. In die Routine und Professionalität mischten sich gelegentliche Albernheiten und entspannte Gelassenheit. Esther wusste, dass die Stunker sich für diesen Abschluss ihres Sitzungsmarathons stets ein paar spezielle Späße einfallen ließen, mit denen sie sich auch gegenseitig überraschten.

Esther ging zurück in den Saal, um sich noch einmal ganz und gar und genüsslich den ihr so gut bekannten Nummern der diesjährigen Sitzung widmen zu können. Gerade lief die Wippennummer, die sie x-Mal gesehen hatte, die ihr aber immer noch das Herz stillstehen ließ. Von der Wippe aus winkte Sebastian ihr zu. Sie glaubte, in seiner Gestik ein kleines bisschen Anerkennung für ihren Ermittlungserfolg zu sehen.

Natürlich erkannte Esther die speziellen Gags dieses Abends. Da tauchte plötzlich ein Hündchen im Yogakurs auf, da wurde statt einer

# Dank

Ja, ich bin ein Fan der Stunksitzung und das schon sehr lange. Ich erinnere mich noch genau, wie die Idee zu diesem Buch bei einem kleinen Frühstück mit netten Menschen auf unserer Terrasse geboren wurde. Das ist nun schon einige Jahre her. Seitdem ist viel passiert, ein schweres Unglück in unserer Familie hat die Fertigstellung des Buches um zwei Jahre verzögert. Umso mehr freue ich mich, dass es jetzt da ist. Ohne die Zustimmung der Stunker und die Möglichkeit, bei Proben, Aufführungen und hinter der Bühne recherchieren zu können, wäre dieses Buch so nicht möglich gewesen. Ein dickes Danke dafür! Außerdem möchte ich mich bei Paula, Felix, Georg, Christiane, Anna Maria, Tamara, Aaron, Volker und Martina für ihre Unterstützung in vielerlei Hinsicht ganz herzlich bedanken.

# Le petit Chaperon rouge

Il était une fois une petite fille de village, la plus jolie qu'on eût su voir ; sa mère en était folle, et sa mère-grand plus folle encore. Cette bonne femme lui fit faire un petit chaperon rouge, qui lui seyait si bien que partout on l'appelait le petit Chaperon rouge.

Un jour sa mère, ayant cuit et fait des galettes, lui dit : « Va voir comme se porte ta mère-grand, car on m'a dit qu'elle était malade, porte-lui une galette et ce petit pot de beurre. » Le petit Chaperon rouge partit aussitôt pour aller chez sa mère-grand, qui demeurait dans un autre village. En passant dans un bois elle rencontra compère le loup, qui eut bien envie de la manger ; mais il n'osa, à cause de quelques bûcherons qui étaient dans la forêt. Il lui demanda où elle allait ; la pauvre enfant, qui ne savait pas qu'il est dangereux de s'arrêter à écouter un loup, lui dit : « Je vais voir ma mère-grand, et lui porter une galette avec un petit pot de beurre que ma mère lui envoie.

– Demeure-t-elle bien loin ? lui dit le loup.

– Oh ! oui, dit le petit Chaperon rouge, c'est par-delà le moulin que vous voyez tout là-bas, à la première maison du village.

– Hé bien, dit le loup, je veux l'aller voir aussi ; je m'y en vais par ce chemin ici, et toi par ce chemin-là, et nous verrons qui plus tôt y sera. » Le loup se mit à courir de toute sa force par le chemin qui était le plus court, et la petite fille s'en alla par le chemin le plus long, s'amusant à cueillir des noisettes, à courir après des papillons, et à faire des bouquets des petites fleurs qu'elle rencontrait.

Le loup ne fut pas longtemps à arriver à la maison de la mère-grand ; il heurte : Toc, toc.

« Qui est là ?

– C'est votre fille le petit Chaperon rouge (dit le loup, en contrefaisant sa voix) qui vous apporte une galette et un petit pot de beurre que ma mère vous envoie. »

La bonne mère-grand, qui était dans son lit à cause qu'elle se trouvait un peu mal, lui cria : « Tire la chevillette, la bobinette cherra. »

Le loup tira la chevillette, et la porte s'ouvrit. Il se jeta sur la bonne femme, et la dévora en moins de rien ; car il y avait plus de trois jours qu'il n'avait mangé. Ensuite, il ferma la porte et s'alla coucher dans le lit de la mère-grand, en attendant le petit Chaperon rouge, qui quelque temps après vint heurter à la porte. Toc, toc.

« Qui est là ? »

Le petit Chaperon rouge, qui entendit la grosse voix du loup, eut peur d'abord, mais croyant que sa mère-grand était enrhumée, répondit : « C'est votre fille le petit Chaperon rouge, qui vous apporte une galette et un petit pot de beurre que ma mère vous envoie. » Le loup lui cria en adoucissant un peu sa voix : « Tire la chevillette, la bobinette cherra. » Le petit Chaperon rouge tira la chevillette, et la porte s'ouvrit.

Le loup, la voyant entrer, lui dit en se cachant dans le lit sous la couverture : « Mets la galette et le petit pot de beurre sur la huche, et viens te coucher avec moi. » Le petit Chaperon rouge se déshabille, et va se mettre dans le lit, où elle fut bien étonnée de voir comment sa mère-grand était faite en son déshabillé. Elle lui dit : « Ma mère-grand, que vous avez de grands bras !

– C'est pour mieux t'embrasser, ma fille.

– Ma mère-grand, que vous avez de grandes jambes !

– C'est pour mieux courir, mon enfant.

– Ma mère-grand, que vous avez de grandes oreilles !

– C'est pour mieux écouter, mon enfant.

– Ma mère-grand, que vous avez de grands yeux !

– C'est pour mieux voir, mon enfant.

– Ma mère-grand, que vous avez de grandes dents !

– C'est pour mieux te manger. »

Et en disant ces mots, ce méchant loup se jeta sur le petit Chaperon rouge, et la mangea.

# La Belle au Bois dormant

Il était une fois un roi et une reine. Chaque jour ils se lamentaient : « Ah ! si seulement nous avions un enfant. » Mais d'enfant, point. Un jour que la reine était au bain, une grenouille bondit hors de l'eau et lui dit : « Ton vœu sera exaucé. Avant qu'une année soit passée, tu mettras au monde une fillette. » Ce que la grenouille avait prédit arriva. La reine donna le jour à une fille. Elle était si belle que le roi ne se tenait plus de joie. Il organisa une grande fête. Il ne se contenta pas d'y inviter ses parents, ses amis et connaissances, mais il invita aussi des fées afin qu'elles fussent favorables à l'enfant. Il y en avait treize dans son royaume. Mais, comme il ne possédait que douze assiettes d'or pour leur servir un repas, l'une d'elles ne fut pas invitée.

La fête fut magnifique. Alors qu'elle touchait à sa fin, les fées offrirent à l'enfant de fabuleux cadeaux : l'une la vertu, l'autre la beauté, la troisième la richesse et ainsi de suite, tout ce qui est désirable au monde. Comme onze des fées venaient d'agir ainsi, la treizième survint tout à coup. Elle voulait se venger de n'avoir pas été invitée. Sans saluer quiconque, elle s'écria d'une forte voix : « La fille du roi, dans sa quinzième année, se piquera à un fuseau et tombera raide morte. » Puis elle quitta la salle. Tout le monde fut fort effrayé. La douzième des fées, celle qui n'avait pas encore formé son vœu, s'avança alors. Et comme elle ne pouvait pas annuler le mauvais sort, mais seulement le rendre moins dangereux, elle dit : « Ce ne sera pas une mort véritable, seulement un sommeil de cent années dans lequel sera plongée la fille du roi. » Le roi, qui aurait bien voulu préserver son enfant adorée du malheur, ordonna que tous les fuseaux fussent brûlés dans le royaume. Cependant, tous les dons que lui avaient donnés les fées s'épanouissaient chez la jeune fille. Elle était si belle, si vertueuse, si gentille et si raisonnable que tous ceux qui la voyaient l'aimaient.

Il advint que le jour de sa quinzième année, le roi et la reine quittèrent leur demeure. La jeune fille resta seule au château. Elle s'y promena partout, visitant les salles et les chambres à sa fantaisie. Finalement, elle entra dans une vieille tour. Elle

escalada l'étroit escalier en colimaçon et parvint à une petite porte. Dans la serrure, il y avait une clé rouillée. Elle la tourna. La porte s'ouvrit brusquement. Une vieille femme filant son lin avec application était assise dans une petite chambre.
« Bonjour, grand-mère, dit la jeune fille. Que fais-tu là ?
– Je file, dit la vieille en branlant la tête.
– Qu'est-ce donc que cette chose que tu fais bondir si joyeusement ? » demanda la jeune fille.
Elle s'empara du fuseau et voulut filer à son tour. À peine l'eut-elle touché que le mauvais sort s'accomplit : elle se piqua au doigt. À l'instant même, elle s'affaissa sur un lit qui se trouvait là et tomba dans un profond sommeil. Et ce sommeil se répandit sur l'ensemble du château. Le roi et la reine, qui venaient tout juste de revenir et pénétraient dans la grande salle du palais, s'endormirent. Et avec eux, toute la cour. Les chevaux s'endormirent dans leurs écuries, les chiens dans la cour, les pigeons sur le toit, les mouches contre les murs. Même le feu qui brûlait dans l'âtre s'endormit et le rôti s'arrêta de rôtir. Le cuisinier, qui était en train de tirer les cheveux du marmiton parce qu'il avait raté un plat, le lâcha et s'endormit. Et le vent cessa de souffler. Nulle feuille ne bougea plus sur les arbres devant le château. Tout autour du palais, une haie d'épines se mit à pousser, qui chaque jour devint plus haute et plus touffue. Bientôt, elle cerna complètement le château, jusqu'à ce qu'on n'en vît plus rien, même pas le drapeau sur le toit.
Dans le pays, la légende de la Belle au bois dormant – c'est ainsi que fut nommée la fille du roi – se répandait. De temps en temps, des fils de roi s'approchaient du château et tentaient

d'y pénétrer à travers l'épaisse muraille d'épines. Mais ils n'y parvenaient pas. Les épines se tenaient entre elles, comme par des mains. Les jeunes princes y restaient accrochés, sans pouvoir se détacher et mouraient là, d'une mort cruelle.

Au bout de longues, longues années, le fils d'un roi passa par le pays. Un vieillard lui raconta l'histoire de la haie d'épines. Derrière elle, il devait y avoir un château dans lequel dormait, depuis cent ans, la merveilleuse fille d'un roi, appelée la Belle au bois dormant. Avec elle dormaient le roi, la reine et toute la cour. Le vieil homme avait aussi appris de son grand-père que de nombreux princes étaient déjà venus et avaient tenté de forcer la haie d'épines ; mais ils y étaient restés accrochés et y étaient morts d'une triste mort. Le jeune homme dit alors : « Je n'ai peur de rien, je vais y aller. Je veux voir la Belle au bois dormant. »

Le bon vieillard voulut l'en empêcher, mais il eut beau faire, le prince ne l'écouta pas. Or, les cent années étaient justement écoulées et le jour était venu où la Belle au bois dormant devait se réveiller. Lorsque le fils du roi s'approcha de la haie d'épines, il vit de magnifiques fleurs qui s'écartaient d'elles-mêmes sur son passage et lui laissaient le chemin. Derrière lui, elles reformaient une haie. Dans le château, il vit les chevaux et les chiens de chasse tachetés qui dormaient. Sur le toit, les pigeons se tenaient la tête sous l'aile. Et lorsqu'il pénétra dans le palais, il vit les mouches qui dormaient contre les murs. Le cuisinier, dans la cuisine, avait encore la main levée comme s'il voulait attraper le marmiton et la bonne était assise devant une poule noire qu'elle allait plumer. En haut, sur les marches du trône, le roi et la reine étaient endormis. Le prince poursuivit son chemin et le silence était si profond qu'il entendait son propre souffle. Enfin, il arriva à la tour et poussa la porte de la petite chambre où dormait la Belle.

Elle était là, si jolie qu'il ne put en détourner le regard. Il se pencha sur elle et lui donna un baiser. Alors, la Belle au bois dormant s'éveilla, ouvrit les yeux et le regarda en souriant. Ils sortirent tous deux et le roi s'éveilla à son tour, et la reine, et toute la cour. Et tout le monde se regardait avec de grands yeux.

Dans les écuries, les chevaux se dressaient sur leurs pattes et s'ébrouaient ; les chiens de chasse bondirent en remuant la queue. Sur le toit, les pigeons sortirent la tête de sous leur aile, regardèrent autour d'eux et s'envolèrent vers la campagne. Les mouches, sur les murs, reprirent leur mouvement ; dans la cuisine, le feu s'alluma, flamba et cuisit le repas. Le rôti se remit à rissoler ; le cuisinier donna une gifle au marmiton, si fort que celui-ci en cria, et la bonne acheva de plumer la poule.

Le mariage du prince et de la Belle au bois dormant fut célébré avec un faste exceptionnel. Et ils vécurent heureux jusqu'à leur mort.

# Blanche-Neige

Un jour de plein hiver, une reine était assise à sa fenêtre encadrée de bois d'ébène et cousait. Tout en tirant l'aiguille, elle regardait voler les blancs flocons. Elle se piqua au doigt et trois gouttes de sang tombèrent sur la neige. Ce rouge sur ce blanc faisait si bel effet qu'elle se dit : « Si seulement j'avais un enfant aussi blanc que la neige, aussi rose que le sang, aussi noir que le bois de ma fenêtre ! » Peu de temps après, une fille lui naquit ; elle était blanche comme neige, rose comme sang et ses cheveux étaient noirs comme de l'ébène. On l'appela Blanche-Neige. Mais la reine mourut en lui donnant le jour.

Au bout d'une année, le roi épousa une autre femme. Elle était très belle ; mais elle était fière et vaniteuse et ne pouvait souffrir que quelqu'un la surpassât en beauté. Elle possédait un miroir magique. Quand elle s'y regardait en disant : « Miroir, miroir joli, qui est la plus belle au pays ? » Le miroir répondait : « Madame la reine, vous êtes la plus belle au pays. » Et elle était contente. Elle savait que le miroir disait la vérité.

Blanche-Neige, cependant, grandissait et devenait de plus en plus belle. Quand elle eut atteint ses dix-sept ans, elle était déjà plus jolie que le jour et plus belle que la reine elle-même. Un jour que celle-ci demandait au miroir : « Miroir, miroir joli, qui est la plus belle au pays ? » Celui-ci répondit : « Madame la reine, vous êtes la plus belle ici, mais Blanche-Neige est encore mille fois plus belle. » La reine en fut épouvantée. À partir de là, chaque fois qu'elle apercevait Blanche-Neige, son cœur se retournait dans sa poitrine tant elle éprouvait de haine à son égard. Elle en avait perdu le repos, le jour et la nuit.

Elle fit venir un chasseur et lui dit : « Emmène l'enfant dans la forêt ! je ne veux plus la voir. Tue-la et rapporte-moi pour preuve de sa mort ses poumons et son foie. »

Le chasseur obéit et conduisit Blanche-Neige dans le bois. Mais quand il eut dégainé son poignard pour en percer le cœur innocent de la jeune fille, celle-ci se mit à pleurer et dit : « Ô, cher chasseur, laisse-moi la vie ! Je m'enfoncerai au plus profond de la forêt et ne rentrerai jamais à la maison. »

Le chasseur eut pitié d'elle et dit : « Sauve-toi, pauvre enfant ! » Mais il songeait : « Les bêtes de la forêt auront tôt fait de te dévorer ! » Un marcassin passait justement. Le chasseur le tua de son poignard, prit ses poumons et son foie et les apporta à la reine comme preuves de la mort de Blanche-Neige. Le cuisinier reçut ordre de les apprêter et la méchante femme les mangea, s'imaginant qu'ils avaient appartenu à Blanche-Neige.

La pauvre petite, elle, était au milieu des bois, toute seule. Sa peur était si grande qu'elle regardait toutes les feuilles de la forêt sans savoir ce qu'elle allait devenir. Elle se mit à courir sur les cailloux pointus et à travers les épines. Les bêtes sauvages bondissaient autour d'elle, mais ne lui faisaient aucun mal. Elle courut jusqu'au soir, aussi longtemps que ses jambes purent la porter. Elle aperçut alors une petite maison et y pénétra pour s'y reposer. Dans la maisonnette, tout était minuscule, gracieux et propre. On y voyait une petite table couverte d'une nappe blanche, avec sept petites assiettes et sept petites cuillères, sept petites fourchettes et sept petits couteaux, et aussi sept petits gobelets. Contre le mur, il y avait sept petits lits alignés les uns à côté des autres et recouverts de draps tout blancs. Blanche-Neige avait si faim et si soif qu'elle prit dans chaque assiette un peu de légumes et de pain et but une goutte de vin dans chaque gobelet car elle ne voulait pas manger la portion tout entière de l'un des convives. Fatiguée, elle voulut ensuite se coucher. Mais aucun des lits ne lui convenait ; l'un était trop long, l'autre trop court. Elle les essaya tous. Le septième, enfin, fut à sa taille. Elle s'y allongea, se confia à Dieu et s'endormit.

Quand la nuit fut complètement tombée, les propriétaires de la maisonnette arrivèrent. C'était sept nains qui, dans la montagne, travaillaient à la mine. Ils allumèrent leurs sept petites lampes et quand la lumière illumina la pièce, ils virent que quel-

qu'un y était venu, car rien n'était plus tel qu'ils l'avaient laissé.
Le premier dit : « Qui s'est assis sur ma petite chaise ? »
Le deuxième : « Qui a mangé dans ma petite assiette ? »
Le troisième : « Qui a pris de mon pain ? »
Le quatrième : « Qui a mangé de mes légumes ? »
Le cinquième : « Qui s'est servi de ma fourchette ? »
Le sixième : « Qui a coupé avec mon couteau ? »
Le septième : « Qui a bu dans mon gobelet ? »
Le premier, en se retournant, vit que son lit avait été dérangé. « Qui a touché à mon lit ? » dit-il. Les autres s'approchèrent en courant et chacun s'écria : « Dans le mien aussi quelqu'un s'est couché ! »
Mais le septième, quand il regarda son lit, y vit Blanche-Neige endormie. Il appela les autres, qui vinrent bien vite et poussèrent des cris étonnés. Ils prirent leurs sept petites lampes et éclairèrent le visage de Blanche-Neige.
« Seigneur Dieu ! Seigneur Dieu ! s'écrièrent-ils ; que cette enfant est jolie ! » Ils en eurent tant de joie qu'ils ne l'éveillèrent pas et la laissèrent dormir dans le petit lit. Le septième des nains coucha avec ses compagnons, une heure avec chacun, et la nuit passa ainsi.
Au matin, Blanche-Neige s'éveilla. Quand elle vit les sept nains, elle s'effraya. Mais ils la regardaient avec amitié et posaient déjà des questions : « Comment t'appelles-tu ?
– Je m'appelle Blanche-Neige, répondit-elle.
– Comment es-tu venue jusqu'à nous ? »
Elle leur raconta que sa belle-mère avait voulu la faire tuer, mais que le chasseur lui avait laissé la vie sauve et qu'elle avait

belle ici. Mais, par-delà les monts d'airain, auprès des gentils petits nains, Blanche-Neige est mille fois plus belle. » Quand la reine entendit ces mots, elle en fut si bouleversée qu'elle sentit son cœur étouffer. Elle comprit que Blanche-Neige avait recouvré la vie.

« Eh bien ! dit-elle, je vais trouver quelque moyen qui te fera disparaître à tout jamais ! » Par un tour de sorcellerie qu'elle connaissait, elle empoisonna un peigne. Elle se déguisa à nouveau et prit l'aspect d'une autre vieille femme. Elle franchit ainsi les sept montagnes en direction de la maison des sept nains, frappa à la porte et cria : « Bonne marchandise à vendre ! » Blanche-Neige regarda par la fenêtre et dit : « Passez votre chemin ! Je n'ai le droit d'ouvrir à quiconque.

– Mais tu peux bien regarder, dit la vieille en lui montrant le peigne empoisonné. Je vais te peigner joliment. »

La pauvre Blanche-Neige ne se douta de rien et laissa faire la vieille ; à peine le peigne eut-il touché ses cheveux que le poison agit et que la jeune fille tomba sans connaissance.

« Et voilà ! dit la méchante femme, c'en est fait de toi, prodige de beauté ! » Et elle s'en alla.

Par bonheur, le soir arriva vite et les sept nains rentrèrent à la maison. Quand ils virent Blanche-Neige étendue comme morte sur le sol, ils songèrent aussitôt à la marâtre, cherchèrent et trouvèrent le peigne empoisonné. Dès qu'ils l'eurent retiré de ses cheveux, Blanche-Neige revint à elle et elle leur raconta ce qui s'était passé. Ils lui demandèrent une fois de plus d'être sur ses gardes et de n'ouvrir à personne.

Rentrée chez elle, la reine s'était placée devant son miroir

et avait demandé : « Miroir, miroir joli, qui est la plus belle au pays ? » Comme la fois précédente, le miroir répondit : « Madame la reine, vous êtes la plus belle ici. Mais, par-delà les monts d'airain, auprès des gentils petits nains, Blanche-Neige est mille fois plus belle. »
Quand la reine entendit cela, elle se mit à trembler de colère. « Il faut que Blanche-Neige meure ! s'écria-t-elle, dussé-je en périr moi-même ! » Elle se rendit dans une chambre sombre et isolée où personne n'allait jamais et y prépara une pomme empoisonnée. Extérieurement, elle semblait belle, blanche et rouge, si bien qu'elle faisait envie à quiconque la voyait ; mais il suffisait d'en manger un tout petit morceau pour mourir. Quand tout fut prêt, la reine se farda le visage et se déguisa en paysanne. Ainsi transformée, elle franchit les sept montagnes pour aller chez les sept nains. Elle frappa à la porte. Blanche-Neige se pencha à la fenêtre et dit : « Je n'ai le droit de laisser entrer quiconque ici ; les sept nains me l'ont interdit.
– D'accord ! répondit la paysanne. J'arriverai bien à vendre mes pommes ailleurs ; mais je vais t'en offrir une.
– Non, dit Blanche-Neige, je n'ai pas le droit d'accepter quoi que ce soit.
– Aurais-tu peur d'être empoisonnée ? demanda la vieille. Regarde : je partage la pomme en deux ; tu mangeras la moitié qui est rouge, moi, celle qui est blanche. »
La pomme avait été traitée avec tant d'art que seule la moitié rouge était empoisonnée. Blanche-Neige regarda le fruit avec envie et quand elle vit que la paysanne en mangeait, elle ne put résister plus longtemps. Elle tendit la main et prit la partie

empoisonnée de la pomme. À peine y eut-elle mis les dents qu'elle tomba morte sur le sol.
La reine la regarda de ses yeux méchants, ricana et dit : « Blanche comme neige, rose comme sang, noire comme ébène ! Cette fois-ci, les nains ne pourront plus te réveiller ! » Et quand elle fut de retour chez elle, elle demanda au miroir : Miroir, miroir joli, qui est la plus belle au pays ? Celui-ci répondit enfin : « Madame la reine, vous êtes la plus belle au pays. » Et son cœur jaloux trouva le repos, pour autant qu'un cœur jaloux puisse le trouver. Quand, au soir, les petits nains arrivèrent chez eux, ils trouvèrent Blanche-Neige étendue sur le sol, sans souffle. Ils la soulevèrent, cherchèrent s'il y avait quelque chose d'empoisonné, défirent son corselet, coiffèrent ses cheveux, la lavèrent avec de l'eau et du vin. Mais rien n'y fit : la chère enfant était morte et morte elle restait. Ils la placèrent sur une civière, s'assirent tous les sept autour d'elle et pleurèrent trois jours durant. Puis ils se préparèrent à l'enterrer. Mais elle était restée fraîche comme un être vivant et ses jolies joues étaient roses comme auparavant. Ils dirent : « Nous ne pouvons la mettre dans la terre noire. » Ils fabriquèrent un cercueil de verre transparent où on pouvait la voir de tous les côtés, l'y installèrent et écrivirent dessus son nom en lettres d'or, en ajoutant qu'elle était fille de roi. Ils portèrent le cercueil en haut de la montagne et l'un d'eux monta la garde auprès de lui. Longtemps Blanche-Neige resta ainsi dans son cercueil, toujours aussi jolie. Il arriva qu'un jour un prince qui chevauchait par la forêt s'arrêtât à la maison des nains pour y passer la nuit. Il vit le cercueil au sommet de la montagne, et la

jolie Blanche-Neige. Il dit aux nains : « Laissez-moi le cercueil ; je vous en donnerai ce que vous voudrez. »
Mais les nains répondirent : « Nous ne vous le donnerons pas pour tout l'or du monde. » Il dit : « Alors donnez-le-moi pour rien ; car je ne pourrai plus vivre sans voir Blanche-Neige ; je veux lui rendre honneur et respect comme à ma bien-aimée. »
Quand ils entendirent ces mots, les bons petits nains furent saisis de compassion et lui donnèrent le cercueil. Le prince le fit emporter sur les épaules de ses serviteurs. Comme ils allaient ainsi, l'un d'eux buta sur une souche. La secousse fit glisser hors de la gorge de Blanche-Neige le morceau de pomme empoisonnée qu'elle avait mangé. Puis après, elle ouvrit les yeux, souleva le couvercle du cercueil et se leva. Elle était de nouveau vivante !
« Seigneur, où suis-je ? demanda-t-elle.
– Auprès de moi, répondit le prince, plein d'allégresse. »
Il lui raconta ce qui s'était passé, ajoutant : « Je t'aime plus que tout au monde ; viens avec moi, tu deviendras ma femme. » Blanche-Neige accepta. Elle l'accompagna et leurs noces furent célébrées avec magnificence et splendeur.
La méchante reine avait également été invitée au mariage. Après avoir revêtu ses plus beaux atours, elle prit place devant le miroir et demanda : « Miroir, miroir joli, qui est la plus belle au pays ? » Le miroir répondit : « Madame la reine, vous êtes la plus belle ici. Mais la jeune souveraine est mille fois plus belle. » La méchante femme proféra un affreux juron et elle eut si peur, si peur qu'elle en perdit la tête.

# Cendrillon

Il était une fois un gentilhomme qui épousa en secondes noces une femme, la plus hautaine et la plus fière qu'on eût jamais vue. Elle avait deux filles de son humeur, et qui lui ressemblaient en toutes choses. Le mari avait de son côté une jeune fille, mais d'une douceur et d'une bonté sans exemple ; elle tenait cela de sa mère, qui était la meilleure personne du monde. Les noces ne furent pas plus tôt faites que la belle-mère fit éclater sa mauvaise humeur ; elle ne put souffrir les bonnes qualités de cette jeune enfant, qui rendaient ses filles encore plus haïssables. Elle la chargea des plus viles occupations de la maison : c'était elle qui nettoyait la vaisselle et les montées, qui frottait la chambre de madame, et celles de mesdemoiselles ses filles ; elle couchait tout au haut de la maison, dans un grenier, sur une méchante paillasse, pendant que ses sœurs étaient dans des chambres parquetées, où elles avaient des lits des plus à la mode, et des miroirs où elles se voyaient depuis les pieds jusqu'à la tête.

La pauvre fille souffrait tout avec patience, et n'osait s'en plaindre à son père qui l'aurait grondée, parce que sa femme le gouvernait entièrement. Lorsqu'elle avait fait son ouvrage, elle s'allait mettre au coin de la cheminée et s'asseoir dans les cendres, ce qui faisait qu'on l'appelait communément dans le logis Cucendron. La cadette, qui n'était pas si malhonnête que son aînée, l'appelait Cendrillon ; cependant Cendrillon, avec ses méchants habits, ne laissait pas d'être cent fois plus belle que ses sœurs, quoique vêtues très magnifiquement.

Il arriva que le fils du roi donnât un bal, et qu'il priât toutes les personnes de qualité d'y venir : nos deux demoiselles en furent aussi priées, car elles faisaient grande figure dans le pays. Les voilà bien aises et bien occupées à choisir les habits et les coiffures qui leur siéraient le mieux ; nouvelle peine pour Cendrillon, car c'était elle qui repassait le linge de ses sœurs et qui godronnait leurs manchettes. On ne parlait que de la manière dont on s'habillerait.

« Moi, dit l'aînée, je mettrai mon habit de velours rouge et ma garniture d'Angleterre.

– Moi, dit la cadette, je n'aurai que ma jupe ordinaire ; mais en récompense, je mettrai mon manteau à fleurs d'or, et ma barrière de diamants, qui n'est pas des plus indifférentes. »

On envoya quérir la bonne coiffeuse, pour dresser les cornettes à deux rangs, et on fit acheter des mouches de la bonne faiseuse : elles appelèrent Cendrillon pour lui demander son avis, car elle avait le goût bon. Cendrillon les conseilla le mieux du monde, et s'offrit même à les coiffer ; ce qu'elles voulurent bien. En se faisant coiffer, elles lui disaient : « Cendrillon, serais-tu bien aise d'aller au bal ?

– Hélas, mesdemoiselles, vous vous moquez de moi, ce n'est pas là ce qu'il me faut.

– Tu as raison, on rirait bien si on voyait un Cucendron aller au bal. »

Une autre que Cendrillon les aurait coiffées de travers ; mais elle était bonne, et elle les coiffa parfaitement bien. Elles furent près de deux jours sans manger, tant elles étaient transportées de joie. On rompit plus de douze lacets à force de les serrer pour leur rendre la taille plus menue, et elles étaient toujours devant leur miroir. Enfin l'heureux jour arriva, elles partirent, et Cendrillon les suivit des yeux le plus longtemps qu'elle put ; lorsqu'elle ne les vit plus, elle se mit à pleurer.

Sa marraine, qui la vit tout en pleurs, lui demanda ce qu'elle avait. « Je voudrais bien... je voudrais bien... » Elle pleurait si fort qu'elle ne put achever. Sa marraine, qui était fée, lui dit : « Tu voudrais bien aller au bal, n'est-ce pas ?

– Hélas oui, dit Cendrillon en soupirant.

Hé bien, seras-tu bonne fille ? dit sa marraine, je t'y ferai aller. »

Elle la mena dans sa chambre, et lui dit : « Va dans le jardin et apporte-moi une citrouille. » Cendrillon alla aussitôt cueillir la plus belle qu'elle pût trouver, et la porta à sa marraine, ne pouvant deviner comment cette citrouille la pourrait faire aller au bal. Sa marraine la creusa, et n'ayant laissé que l'écorce, la frappa de sa baguette, et la citrouille fut aussitôt changée en un beau carrosse tout doré.

Ensuite, elle alla regarder dans la souricière, où elle trouva six souris toutes en vie ; elle dit à Cendrillon de lever un peu la trappe de la souricière, et à chaque souris qui sortait, elle donnait un coup de sa baguette, et la souris était aussitôt changée en un beau cheval ; ce qui fit un bel attelage de six chevaux, d'un beau gris de souris pommelé. Comme elle était en peine de quoi elle ferait un cocher : « Je vais voir, dit Cendrillon, s'il n'y a point quelque rat dans la ratière, nous en ferons un cocher.

– Tu as raison, dit sa marraine, va voir. »

Cendrillon lui apporta la ratière, où il y avait trois gros rats. La fée en prit un d'entre les trois, à cause de sa maîtresse barbe, et une fois touché, il fut changé en un gros cocher, qui avait une des plus belles moustaches qu'on ait jamais vues. Ensuite elle lui dit : « Va dans le jardin, tu y trouveras six lézards derrière l'arrosoir, apporte-les-moi. » Cendrillon ne les eut pas plus tôt apportés que la marraine les changea en six laquais, qui montèrent aussitôt derrière le carrosse avec leurs habits chamarrés, et qui s'y tinrent attachés, comme s'ils n'eussent fait autre chose toute leur vie.

La fée dit alors à Cendrillon : « Hé bien, voilà de quoi aller au bal, n'es-tu pas bien aise ?

– Oui, mais est-ce que j'irai comme cela avec mes vilains habits ? »

Sa marraine ne fit que la toucher avec sa baguette, et en même temps ses habits furent changés en des habits de drap d'or et d'argent tout chamarrés de pierreries ; elle lui donna ensuite une paire de pantoufles de vair, les plus jolies du monde. Quand Cendrillon fut ainsi parée, elle monta en carrosse ; mais sa marraine lui recommanda avant toutes choses de ne pas passer minuit, l'avertissant que si elle demeurait au bal un moment davantage, son carrosse redeviendrait citrouille, ses chevaux des souris, ses laquais des lézards, et que ses vieux habits reprendraient leur première forme. Elle promit à sa marraine qu'elle ne manquerait pas de sortir du bal avant minuit. Elle partit, ne se sentant pas de joie.

Le fils du roi, qu'on alla avertir qu'il venait d'arriver une grande princesse qu'on ne connaissait point, courut la recevoir ; il lui donna la main à la descente du carrosse, et la mena dans la salle où était la compagnie. Il se fit alors un grand silence, on cessa de danser et les violons ne jouèrent plus, tant on était attentif à contempler les grandes beautés de cette inconnue. On n'entendait qu'un bruit confus : « Ah, qu'elle est belle ! » Le roi même, tout vieux qu'il était, ne laissait pas de la regarder, et de dire tout bas à la reine qu'il y avait longtemps qu'il n'avait vu une si belle et si aimable personne.

Toutes les dames étaient attentives à considérer sa coiffure et ses habits, pour en avoir dès le lendemain de semblables, pourvu qu'il se trouvât des étoffes assez belles, et des ouvriers assez habiles. Le fils du roi la mit à la place la plus honorable, et ensuite la prit pour la mener danser. Elle dansa avec tant de grâce qu'on l'admira encore davantage. On apporta une fort belle collation, dont le jeune prince ne mangea point, tant il était occupé à considérer la princesse. Elle alla s'asseoir auprès de ses sœurs, et leur fit mille honnêtetés : elle leur fit part des oranges et des citrons que le prince lui avait donnés, ce qui les étonna fort, car elles ne la connaissaient point.

Alors qu'elles causaient ainsi, Cendrillon entendit sonner onze heures trois quarts : elle fit aussitôt une grande révérence à la compagnie, et s'en alla le plus vite qu'elle put. Dès qu'elle fut arrivée, elle alla trouver sa marraine, et après l'avoir remerciée, elle lui dit qu'elle souhaiterait bien aller encore le lendemain au bal, parce que le fils du roi l'en avait priée. Comme elle était occupée à raconter à sa marraine tout ce qui s'était passé au bal, les deux sœurs heurtèrent à la porte ; Cendrillon leur alla ouvrir. « Que vous êtes longtemps à revenir ! » leur dit-elle en bâillant, et se frottant les yeux, et en s'étendant comme si elle n'eût fait que de se réveiller ; elle n'avait cependant pas eu envie de dormir depuis qu'elles s'étaient quittées. « Si tu étais venue au bal, lui dit une de ses sœurs, tu ne t'y serais pas ennuyée : il y est venu la plus belle princesse, la plus belle qu'on puisse jamais voir ; elle nous a fait mille civilités, elle nous a donné des oranges et des citrons. »

Cendrillon ne se sentait pas de joie : elle leur demanda le nom de cette princesse ; mais elles lui répondirent qu'on ne la connaissait pas, que le fils du roi en était fort en peine, et qu'il donnerait toutes choses au monde pour savoir qui elle était. Cendrillon sourit et leur dit : « Elle était donc bien belle ? Ne pourrais-je point la voir ? Mademoiselle Javotte, prêtez-moi votre habit jaune que vous mettez tous les jours.

– Vraiment, dit mademoiselle Javotte, je suis de cet avis ! Prêter mon habit à un vilain Cucendron comme cela : il faudrait que je fusse bien folle. »
Cendrillon s'attendait bien à ce refus, et elle en fut bien aise, car elle aurait été grandement embarrassée si sa sœur avait bien voulu lui prêter son habit. Le lendemain, les deux sœurs allèrent au bal, et Cendrillon aussi, mais encore plus parée que la première fois. Le fils du roi fut toujours auprès d'elle, et ne cessa de lui conter des douceurs ; la jeune demoiselle ne s'ennuyait point, et oublia ce que sa marraine lui avait recommandé ; de sorte qu'elle entendit sonner le premier coup de minuit lorsqu'elle ne croyait pas qu'il fût encore onze heures : elle se leva et s'enfuit aussi légèrement qu'aurait fait une biche. Le prince la suivit, mais il ne put l'attraper ; elle laissa tomber une de ses pantoufles de vair, que le prince ramassa bien soigneusement.
Cendrillon arriva chez elle bien essoufflée, sans carrosse, sans laquais, et avec ses méchants habits, rien ne lui étant resté de toute sa magnificence qu'une de ses petites pantoufles, la pareille de celle qu'elle avait laissé tomber. On demanda aux gardes de la porte du palais s'ils n'avaient point vu sortir une princesse ; ils dirent qu'ils n'avaient vu sortir personne, qu'une jeune fille fort mal vêtue, et qui avait plus l'air d'une paysanne que d'une demoiselle.
Quand ses deux sœurs revinrent du bal, Cendrillon leur demanda si elles s'étaient encore bien diverties, et si la belle dame y avait été ; elles lui dirent que oui, mais qu'elle s'était enfuie lorsque minuit avait sonné, et si promptement qu'elle

avait laissé tomber une de ses petites pantoufles de vair, la plus jolie du monde ; que le fils du roi l'avait ramassée, et qu'il n'avait fait que la regarder pendant tout le reste du bal, et qu'assurément il était fort amoureux de la belle personne à qui appartenait la petite pantoufle. Elles dirent vrai, car peu de jours après, le fils du roi fit publier à son de trompe qu'il épouserait celle dont le pied serait bien juste à la pantoufle. On commença à l'essayer aux princesses, ensuite aux duchesses, et à toute la cour, mais inutilement. On l'apporta chez les deux sœurs, qui firent tout leur possible pour faire entrer leur pied dans la pantoufle, mais elles ne purent en venir à bout.

Cendrillon qui les regardait, et qui reconnut sa pantoufle, dit en riant : « Que je voie si elle ne me serait pas bonne ! » Ses sœurs se mirent à rire et à se moquer d'elle. Le gentilhomme qui faisait l'essai de la pantoufle, ayant regardé attentivement Cendrillon, et la trouvant fort belle, dit que cela était juste, et qu'il avait ordre de l'essayer à toutes les filles. Il fit asseoir Cendrillon, et approchant la pantoufle de son petit pied, il vit qu'elle y entrait sans peine, et qu'elle y était juste comme de cire. L'étonnement des deux sœurs fut grand, mais plus grand encore quand Cendrillon tira de sa poche l'autre petite pantoufle qu'elle mit à son pied.

Là-dessus arriva la marraine qui, ayant donné un coup de sa baguette sur les habits de Cendrillon, les fit devenir encore plus magnifiques que tous les autres. Alors ses deux sœurs la reconnurent pour la belle personne qu'elles avaient vue au bal. Elles se jetèrent à ses pieds pour lui demander pardon de tous les mauvais traitements qu'elles lui avaient fait souffrir.

Cendrillon les releva, et leur dit, en les embrassant, qu'elle leur pardonnait de bon cœur, et qu'elle les priait de l'aimer bien toujours. On la mena chez le jeune prince, parée comme elle était : il la trouva encore plus belle que jamais, et peu de jours après, il l'épousa. Cendrillon, qui était aussi bonne que belle, fit loger ses deux sœurs au palais, et les maria le jour même à deux grands seigneurs de la cour.

# La Princesse au petit Pois

Il était une fois un prince qui voulait épouser une princesse, mais une vraie princesse. Il fit le tour de la Terre pour en trouver une mais il y avait toujours quelque chose qui clochait ; des princesses, il n'en manquait pas, mais étaient-elles de vraies princesses ? C'était difficile à apprécier ; toujours une chose ou l'autre ne lui semblait pas parfaite. Il rentra chez lui tout triste, il aurait tant voulu rencontrer une véritable princesse.

Un soir, par un temps affreux, éclairs et tonnerre, cascades de pluie que c'en était effrayant, on frappa à la porte de la ville et le vieux roi lui-même alla ouvrir. C'était une princesse qui était là, dehors. Mais grands dieux ! de quoi avait-elle l'air dans cette pluie, par ce temps ! L'eau coulait de ses cheveux et de ses vêtements, entrait par la pointe de ses chaussures et ressortait par le talon… et elle prétendait être une véritable princesse !
« Nous allons bien voir ça », pensait la vieille reine, mais elle ne dit rien. Elle alla dans la chambre à coucher, retira toute la literie et mit un petit pois au fond du lit ; elle prit ensuite vingt matelas qu'elle empila sur le petit pois et, par-dessus, elle mit encore vingt édredons en plumes d'eider.
C'est là-dessus que la princesse devait coucher cette nuit-là. Au matin, on lui demanda comment elle avait dormi.
« Affreusement mal, répondit-elle, je n'ai presque pas fermé l'œil de la nuit. Dieu sait ce qu'il y avait dans ce lit. J'étais couchée sur quelque chose de si dur que j'en ai des bleus et des noirs sur tout le corps ! C'est terrible ! »
Alors ils reconnurent que c'était une vraie princesse puisque, à travers les vingt matelas et les vingt édredons en plumes d'eider, elle avait senti le petit pois. Une peau aussi sensible ne pouvait être que celle d'une authentique princesse.
Le prince la prit donc pour femme, sûr maintenant d'avoir trouvé une vraie princesse, et le petit pois fut exposé dans le cabinet des trésors d'art, où l'on peut encore le voir si personne ne l'a emporté. Et ceci est une vraie histoire.

# Table des matières